我们来到这儿不是为了反复咀嚼往日的齟龉。

——《布鲁门贝格》西比勒·列维查洛芙

湖 岸
Hu'an publications®

Apostoloff

八百万个老爸在路上

Sibylle Lewitscharoff

［德］西比勒·列维查洛芙 著

王荣辉 译

图书在版编目（CIP）数据

八百万个老爸在路上 /（德）西比勒·列维查洛芙著；
王荣辉译 . -- 北京：北京联合出版公司，2020.6
ISBN 978-7-5596-4056-7

Ⅰ . ①八… Ⅱ . ①西… ②王… Ⅲ . ①长篇小说－德
国－现代 Ⅳ . ① I516.45

中国版本图书馆 CIP 数据核字（2020）第 037570 号

APOSTOLOFF by SIBYLLE LEWITSCHAROFF
Copyright: © 2009 BY SUHRKAMP VERLAG FRANKFURT AM MAIN
This edition arranged with SUHRKAMP VERLAG / INSEL VERLAG
through Big Apple Agency, Inc., Labuan, Malaysia.
简体中文著作权 © 2019 清妍景和 × 湖岸®
All rights reserved.
本书中译本由时报文化出版企业股份有限公司授权
本书仅限中国大陆地区发行销售

八百万个老爸在路上

作　　者：[德]西比勒·列维查洛芙
译　　者：王荣辉
出 品 人：赵红仕
选题策划：湖　岸
责任编辑：郑晓斌　徐　樟
装帧设计：千巨万
美术编辑：裴雷思　韩雨顼　王柿原

北京联合出版公司出版
（北京市西城区德外大街83号楼9层 100088）
北京联合天畅文化传播公司发行
北京飞帆印刷有限公司印刷　新华书店经销
字数224千字　880毫米×1230毫米 1/32　10.25印张
2020年6月第1版　2020年6月第1次印刷
ISBN 978-7-5596-4056-7
定价：58.00元

版权所有，侵权必究
未经许可，不得以任何方式复制或抄袭本书部分或全部内容
本书若有质量问题，请与本公司图书销售中心联系调换。电话：（010）64258472-800

献给

吕兰·达纳伊洛夫

Contents

目 录

与鲁门同行 / 1

请允许我告退 / 13

肉! / 25

多少? / 39

孩子,请熄灭我的双眼! / 57

黄金 / 69

花园 / 83

黑盒子 / 97

壁花 / 109

联邦十字勋章 / 127

舒门 / 143

断裂的翅膀 / 151

佳偶 / 163

杰姬 / 175

海边 / 185

瓦尔纳 / 199

罗克西 / 213

混成曲 / 229

罂粟眼 / 243

内塞伯尔 / 255

继续 / 275

索非亚 / 287

其余的事依然是秘密 / 301

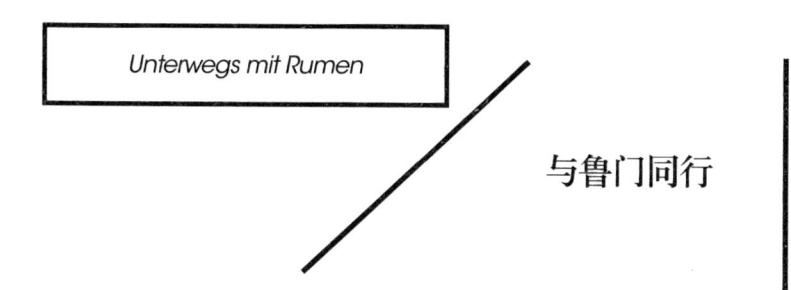

Unterwegs mit Rumen

与鲁门同行

我们就这么顺利地解脱了！我开口跟老姐说道。老姐坐在前面的副驾驶座上一语不发，只是微微地将头偏向窗户，以此对我示意：她懂！对于我这种无厘头式的开场，她早就习以为常，也完全明白我到底在讲些什么。

离开、消失、结束。一位父亲能够在把全家都折磨死之前就画下句号，无疑更值得称赞而非咒骂。

死了——这再清楚不过了，是不是？人死之后总想要得到敬重吧。嗝儿屁，蹬腿儿，翘辫子了。我试着用一个手击座位头垫的动作来结束这串思绪，但我几乎整个人都飘在空中，我的手都还没来得及举起来就又落回到了膝盖上。傻吗？是啊，我所做的一些事都还挺傻的；只可惜，能够治疗这种症状的理性药草至今尚未长出。老姐在听，可是在那当下却不看我；不仅因为她正对着鲁门微笑，更因为这辆车的噪声吞噬掉了其他更微小的声响。

有时我跟老姐说话就犹如在讲给空气听。对于我的论调，她是再娴熟不过。只要一扯到我们老爸,我总是恶语相向,鲜少会出现什么好听的话;至于老妈,我们则是绝口不提。老姐最令我感到神奇的是,她并不会认真地看待我所说的话,不管什么事她都能原谅。她可以算是用天使般的气度来包容妹妹的模范姐姐。虽然如今我俩皆已步入中年,但这位大我整整两岁的姐姐却总以为,她所面对的我,还是个天真的娃儿,老是会冒出一堆古怪想法让大人伤透脑筋;然而,她倒也始终坚信,这个小孩儿有朝一日还是会长大的。

鲁门·阿波斯托洛夫不太适应我跟老姐的沟通方式。他的整头头发直达发梢都维持着立正站好的姿势。我的言论对他来说简直是骇人听闻,不过他对姐姐却是十分仰慕。他有着过人的听力,我们在说些什么,他几乎都能听懂。除了有时我们故意说些"施瓦本语",这时他侦探般的语言能力才会对这种既软且平的方言束手无策。

鲁门是我们的"赫耳墨斯",他不但帮我们开车找路,还帮我们把话传来传去。他是那群令人绝望的保加利亚司机当中的一个;对于那些在疾驶而过的街边的一切败坏事物,他们完全视若无睹。开车带着我们穿越这个令人绝望的国家,他似乎比我们姐妹俩还要紧张;尤其是到了夜里,这个国家又显得更加令人绝望。

其实我们也不该抱怨。我跟老姐说道。我们不但被养育成人,还从没挨过打,漫长的求学过程也都获得了资助。就连最后他走了,还留下一笔小小的遗产给我们。你还能要求更多吗?

我这话中充满抑郁的理性,着实令我自己作呕,以至于有好一会儿我连半句话都说不出来。老姐反正是很少出声。而鲁门则是不敢在此时为了延续话题而搅和进来。

我们沿着一条修筑完善的公路驶往大特尔诺沃。索非亚正被我们抛在脑后。路的左边有许多看似颓圮的工业厂房，一缕缕黄棕色的烟雾正从那些厂房飘向天空。整个路左边仿佛蒙上了一层黄棕色的面纱，而它当中的微粒则在阳光里刺目地闪耀着。只不过，那股气味着实臭不可闻。在我们的前面，排列着一长串的卡车。鲁门·阿波斯托洛夫先在他的驾驶座上调整了一下自己的上半身，随即决绝地握紧了方向盘。横在他面前的是一项艰巨的超车任务，在他后座则还有个让他受不了的女人。

对老爸的恨偶尔也会夹杂一些爱老爸的小火花，正当我们将克列米科夫齐冶金联合体的红色烟尘抛在身后时，我呢喃地对老姐说道。这家企业曾是**保加利亚与苏联双边友好**的产物。

我们又何尝不是德国与保加利亚双边友好的产物呢！只不过，这两国的友好关系，就跟保加利亚与苏联之间的友谊一样，都是不可靠的。那是一种建立在谎言、铁与锡上的友谊，后者如今只剩下成堆生锈的坦克以及满坑满谷早已腐烂了的尸体。我们老爸则烂在一个单独的、小一点的尸堆里——作为一具战后的尸体，而不是一具战时的尸首。

就让他自己现身吧，那个老爸，如果他做得到的话！

但什么都没发生。时机尚未成熟到可以轻轻地一敲就能把对老爸的印象全部化为乌有。克里斯托（Kristo），那是他深具象征意义的名字。这并不是个有助于年轻人在江湖上闯荡的好名字。在这个十字之名上面，承载的意义像铁桶一般沉重。这位名为克里斯托的父亲（当然，那时他还尚未为人父,仍只是人子而已),虽然很快便学会了写字,但却是过了很久之后,才能够顺畅地写下自己的名字。长大之后,当老爸成为一位医生,他的字迹却更潦草。也因此,解读他所开的药方,便成了药剂师们的苦差事;尤其他的签名,更是没人看得懂。是啊,如此的签名也反映出我老爸的核心个性。一整个很潦草的个性!我这么跟老姐说道。看她在听到我的话之后无奈地叹了口气,我相信她是听到了。

一个既无主见也没分量的个性,至少对他的女儿们来说是如此,前提是他还能闯入她们的生活的话,我得意扬扬地说道。但是,是的,他常常不请自来。老爸这个无赖,总是会突如其来地乱入我们的脑海!

这仿佛是场昼伏夜出的梦,在梦里,我们老爸经常会归来。

由于老姐总是沉默不语,而鲁门只有在他认为有笨蛋挡了他的路时,才会抱怨并且用拳头使劲儿地敲打方向盘。于是我便一人分饰两角地代替老姐发言。虽然老姐总是否认老爸曾经多次出现在梦里,但我们那个草率的老爸却也有其顽固的一面。

在我们飞往索非亚的前夜,老爸罕见地来到了我的房间。他的出现,就如同村上春树某个故事里的情节,同样显得平凡无奇。那个故事里写道:"片桐一进宿舍,见一只巨大的青蛙正在等他。"

当时是没有什么两栖动物在等我;等着我的,就只有我老爸。他一语不发,整个行为举止比村上春树的青蛙还神秘。是啊,反正我们之间也没什么话好说的,又何必去磨损声带呢?一段时间过后,他慢慢地起身,随即穿墙而出。尽管他已离去,可是他的套绳尾端却还拖在地上,过了好一会儿,才逐渐跟着一起消失。我们老爸总是带着他上吊的套绳，这完全不是什么新鲜事儿。

鲁门可真是个顽固的司机，他老是要打断我的思绪。当他要超车时，总是会不由自主地问自己：到底是行还是不行？就在刚刚，他才甩开了一辆满载着树干的卡车，车上最长的那根树干旁还飘着一面红色的三角旗。又一次，我们逃脱了。

鲁门·阿波斯托洛夫想要显摆一些保加利亚的珍宝给我们欣赏。只不过我跟老姐看得更透彻：那些所谓的"珍宝"，恐怕只有保加利亚人才能欣赏吧！我们姐妹俩都坚信保加利亚是个烂国家——不，一点儿也不夸张哦，是个既荒谬又糟糕透顶的烂国家！那么，它的风土呢？它的海洋、森林、山脉和河川呢？这个国家可能确实有着一些不为人知的魅力。但我们既不是鸟类学家，更没打算要去猎熊。如诗如画的罗多彼峡谷一点儿引不起我们的遐思，鬼斧神工的罗多彼河谷也完全触不动我们的心弦。即使钟声就在耳边缭绕，也无法将我们领进教堂。对我们来说，玫瑰花海不过就是玫瑰花海，一点儿也无法让我们的心沸腾起来；那不过只是人们"秀"给我们看的一大片血红色。我们既无法像热恋情人般对它产生悸动，也无法感受到特别的供血脉冲。保持清醒算是一门艺术；而当我们一踏上保加利亚的领土时，或者应该说，当我们一嗅到保加利亚的空气时，我们便毫不留情地应用起这门艺术。

那么，其他的呢？例如保加利亚的合唱，那也算不上什么吗？一直以来，它们不是还有个优雅的封号，被世人称为"保加利亚的神秘之音"吗？它们听起来，难道不是宛如直上云霄，或是从高山上奔腾而下吗？当我们想起俄耳甫斯时，难道我们不会陷入沉思吗？当年俄耳甫斯

八百万个老爸在路上

曾在罗多彼山间一边弹奏著名的七弦琴,一边完美醉人地吟唱。循着他的歌声,岩石与草木皆围到了他的身边。所有的野兽也都收起尖角与利爪,大鹿与小鹿陶醉地跪了下来,狩猎者与被猎者全都躺在柔软的苔藓上,大地一片祥和,举凡有耳、有心的万物无不平静——因为所有的一切都只是在静静地聆听。那是一种特殊的倾听,一种仿佛石头也有心、好似石头也长耳的超级倾听,一种甚至不见于《圣经》的倾听。

好吧,也许是这样的。不过,你们可别忘了你们的曾曾曾祖母们——就是那群搬弄是非的酒神女信徒,那群喧嚣扰攘的女无赖。她们不但报复心强,而且既嗜血又恶毒。她们大吹号角、放声咆哮,甚至敲敲打打地弄出了巨大的声响;等到俄耳甫斯的歌声再也起不了作用时,她们就对他痛下杀手。不久之后,许多粉白的尸块便漂浮在马里查河上。而俄耳甫斯那依然持续在吟咏着的头颅,则漂过了山毛榉林与柳树丛,漂过了榛子林与白杨林。那颗俊美的头颅就这么朝向大海一直漂流下去,最后终于漂离了这块当时尚被称为色雷斯的罪恶之地。是的,那些能够满足心灵需求的珍宝,其实并未藏在你们这罗多彼山脉之中。你们的合唱里所吟咏的,其实并不是俄耳甫斯,反倒是杀害他的那帮酒神女信徒!即使不是她们,也是这群凶手们的后代子孙。于是乎,为何在保加利亚的合唱中总是要那么不自然地挤压喉咙,这个谜题总算解开了!

我们的妇科医生,他的歌声是多么的美妙啊!老爸的仰慕者们齐声咏叹道。她们其实都是老爸生前的女病患。对于这位来自异国的"俄耳甫斯",无论他是在窗边、在书桌旁用指甲轻敲着小管子或俯身在医疗用具中,还是在其他什么地方,她们都渴望聆听老爸的歌声。直到他最后唱出了自己的挽歌:在喉中尚存一丝能修饰声音的气息之际,老爸用他那优美的声音,模糊不清地完成了他的最后一曲。

但他的头呢?哦,老爸的那颗头已然被黑暗布满,被死神的手臂紧紧环绕,拽进死亡国度。

让我们继续,我说道,继续深入这位挥之不去的老爸装进他的女儿们的脑里与心里的保加利亚式不幸。谢天谢地,这些话我讲得不似平常那般大声,而是轻柔到就连鲁门也无法听见。只不过,我其实并不确定他是否真的听不到;因为他那特务般的听力是如此的敏锐,即便是刚到嘴边、尚未脱口而出的话,他都能听得见!

鲁门啊,可怜的鲁门,我们是不是聊过了你很想显摆给我们欣赏的保加利亚陶瓷呢?在从前,带有孔雀翎斑纹与水纹图样的棕色壶、碗、碟、烟灰缸以及咖啡杯等,都是东德游客最喜爱的伴手礼;现如今,这些陶瓷制品是不是反倒更受英国人的青睐了?对我们而言,这些碟子、杯子都显得太厚了,就像是厚得有点不像话的儿童陶艺作品。不仅如此,人们也没把这些东西看作是餐具;因为它们用釉着上深蓝色,有毒。

那么,黑海的海边呢?黑海的海边嘛,乍听之下,会让人联想到阵阵的海浪声、海鸥、沙滩,联想到海滩咖啡座、摇曳的小船、嘎嘎作响的游艇桅杆。它给人感觉仿佛是世外桃源,不再在保加利亚——而像在奥维德的世界中。但其实,哦不,简直脏乱不堪,充满了污染。那片苍白的海水,鱼都被捕光了。保加利亚的饮食呢?不过是用劣质的油浸泡而成的烂泥罢了。至于鱼嘛，则是一个烤焦了的笑话。二十世纪的保加利亚艺术呢？毫无例外地令人抓狂。除了那些十九世纪的修道院、清真寺或商店以外，保加利亚的建筑又如何呢？只能说是一场罪孽！

老姐摇了摇头。不过，她并非反对我的说法（她根本就没听到我在讲什么），似乎是有只苍蝇飞上了她的头发，结果竟被头发给缠住了。

一如既往地，她的异议总是在正确的时机出现。

是啊，我知道，我的心里其实都清楚得不得了！但我就是克制不住我自己。"保加利亚"这个词，仿佛是唤醒痼疾的咒语，一旦发病，会在转瞬间冲走所有的理性。对老爸的恨，对祖国的恨，全都缠绕到了一块儿，还顽固地处在随时准备爆发的状态。保加利亚？老爸？这两者宛如一个双门柜。即使在路途中遇到那些好心的保加利亚人，也无法缓解这样的症状；我一看到他们，就近乎狂喜地跑向他们。但我心里孩子气的记账员并没有把这些人算成是保加利亚人。他们住在一个没有国家之分的地方，所有我喜欢的人都住在那里。

无论鲁门显摆什么给我们看，老姐总是报以一个甜美的微笑。这样的笑容我是再清楚不过的，每当老姐内心感到极度无聊的时候，便会露出如此一抹微笑。这是她向世界保持其甜美形象的一种笑容，其中既没有任何评判，也没有任何兴趣。把她的微笑晒干，大概就会硬结成糖吧。但暗地里，每当她得到一个机会确认保加利亚有多野蛮时，她的内心还是欢愉的。关于这一点，我了然于胸；尽管她总是既礼貌又小心翼翼地隐藏起内心的反感。这个可笑的国度证明了：撒手人寰离我们而去的，并非一位被珍视的父亲，而只不过是个荒谬的保加利亚人罢了！我们非但不觉得有任何损失，反而还感到很幸运呢！由于我们相处的时间不多，所以他也来不及用他那套保加利亚骗术来糊弄我们。我们姐妹俩唯一的不同之处在于：老姐总是将这样的想法禁锢起来，就这么微笑又微笑着；而我则是滔滔不绝地细数保加利亚的不幸，以此来激怒鲁门。

在我们姐妹俩真正有机会认识保加利亚之前，我们就已经对它感到厌倦。我们都觉得，保加利亚语是人世间最令人讨厌的语言；尽管可悲，却是个不争的事实。它是种既软弱又笨拙的语言，仿佛就是不想点着挂在嘴唇上的那串炮仗；更甭提，它那辅音有多么含混不清了！为了使鲁门抓狂，我超爱使出我的绝招，那就是用力地去称赞他们的邻国罗马尼亚。哦，罗马尼亚语可真是动听啊！是那么暗沉、那么令人着迷！是啊，罗马尼亚人有其优势，他们的斯拉夫方言孺慕着罗马人的语言。罗马尼亚人多么俊美啊！没错，他们有时看起来就宛如高大英挺的罗马人。更别说，他们还拥有如黑魔法般神奇的文学！这也难怪，他们不仅曾热情地款待过奥维德，还出过许多异见人士；完全不像保加利亚人那样，尽是些向苏联溜须拍马的狗腿子。而那些不想阿谀奉承的人，最后全被带去洛维奇的采石场或是贝莱内劳改营毁灭。

鲁门只要从我口中听到"罗马尼亚"这个字眼，整张脸便会扭曲起来，就仿佛他的牙齿疼得不知道有多厉害。我相信，每天晚上，鲁门都在他的梦里谋杀我，还狠咬着老姐，一路将她拖行至保加利亚的某座小山后面。

有几回我的确是过分了点。不过，在这段时间里，鲁门也学会了向我还击。我一称赞罗马尼亚人，他便会来个更讽刺的回击。什么，罗马尼亚人很文明？鲁门反驳道，哈，把犹太人关进猪圈，并将他们给活活烧死，那可是罗马尼亚人最爱的活动呢！非但如此，他们还一点儿也不懊悔。这就是你口中美好的罗马尼亚人吧！在愤慨与恼怒中，鲁门用他那气到发抖的声音大肆咆哮着。

这时已是黄昏，路上空荡荡。我们正开车穿越一个人烟稀少的地区。行驶约莫十五分钟，在通过一片前不着村后不着店的丘陵地带后，我们几个不禁怀疑：到底有没有人住在这里呢？偶尔我们会遇见三三两两的吉卜赛驴车或马车沿着路边前行；这意味着，山后面应该有人居住，住在一些不知如何发展起来的村落里，而村中还有一些因陋就简地用木板随便搭建而成的破旧商店，如果山后面确实有商店的话。然而，可以激发对异地的向往以及催生巴尔干冒险故事的那些事物，却一件也没有。额头上装饰有红色流苏的可怜老马，在马鞭的催促下缓步前行，悲苦仿佛是用坚硬的画笔描绘在它们的皮毛上。

这沉重的黄昏是保加利亚夜的前哨。在夜里，保加利亚的山脉宛如许多沉睡中的黑色巨兽，三不五时才有从遥远破屋中泄露出的些许光点。由于此时鲁门无须再与那些卡车搏斗，他索性慵懒地坐在驾驶座上，在嘴边点了根烟。

今天我的心情比较好，有人开车带着兜风让我感觉良好。我也很高兴坐在后座，因为我更喜欢从背后放毒。此外，倘若我坐到鲁门旁边，必定会让他更为恼火。他已经是个烂司机了，如此一来，恐怕只会让我们冒上更加严重的生命危险。

Bitte mich zu entbehren

请允许我告退

请允许我告退。我们老爸说道。一道老爸的汹涌波涛冲进车子里，来个情绪的"芭蕾大跳"，便将整个车顶掀飞，以至于有那么一瞬间，我们是在露天行驶。

他以前从没有说过，请允许我告退。他从未如此客气地离我们而去。灰白的天空证明，他已经走了。不过，却留下了满肚子疑惑：刚刚出现的究竟是一位怎样的父亲？我无法记起他的声音，而老姐也同样记不太清楚。每当要去形容我们老爸的声音时，我们总是失败得一塌糊涂。他说起德语是怎么样呢？说得好吗？字正腔圆吗？他曾在维也纳进修过德语，是不是因此会带有一点奥地利口音呢？语法是不是正确到无可挑剔呢？他掌握的词汇多吗？还是他总使用简单粗俗的用语呢？关于这些事情，我们真的一无所知，尽管我们其实应该知晓才对——当时我已十一岁，而老姐也已十三岁。

他说起话来，究竟是干干脆脆地，还是温温吞吞地开口？我们完全不清楚。他是否言语犀利，话锋里充满自信？我们也完全不清楚。他讲话是快是慢,是流畅还是生硬?更是完全没印象。他有没有一种外国人常有的恶习呢?也就是说,一搞不清楚语法,说话的节奏便会急促了起来?那么他的声音呢?是高,是尖,是发自喉咙,还是发自丹田?从前有些老爸的女粉丝经常围绕在我们身边,她们老是想糊弄我们,说什么你们的父亲讲起德语简直是太美妙了,听他说话就仿佛是在听一首诗;不仅如此,当他一开口歌唱时,那魅力更是无法挡!

每当听到这样的言论,我们总是习惯性地无言以对,而这也是老姐少数会放弃以其招牌微笑来回应的时刻。不过,谢天谢地,这群老爸女粉丝团的成员们,目前泰半皆已凋零;也就是说,真正认识他本人的人,如今已没剩几位留在人世间。现在,该轮到我们去厘清我们老爸究竟是怎样的一个人了。小时候,我们经常会扎着两条小辫子,在院子里蹦蹦跳跳地玩耍。一些陌生女人看到我们便会说:我们比起那位传说中的"俄耳甫斯"简直是差太多了,根本就不配当他的女儿!如今我们倒是想反问:难道那个烂人就配当我们的父亲吗?

我们可以确定的是,我们老爸是个典型的保加利亚人。典型的保加利亚人具有以下特征:有浓密的毛发以及完美又洁白的牙齿,喜欢嗑大蒜,而且还很长寿。以我们老爸来说,他的头发算是既乌黑又浓密;至于大蒜嘛,他倒是很少吃。典型的保加利亚人在老了之后还是会有很多头发,只不过变得花白罢了。由于我们老爸没能经历老年这一关的考验,所以我们并不晓得,他是否符合这项条件。不过,他的朋友曾在见他最后一眼时,轻抚了他的头,当时他的一小撮头发便留在了这位朋友的手上。

还有什么地方会有他的头发呢？会不会粘连在某些家具上？是在老爸专用的家具吗？还是在老妈专用的家具上？

许多家具瑟缩地在厚厚的地毯上沉睡着。父母卧房里是蓝色地毯和漆木家具。客厅里则是蛋黄色地毯。阳台间里的一张红色小沙发是我们老爸专用的。每当他坐在那张沙发上时，他便能感到无比安心，完全不会流露出丝毫的情绪起伏。基本上，他需要的只是一个很小的空间，需要一个足以装下他的伤悲的空间。不过，有时他也会呲着洁白的牙齿，焦躁地在那个阳台间里来回踱步。在他的内心深处，一定有什么东西堵住了。难怪一直摆在阳台间里桌子上的那块长期经受曝晒的电池，在他去世几年后突然炸裂，里头那些难闻的化学物质溅得红色沙发上到处都是。

他与周围的人只是维持着泛泛之交。仔细地端详过某人一回，将那个人记住，这样便足够了——在那之后，其它东西糊里糊涂过去也无所谓了。他总是头顶一顶名为忧郁的帽子。他总以为自己内心里的晦暗是绝无仅有的。而家人们也印证了他的这种信念：我们这些家里的小喽啰一直在竞相琢磨这位保加利亚父亲，或者应该说，这个保加利亚男人心中那无法理解的阴郁，而这个压得我们喘不过气来的个案反过来是所有阴郁中尤其糟糕的一种。这样的阴郁在天才般的混乱与敏感的映衬下可以显得耀眼夺目。但为何就是没有半个人仔细瞧一瞧这男人麻木的表情，然后得出结论说：不，这并不是一具艺术家的残骸，而只是一具腐败了的医师残骸？

他并不像我们大多数同学的父亲们那样，是随着年岁增长令人生畏与性格阴郁的。每当他从衣柜里拿出他那件严重磨损的背心时,我们就晓得接下来要发生什么了。这种事总是发生在每年春天,整整两个月时间,他周围的世界就仿佛消失了一般,而我们也宛如被下了诅咒,一块儿跟着那个世界烟消云散。我们蹑手蹑脚地潜行到他上锁的小房间前,畏畏缩缩地敲敲门,语带犹疑地问他要不要吃点东西,却总是没有回应。如果我们把门拉开一条小缝,一阵发霉的味道便会迎面袭来,我们只好又赶紧关上门,他就这么一直活像腐尸般地躺在沙发上。

我们老妈是位运动健将。她不但会滑雪,还会登山;更重要的是,她有一把破冰斧。我们曾对她抱有高度的期许,希望她能举起斧头将门劈开,重重地给她那行尸走肉般的丈夫几记响亮的耳光。倘若仍然不能将他唤醒,干脆就把他埋进墓园里。再不然,至少也要剥掉他身上那件肚子上有破洞、令人作呕的背心,将它拿去焚毁。然而,这些事情一件也不曾发生。于是我们停止了将这些无意义的希望消磨在老妈身上。

老妈并没有专用的家具。一个凡事都仰其丈夫鼻息的女人,要专属于自己的家具做什么呢?当初家里要购进什么样的高档家具,例如席尔德克内希特公司的家具(在20世纪60年代,它们以精湛的工艺与贵族的光环驰名商场),或许确实都是由老妈一手决定的;可是老妈所做的一切决定,归根结底,只不过是为了取悦老爸,从来不是为了她自己。

漆木!有千百种理由可以促使我们用头去顶撞一个漆木书架!在那些漆木书架上,乌韦·约翰森、马克斯·弗里施、詹姆斯·鲍德温以及阿尔贝·加缪的作品,全都宛如士兵一般乖乖地排排站好。这些书墙一整个激起了人想要破坏的欲望!拿把斧头来吧!拿把锯子来吧!一页一页地将这些书全撕个稀巴烂吧！然而，我老姐，那个不断在梦游的女人，却视若无睹地走过了这些漆木书架，就仿佛它们是这世上最自然的事物，哪怕这里头有些东西还上了锁。这里头有一些小门，门上除了有松饼图样，还配有黄铜制的小锁。门后所藏的白兰地、威士忌以及专门用来喝这酒的酒杯，道出了它们不为人知的秘密生活。

要是我们的老爸老妈当初读的是那些真正酒鬼（劳瑞！福克纳！契弗！）的作品，他们可能就不会选择席尔德克内希特公司以及其漆木家具了。然而，情况并非如此。事实上，只要想在哪里寻找不幸，不幸便会恰好出现在那个地方。

在酒精方面，我们老爸其实是有所节制的。身为一名夜的斗士，他并不需要那些东西的帮助。他甚至可以从家具上听出与嗅出一般人根本无法感知的失望。虽然夜晚的威胁在白天里会变得极其微弱，可是在他的脑袋里，似乎开垦了一片种植传感器的听觉田，即使这种威胁的波动再小、再远，它们也能敏锐地接收到。

当我们提到敏锐的听觉，难道不会不由自主地联想到天使吗？

我不禁想为两位尊敬的同行者来段关于天使的演说。若不是这辆小的大发汽车实在太吵，我便会给他们说起那些最靠近上帝宝座的天使。据说，天使们的听觉是不会出错的。超级倾听这种事也会发生在这些神圣的天使身上，而不只是在弹着七弦琴歌唱的俄耳甫斯身边。有时上帝说话的声音会不可思议地微弱，比刚出生的阿米巴原虫还要更微弱（就算人类猜上个千万年，也无法猜出到底有多微弱）；但有时他的声音又会很大,大到仿佛天上正在办父亲节派对(声音大到所有肤色的人种都感到震耳欲聋)。

  天使是真理的使者,我在这辆大发汽车里顽强地思考着。他们不得不从始终飘忽、颤动的话语流中捕捉到哪怕最细微的讯息片段。但任何这样凝神倾听、就连其中的停顿也不放过的人,可能实际上并没有理解。试想上帝说了"spezifisch"(具体的、独特的)这个词。势必不用花上太长时间,天使的脑袋就可以梳理一遍"Spezi"与"Fisch"(鱼)的所有变形以及《圣经》中所有提到鱼的地方,然后得出结论说,诸如鲱鱼、沙丁鱼、鲔鱼之类的鱼不过是游在边道上,也就是说,是游离于话语流之外的。

  这是个很愚蠢的烂例子,我知道(并且我也立即收回。虽然我们可以忽略逐字聆听的问题,但我们无法忽略的一个问题是上帝原来说德语。或拉丁语,或希腊语,或希伯来语。但我们可以铁定排除保加利亚语。上帝绝对不可能说保加利亚语!)。

  喂、喂,老姐,别那么没精神嘛!我在想天使,你的头却给我歪到一边睡得昏昏沉沉;只因为现在是晚上,路上空荡荡的。

  使者啊,老姐!夜间的熙来攘往,在天上振翅飞行。一支能指的洪流!

  这些使者是为了解构上帝那难以理解的话语才存在的。收集、整理、检查、分组和编排。当然是为了聆听,不然呢?像被封在琥珀中那样被封在其中的神圣旨意,需要被传达给所有有耳倾听的事物。哪怕神的意志对自己感到绝望,也绝对不能出现误听。讯息必须被正确接收,并被正确传达。

然而，我们老爸身上通向外界的管道似乎被阻塞了。他仿佛只听得到自己内心的声音。至于这些声音究竟来自什么部位？他到底听到了什么？我们就不要深究了。我认为是来自他的肠子，老姐则认为是来自他的心。真是个浪漫得无可救药的家伙。

当诊所净空、再没有半个人在他身边放肆地喧闹时，他脑海里的听觉田便开始展现它的能耐。

他的脑袋里似乎有些孔洞，于是晦暗的胡思乱想就这么钻了进去。薄如蝉翼的虚无之叶便开始在他的脑袋里沙沙作响。

就在昨天——老姐，醒醒！那些金叶子！

昨天，我们在索非亚的博物馆里欣赏了一顶色雷斯公主的头冠。它由薄如指甲的金叶子打造而成。我们高兴地绕着展示柜看个不停，不时地互换喜悦的眼神。在我们的记忆中，黄金始终是黄金，只不过现在被捶打得很薄，变成更精致、更美妙的金叶子。并且它始终明亮，明亮可人，跃入我们脑海的那件不知名公主的华丽头饰也不会给我们带来伤害。

所以我们并非我们老爸的孩子！何以见得？若是让我们老爸凝视那样的金叶子几秒钟，不消转眼的工夫，它们便会摇身变成一个具有威胁性的幻影。它们只是看似出自人类之手，而在老爸看来，它们会变成魔鬼的杰作。那些叶子很快就会偷偷地在他的脑袋里沙沙作响；或者更为糟糕，它们也许已然开始绕着他的头颅蔓生，为他戴上一顶黑暗的花冠。并且，别忘了，一切都悄无声息地进行。于是缠绕与蔓生的叶子似乎成了某种无形的诡计,旨在折磨这个一米七几的保加利亚人——可是,究竟是谁,到底为何?

就仿佛任何小巧而精致的东西,只要找到了入口进入老爸的脑袋,就都会变得巨大又笨重。他会用滔滔不绝的话语与它们对抗;只不过,那些发自内心的话语从来没有说出口,并且徒劳无功。当然,那些送往"战区"的话语,并不能使他从头上摘下那顶被一个未知的敌人所钦佩的荆棘王冠。

""奇迹般地"!德累斯顿的丹尼尔·保罗·施雷贝尔法官可能会这样大喊出声,用雷霆般的话语向他的敌人表明自己仍然是一个男人,而不管上帝或弗洛伊德医生说了什么。[1]

可是,我们的老爸却从未在这样的情况里吐露过只言片语,从来也不曾至少用保加利亚语吭一声。或许在我们老爸的身体里藏着一个少女?

在他的脑袋里,改进工作正如火如荼地进行着。尽管头盖骨接缝处覆盖着许多毛发,但在颅缝上方所冒出来的烟气中,仍能看到里面的工作速度有多快。是的,是的,不行,不行,这一下,那一下,永远没有尽头。

他的头,就像我说过的那样,不仅被厚重的黑暗所笼罩,并被拽进了另一个世界。

---

[1] 施雷贝尔相信自己周围的人和事都是由上帝奇迹般地(angewundert)创造出来的,以掩盖世界毁灭的事实;他也相信自己必须变成一个女人,以成为上帝唯一的欲望对象。通过阅读他的回忆录,弗洛伊德认为,施雷贝尔的幻觉源自其受压抑的同性恋欲望,是力比多完全退缩到本我,导致其退化回到自恋的发展阶段。——编者注

我们不妨大胆地假设：我们并非这位父亲的亲生子女，也不是由那位宣称是我们母亲的女人所生。百分之百不是。然而，当我们要寻找一位合适的父亲人选或一位合适的母亲人选时，我们的智识能力却变得捉襟见肘。或许是宙斯？还是童贞受孕？不，不，不要由女人生——要由男人生！这未免太幼稚了吧，我们听到有人会这样冷嘲热讽道，简直是幼稚得可怜！确实，一个不对的爹，再加上一个不对的娘，只能养出这样无可救药的幼稚病。但是，请不要忽视那些能量，它们当初驱使我们迈开尚还细小的双腿，试图逃出这对冒牌的平庸父母将我们囚禁起来的迷宫。

我们始终认为，童年一点儿也没有什么值得珍惜的地方。在心灵上是完全的无能，在脑袋里则是完全的任性。于是乎，那些白发苍苍的童年守护者才会净说些蠢话。尽快地脱离童年，是我们曾经有过的渴望。尽可能地跑快一点，尽可能地读快一点。快快跑出童年吧，快快读完这虚构的幼小吧，从此再也别回来！对于现在的我们来说，曾经身为小孩子着实是件令人难堪的事。每个能让我们迅速长大的春去冬来，对我们而言都极其珍贵。因为那意味着我们离年少、幼稚以及为人子女的亲子关系越来越远；简言之，它们帮助我们脱离了那无处不在的蠢事。

老姐早在五岁时便开始追求爱情。小手掌压在花园大门的栏杆上，小手指伸进去牢牢抓着，她就这样在那里端详着她的爱人。我们所住的那条街当时正在进行施工。但她所爱上的，并不是某个矮小、精壮、扛着钻孔机在施工的意大利人，而是一个德国人。倘若有什么类似

"金发美女"这样的华丽字眼来形容男生，那么这个人绝对有资格接受那样的美名——"金发美男"听起来终究没有那么吸引人。他身上的肌肉是如此强而有力，太阳般的金发在头顶上散发出闪闪光芒，就像希腊人所钟爱的英雄形象。他站在坑里挥舞铁锹，将土块接连铲起。

爱上这个铁锹男这件事表明，她从小就对权力独具慧眼。他并不是一个普通工人，而是埃普勒建筑公司将来的老板；这个家族长子当时正在武尔姆林根街的工地上当学徒。

老姐从不因年龄的差距而烦恼，它早已化为烟尘飘散在大街上。只有两性专家会说，五岁跟二十五岁确实存在差距。他们根本理解不了，爱情的飞马可以跨越时间。老姐将那位伟大的希腊说书人所说的（只是纯粹出于预期，当时她还不晓得荷马）拿来自比，即她认为自己不是凡人的女儿，而是天神的女儿，因而一切皆有可能，一切都被许可。

唯一困扰她的便是我。或许是出于嫉妒？我这位平素很有耐心的老姐，毫不迟疑地动口咬我，将我从门边赶走。

Fleisch! 肉!

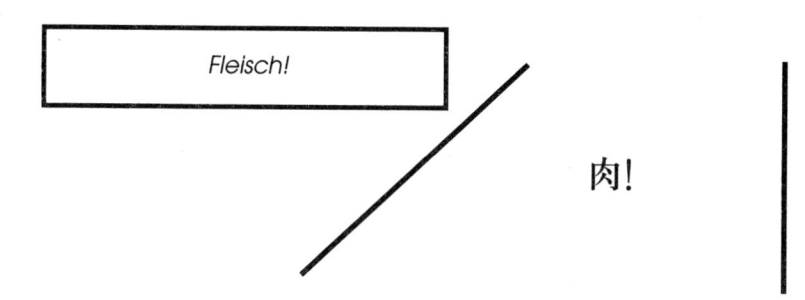

路边躺着一堆堆巨大又孤单的缆线盘。在我们的身后是一片寂静。鲁门在方向盘上敲击着一段只有他自己才晓得的旋律作为消遣。散落在他背脊上的头发这时候显得有点可笑。再过大约二十分钟左右，我们便会抵达大特尔诺沃。此刻在这辆车子里，再也嗅不出任何谁惹谁抓狂的火药味了。

只是旅途也没那么顺利；前方有不少蓝色灯光正一闪一闪的，似乎在进行什么封锁。一大群警察将一辆冷冻货车团团围住。我们被示意绕行离开现场，却不知道里面到底发生了什么事。无论如何，看起来都不像是出了车祸。

此时在天际有样巨大而丑陋的东西，宛如被涂抹得长长的粪便；那不就是我们的老爸吗？在地平线的边缘渲染起一抹红晕，在它的上方则筑起了一道渐次浓重的深蓝；然而，在我们的头顶上方，却是那条被碾过的粪便！为何在这里会有这么多与老爸有关的事物，而那些事物竟又是如此夸张地低级？这几年来，我们已不再去提起他；如果有的话，顶多只是他秘密地跑来打扰我们一下。他就像在某个逐渐模糊的故事中缓缓地趋于消失的主人公。他所属的一切,再也不存在了;更遑论留下颗颅骨。他曾经逗留过的那些人体物质,如今只剩下一堆碎屑。

"是这样吧,姐?只剩一小堆由头颅与骨裂解成的颗粒,刚好可以装满一只阔嘴的密封玻璃瓶。"当然喽,不管是认可还是其他什么样的回答,老姐依旧是毫无反应。看着她将头枕在车窗边叠好的外套上,显然她又合上眼皮,整个人神游去了。这也难怪,前方除了一望无际的高速公路以外,只有几位难得心平气和的司机,正行驶在笔直地通往黄昏天空的道路上而已。

不过,此时似乎还欠个解释:我们姐妹俩究竟是被什么恶灵给操控了?他们似乎与我们老爸的祖国有着不共戴天之仇,才恣意纵横在如此乖巧又虔诚的女基督徒身体里。钱,钱,钱!总共70000欧元;正确地说,应该是每个人35000欧元才对。这背后还隐含着一个疯狂的点子;只不过,想出这个主意的,并非我们姐妹俩,而是从一颗88岁疯癫老头儿的脑袋里蹦出来的。在老爸还在世的时候,那位老人家其实并不算是他的好朋友,只能算是某种偶尔需要的伙伴;他是19位流落在斯图加特、相互帮忙排解异乡孤寂的权宜人选之一。

且让我们稍微偏离正题,简短地讲述一下这段凄美的故事。话说,在1945年前后,有20个保加利亚人来到了德国的施瓦本地区。他们当中只有一位是女性,此外,有一位则是教区神父。那些男的靠攀附一些他们可以把到的金发妹,很快地便在那里落地生根了起来。这群人的出身背景、政治倾向以及战争经验各不相同。除此之外，他们也流露出对于德国这个凶手弟兄不同程度的崇拜与憎恶。毕竟，在"二战"期间，保加利亚与德国是站在同一阵线的。感谢德国，不仅未将保加利亚人列为某个斯拉夫的少数民族，反而把他们看成是较高级的雅利安混血种族，地位凌驾于俄罗斯人之上。话虽如此，德国却并未遵守承诺；在我们老爸前来蒂宾根大学学医之时，他还是被带去测量了头盖骨！

为了挽救我们那位在其他方面着实无可救药的老爸的名誉，我不得不提一下：在战后，当维利·勃兰特[1]还在使用弗拉姆这个姓氏时，老爸就已经开始支持他。正因如此，即使身为斯大林的敌人，他在那群泰半支持基督教民主联盟[2]的保加利亚人中，还是被视为左派。我跟老姐是很犟的那种悲观主义者，我们不相信老爸的血统纯正；在没有明确的证明之下，不管是好是坏，我们什么也不相信。我们只愿听从那能让我们有机会了解"我们是谁"、"我们是什么"的无上权力所给的判决。对此，老姐希望能够得到个温和的判决；相反地，我则期待会有个严厉的判决。而到目前为止已经弄清楚的，大概就只有这么多。

老爸的那位如今已年过八旬、非敌非友的保加利亚同胞，又是怎样的人呢？大家公认，他是个让人捉摸不透的家伙，是个所有政治关系通

---

1 维利·勃兰特（Willy Brandt，1913—1992），德国政治家，原名赫伯特·恩斯特·卡尔·弗拉姆（Herbert Ernst Karl Frahm），受纳粹迫害流亡挪威时化名为勃兰特。1969年当选为联邦德国第四任总理，1970年"华沙之跪"全球瞩目，1971年获诺贝尔和平奖。

2 德国基督教民主联盟（CDU），简称基民盟，德国最大政党之一，保守主义党派。2005年至今为德国执政党，党主席默克尔是德国首位女总理。此处作者意图表明父亲支持社会民主党并反对斯大林，属于中间偏左的政治立场。而当年与他一同移民德国的大部分保加利亚同伴则是支持基民盟的保守右派。

吃的男人。在一张我们所拥有的照片上,他与四个慵懒地躺在地上、松散地相互倚靠着的少年一同合影;我们老爸也在其中。在右边最外侧、感觉跟其他人不像一伙的,便是这位塔巴科夫。他长着一张一般人过目即忘的脸。然而,从他右额上垂下的卷发,倒是挺好看的。只不过,打从他的事业开始蒸蒸日上之后,就再也见不到这样的卷发了。我们只见过顶着短发的塔巴科夫。

毋庸置疑,这家伙有着与生俱来过人的生意头脑。他想办法打通了保加利亚的亲苏联政府,就这么如火如荼地搞起了进出口业务。至于他到底在买卖些什么东西,这一点我们就不是很清楚了。不太可能只是单纯地做葵花子的生意而已。刚开始时只是逐渐累积了上百万的财富,如今他的身家早已突破数十亿;光靠葵花子和羊奶酪的生意,我想应该是赚不了这么多。

尽管家财万贯,但亚历山大·伊怀罗·塔巴科夫却不能算是个幸福的人。这一点,或许可以从他的早年说起;从他爱上他的真命天女,那位与他共结连理的金发大美女说起。她散发着泉涌般的魅力,浓密的秀发卷曲成金色的波浪,手上附有幸运缀饰的金手环叮当作响,所有保加利亚男性都渴望能亲吻她的唇;尽管她像个受过严格训练的贵妇,优雅地回绝了那样的欲望。

在我们幼年时,我们真的爱死她了,总喜欢围绕在她身边,放肆地撒娇。这个女人能散发出醉人的气息,在她身旁,所有活着的东西都会变得神采奕奕。对我们来说,她有种肌肤之亲的慷慨;而这一点,是我们在老妈身上所得不到的。

亚历山大·伊怀罗·塔巴科夫可以说是娶了一个好莱坞级别的老婆，她简直就是玛丽莲·梦露与薇拉·布吕内的合体；只不过，她所操的是纯正的施瓦本口音，内行人一听便知是来自斯图加特的东区。这样的出身背景，以及困扰其一生的种种枷锁，阻碍了莉洛·韦尔勒前进好莱坞的星途。于是她转而嫁给了一位前程似锦的保加利亚人，并为他生了个儿子。关于他们的这个儿子，我们几乎没有任何印象，只记得，他好像在六岁时便死于脑膜炎。后来有些毒舌四处谣传，说是这对疯狂疼爱儿子又极度虚荣的父母，将他们小孩儿的灵魂给吸干了！无论如何，他们的下一胎更加不幸，完全无助于一扫先前的阴霾：这第二胎所生下的，是个女儿。

她可真是灾星转世！折磨她的父母，似乎就是她出生为人的唯一目的。表面上似乎还蛮可爱的，可实际上，她不但懒惰，还满口谎话，脾气更是令人难以招架。于是，原本任性的孩童变成了一个令人憎恶的少女，继而又变成一个粗鄙的熟女。在她失败的四段婚姻当中，除了一大堆的怨恨、报复、贪婪以及一个儿子以外，其余的，什么也没有留下。不仅如此，她深知她的父母渴望见见这个小外孙，便把他当成了诱饵；说穿了，一方面她自己也想摆脱这个孩子，此外，还可以借机狠捞一笔。他们之间那笔骇人听闻的交易最后到底怎么算，我们并不知道，也压根儿不想知道。

她那风华绝代的母亲，在66岁时便撒手人寰。在万念俱灰的情况下，她的父亲决定放弃女儿与外孙，痛心疾首地独自一人隐居到佛罗里达。他在那里过的是怎样的生活？孤身一人还是有快乐的美国女士做伴？关于这些事情，我们一无所知。无论如何，约莫一年半之后，他又在斯图加特出现。而他的脑袋里似乎带回了某个计划；只不过，就像是半夜里突发奇想、天一亮便忘得一干二净的那种。没有人相信他有朝一日真能实现那个计划。

"我们到了！"鲁门指着古堡的断壁残垣说道。红、蓝、黄、绿等光束交相辉映在遗迹上，感觉就好像，在逐渐昏暗的天空里，矗立着一座游乐园里的鬼城。这座我们正要驶入的城市，仿佛被拆成了两个部分：下方是个由年久失修的高楼所构成的地带，上方则是由易碎的屋瓦铺排而成的旧市区。

这时老姐已醒了过来。随即伸长她那顶带有鹧鸪色头发的消瘦的脑袋，开心地说："哇，好漂亮！"她那小脑袋不断地东张西望，仿佛发现了什么奇迹似的。她不但一直称赞鲁门，还轻轻拍击鲁门的手，一副被男人逗得心花怒放的样子；这不禁让我回想起，从前我们去某个法国小镇，在那里吸了第一口高卢牌香烟的心情。秀发飞扬的老姐转过头来，她那榛果棕的双眼似乎闪烁着调侃我的眼神："好吧，坐后座的家伙，你觉得如何呢？"

"是大特尔诺沃哦！"坐在后座的我故意认真地说，仿佛就是要在场的某人清楚地知道：我们又不是到了阿维尼翁！虽然我曾预想过，大特尔诺沃一定是脏乱不堪，可实际上，这里并没有我所想的那么糟。我们曲折地登上了一座小山。是啊，这样子是还有一点看头；至少在夜幕低垂时，隐约可以让龇牙咧嘴的破败蜕变成比较慈眉善目的模样。

鲁门将车子停放在一个地势较高、有城墙围绕着的广场旁。从这里看下去，大特尔诺沃可以尽收眼底。左上方，在对面的山上，有一座色彩上得很假、宛如鬼屋的古堡遗迹。夕阳的最后一点红边还笼罩在森林顶上。在远处有一条寂静的河流，蜿蜒地穿过了山谷。在那后面，则是连绵不绝、一座又一座的小山；在日光的照耀下，也许会是一片青翠，但此时，却全都隐没于黑暗里。嘈杂的乌鸦声以及音乐声，都被来自古堡里的广播给打断。

右边有一条通往旅馆的小路。值得庆幸的是，前不久，这条小路才刚整修完毕，路上看起来相当干净。看似不悦又似友善的接待人员一直在看着他的报纸。大厅里铺着闪闪发亮的花岗岩，四周还摆了不少装饰用的人造花。左边角落的上方挂了一台电视机，播放的声音大到有点刺耳。没过多久，一位说着保加利亚语、将头发染成金色的保加利亚美女出来接待我们。

由于老姐先前已在车上睡得饱饱的，此刻的她生龙活虎。她一下子用手指碰碰我的鼻头，一下子又用手指去碰碰柜台的边缘；只不过，这回她触碰柜台的手立刻缩了回去，仿佛不小心被电到似的。然后她又轻轻地用手指去触碰一下鲁门外套背后的徽饰，鲁门则丝毫没有注意到。接着，她又用手指去触碰一朵粉红色的塑料花，甚至还把整朵花压到垂了下来。过了一会儿，她转身走向楼梯。她那繁多的手指运动、舞动着的双眉以及往四面八方拉扯的嘴，宛如把别人的对话转化成一场神经兮兮的哑剧表演。

这位既辛苦又可爱的好姐姐，凡事总为我着想。我只要一笑逐颜开,她晓得自己所做的事奏效了,便马上停止表演。

我们交出了护照,并且签下了自己的名字。随即便拿到了几把钥匙,钥匙上还挂有像台球一般大的木头缀饰。

鲁门又跟接待人员沟通了一些重要的事,最终也得到了满意的结果;他似乎为此感到得意扬扬。接着,他帮我们提起了两个沉重的行李箱,这两个箱子到了他手上,好似里头只塞了几团旧报纸,他踩着优雅的舞步,轻松地将我们的行李给拎上楼。老姐尾随其后,脸上堆满了笑容。我则一如既往,懒洋洋地跟在后头。这时我注意到了,这座毫无装饰的楼梯有着相当锐利的边缘,一旦脚踝或脚跟不小心碰到,恐怕会有受伤之虞。

老姐跟我各自分住在不同的房间。我们的姐妹之情并没有到足以共享一间房的份上。此外,我们的生活习性也太不适合一起睡。一到晚上,老姐便如奉命般地准时就寝。她显然具备了不太会操心的本事,轻轻松松地便可入眠。相反地,我像是中了保持清醒的诅咒,总是没完没了地辗转反侧,将灯关了又开、开了又关。偶尔我会端详着外头的招牌或探照灯映入窗帘的光影。有时我甚至还会听到一些极为幽远的声音;它们似乎是某个恨透了我的仇人专门为我度身定做的,只不过,那个仇家迟迟不肯现身。

此时离就寝为时尚早,我们索性就再到外头去溜一圈。走过一段坑坑洼洼的铺石路面,继而又看到一堆满溢出来的垃圾桶,我们不抱任何希望地寻找一家不用劣质的油烹调食物的小店。一些猫咪在附近闲晃,它们立刻引起我的注意。有只猫咪甚至挡住我的去路,还用它的猫须滑过我的皮肤。一个由黑暗角落与浓重气味交织而成的下层社会,似乎想把我带去蹑足潜行。

鲁门展现了他有趣的一面,他仿佛发动了他的信心马达,将最乐观的展望源源不绝地灌注到他的脑袋里。在饥饿的刺激下,他一会儿宛如苛刻的嫖客一般,仔细地打量着悬挂小灯的餐馆门面,一会儿又宛如学究一般,弯下腰来详细地研究摆在餐馆外的菜单。老姐这个见风使舵的家伙,不但附和着鲁门,甚至还挽着那小子的手,跟他有说有笑的,仿佛我从未出现在人间!

于是,我们走进一家音乐声震耳欲聋的小店,里头的女服务员看起来有点忙。

鲁门又开始他最喜爱的仪式;这一招总能把老姐逗得兴高采烈,可是却只会惹得我无比抓狂。他打开他那副老花镜(平常它像个蝴蝶蛹,静静地躺在一个窄小的护套里),宛如一位19世纪的权威学者那般,煞有介事地研究菜单。在此期间,他不但会忽上忽下地舞动双眉,还不忘开一开他那行家的金口,一会儿点评,一会儿跟着菜色在那儿哼哼(低吟)哈哈(仿佛满心期待地提高声调)。顺道一提,我们曾在阿波斯托洛夫家吃到我们最爱的保加利亚美食。他们家目前还是由他那位孀居的母亲当家,那位可谓是无与伦比的厨神;尽管她如今不仅失明,还患有痛风,甚至严重到几乎难以行走。此外,他们位于索非亚青年区15楼高的厨房,诚如我们亲眼所见,其实是布满了灰尘的。这时,鲁门用手模仿起叶苞,他将想象出的香料在指间磨碎,随即用大拇指与食指卷成了一个圈,用来表示很棒。在菜单上也有一道阿波斯托洛夫他们家的招牌菜，当然不容我们错过。

但这还不是全部。让我恼怒的还在后头。这菜单又臭又长，但是鲁门并不想全都为我翻译；而倘若必须在冲突中听他讲话，反倒更是种折磨。然而，我们也曾经试过，在第一个部分拼命摇头，最后却总是徒劳无功；不是送来一些令人惊奇的比萨饼，就是送来一些综合比萨饼，准确地来说，我们几乎尝尽了保加利亚烂比萨饼之苦！

于是，我们点了一些我们经常点的菜。老姐点了煎小肉丸子加沙拉，她会分一个给我。为了避免踩到什么"雷"，我决定还是吃沙拉加羊奶酪。鲁门则是点了四五个小菜，而他的那份将由我们买单。我们必须大呼小叫方能将那位女服务员找来，可是，她那对年幼的耳朵，似乎不太能领会我们在说什么。除了羊奶酪、西红柿以及黄瓜还算差强人意以外，其余所有的菜肴简直令人难以下咽：不是不够咸，就是没有香料，再不然就是油放得太多。虽然整间店其实还坐不满一半，但是我们所点的菜却没有很快端上来，出菜的时间可谓是离奇地久！

整间店只有那位女服务员稍微有点看头。由于在当今这个被金钱支配的时代里人们普遍相信，雇用超过30岁的女性会把生意给搞垮，于是便召集了一大堆年轻、可爱的漂亮姑娘来服务客人。索性就让她们踩着高跟鞋，在那儿摇曳生姿地递茶倒水。说穿了，这些小妹妹不过是在做牛做马，可是她们的装扮却十分浪荡：烈焰般的红唇、修得又圆又亮的指甲、短到只差两厘米就露出内裤的迷你裙（这还只是那些行为比较端庄的女孩才会穿的裙子）。除此之外，典型的保加利亚女服务员还有一项特征，那便是：她们都超爱喷香水！说实在的，换成别的场合，这也许算不上什么;可是,我点的那盘沙拉,简直就像在香水店的货架上过了夜!

我们完全不想在那家店做不必要的逗留,于是便迈出店门在小路上闲逛。有条小路往上,另一条则是往下。此时才刚到十点左右,但整个城市已经累得就快合上眼皮了,只剩某些地方还有些许的电视光影渗出窗户。有本旅游指南说,晚上应该流连在酒吧或夜店,以此告别这精彩的一天。谢天谢地,到了此刻,古堡上的广播总算停止了。这么晚了,竟然还有一些退休的英国人在路上走。他们是过去那些坚韧不拔的殖民地军官们硕果仅存的后代。没有头盔、没有战袍的英国人,着实比人们所期待的还要平凡。他们似乎很喜欢这座旧的都城,不管在上面还是在下面,都见得到他们的身影。他们不但在这一带安家落户,还按照园艺杂志的指点,在这里布置出许多美丽的花园。若不是鲁门很确定地跟我们说,我们实在很难想象,对以前的沙皇而言,大特尔诺沃其实是个相当重要的城市。

在酒店,当我们摇晃着木球钥匙圈准备就寝时,鲁门像是中邪似的,立刻被悬挂在角落的电视机给吸引过去。他用手示意我们别出声——相当不寻常而又十分戏剧性的举动。电视上显然正在播报新闻。画面中有一辆冷冻货车停在路边,除了不断有蓝光在后头闪烁,还有一大堆警察将现场团团包围。鲁门用手拍了一下额头,先是用保加利亚语,接着改用德语结结巴巴地说:"这……这……真是令人不敢相信!"我们姐妹俩也稍微往电视机前靠近一点,可是依然不晓得到底发生了什么事。

这下子，鲁门的翻译能力获得我们的高度欢迎。那辆始终让他觉得难以置信的冷冻货车，就是我们先前在高速公路上绕行而过的同一辆车。那是辆来自罗马尼亚的冷冻货车，车上载满了牛肉；问题是，"那些肉是来自爱尔兰的、二十多年前的过期肉！"鲁门不相信这是真的，我们也一样觉得这怎么可能。然而，他并没有听错，那些肉的的确确已有二十多年的历史了！那些来自爱尔兰的半扇牛，上头还裹着厚厚的黄色油花，全都用塑料封套包装起来。被打开的冷冻货仓还飘散着阵阵的冰雾。就连新闻里出现的主播也一再地重复"二十多年前的肉"这句话，似乎也在劝自己相信，这件骇人听闻的事"是真的"！过一会儿，旅馆的接待人员也走过来，随即便与鲁门热烈地聊了起来。他们一下子用手抱头，一下子悲叹，一下子像是在破口大骂，一下子却又歇斯底里地笑起来。为了帮自己压压惊，鲁门索性点了一杯啤酒，并且将它一饮而尽。

在听到这种消息之后，老姐不禁感到肚子隐隐作痛，毕竟她刚刚才将四颗小肉丸给吞下肚。幸好，我只吃了一个！这时我忍不住苦中作乐地发出胜利的欢呼："除了沙拉以外，这个国家里的任何东西都不能吃！"鲁门义愤填膺地反击道："罗马尼亚人！那些肉是拿给罗马尼亚人吃的！"看样子，他此刻正在气头上，我最好还是别去招惹他。由于别的新闻我们姐妹俩也不太感兴趣，于是我们就留下那两个男人径自上楼去了。在走道上，老姐一语不发地快步从我身边走过，头也不回，就这么卖俏似的挥挥左手；她很清楚，不管她做什么动作，都逃不出我的法眼。

肉！

此时窗外下起了雨,我索性让角窗洞开。像是维持着严格比例的雨滴不断笔直地向下砸落。这场雨对我来说甚是及时。雨水阻碍了昆虫的飞行。深夜里的这场雨,不仅洁净了空气,更帮助我入眠。深夜里的这场雨,散布着寂静,因为它将所有恼人的声响全都压了下去,仿佛这里并非只有寒冷而已。自从我们决定将老爸的遗骸挖出来,转卖给一家保加利亚与瑞士合资的专业公司之后,我就一直感觉到一股锥心刺骨的莫名寒冷。在那之前,我的关节从未发生过"幻肢痛"这种事,如今,这种感觉却不时地袭来。那些宛如针刺般的疼痛帮助我明白了,骨骼究竟是怎么连接在一块儿的。刺痛只是短暂地涌现,很快便又离开。

Wieviel?

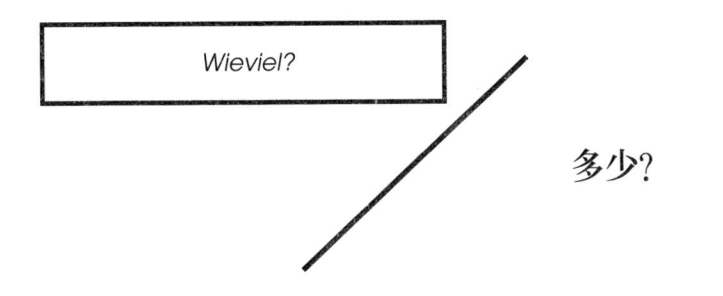

多少?

鲁门用他惯常的"做作的晨间问候"来迎接我们。他的背也痛、脖子也痛；或许就连牙齿、胃、膝盖甚至脚趾也都会痛，谁晓得呢！他把眼球往上一翻，开始了他的肩颈运动。接着，他叹了口气，清清喉咙，并且咽下那些提上来的口水，"受苦受难的圣母啊！"由于我在一旁偷笑，鲁门恶狠狠地瞪了我一眼。此间正在上演的是，阿波斯托洛夫家神秘的晨祷仪式。在仪式的过程中，我们屡屡惨遭谴责的白眼——我们老是会放弃做一些鲁门习以为常的事。偶尔我不禁会想：在他母亲尚能行动自如时，遇到这种情况，她会不会跳起来，帮他的脖子来段"马杀鸡"呢？而鲁门的老婆是不是因为不想跟他一起进行这样的仪式，才会跟他离婚呢？

有位看起来像中年大婶的服务员帮我们把早餐端了过来，看上去她身上的衣服似乎不太能将她的躯体完全裹覆。这位大婶的两指之间还夹着根香烟，有些烟灰甚至落到了老姐的盘子里。她有着坚硬如钢铁的下巴、壮硕如伐木工的体格。如此冷酷的一个生物就这么矗立在我们面前，由上往下地盯着我们；她仿佛收到了什么命令，要是我们胆敢有任何意见，就要让我们吃不了兜着走！

在早上，老姐总是处于仁慈宽厚的昏睡状态，即便有什么人向她挑衅，她也不会因此而发飙。面包硬得像层压纸板，咖啡则犹如洗碗水，更别提西红柿了，若是换算成人类的年纪，它恐怕是已届七旬高龄。老姐只是怡然自得地勘察了一下"灾情"，接着便请鲁门帮她问一下，可否换一把利一点的餐刀？谢天谢地，她总算去把那个消失已久的女人给叫了来。

这下子，老姐那有条理的神经似乎突然苏醒了过来。说时迟那时快，她无声无息地将碟子从桌上端起，随即把那些烟灰吹到那位拖着笨重脚步前行的女服务员背后。待新的餐刀一送到，老姐便开始动起手来。她可是精准切块的高手，具有外科医生般的天分；只不过，她动刀的对象并非人肉，而是早餐的面包罢了。我在切西红柿时，不是弄得厚薄不均，便是把果皮的切口搞得歪七扭八，因此老姐在继续动她那一盘之前，会先帮忙处理我的西红柿。她仿佛遵循了所有的艺术规则，将西红柿分割成无可挑剔的薄片。接着，她将面包、奶酪以及西红柿薄片整齐地层层堆叠，并且用叉子把它们固定住，随即再次施展她那精湛的刀工。转眼间，八块一般大小的餐点正等着我们开动。老姐先是放下餐具，稍微欣赏了一下自己的杰作。

过了一会儿，老姐仿佛要招呼大伙儿干杯似的，稍稍举起她的咖啡杯说："那么，我们就……"

我将西红柿切片塞进一块碎掉的面包片里。此时的我既清醒又灵巧，这是我一天当中最美好的时光。

今天安排了参观沙皇古堡的行程。我们往山下走去，沿途那些著名的"国家复兴建筑"强烈地吸引了我们的目光。"奥斯曼土耳其人的统治……"我故意朝着那对铁定不想听见的耳朵高声地说，"是保加利亚人所经历过最棒的事！"鲁门笔直地向前凝视，随即彬彬有礼地与老姐聊了起来。

"复兴"所指的是，在19世纪时，保加利亚从奥斯曼土耳其手中解脱出来的那段历史。而如此华丽的名称意味着，我们正身处于一个相当具有戏剧性的国度。我对着一只小狗喵喵叫——我嘲笑保加利亚的个人需求延伸到了这个国家的小狗身上。这只小狗很专心地在听我学猫叫；相反地，我的两位同伴却转过身去，似乎是在警告我：快闭上你的嘴！喵……喵……我自顾自地用早餐剩下的保加利亚腊肠喂着那只狗。

保加利亚人只要一提到有关他们"复兴"的故事，便会不由自主地抬头挺胸。在每个保加利亚人心中，都有其最欣赏的豪杰，每当讲到"复兴"，那些数不胜数的英灵，仿佛一个一个全站出来附到他们身上；就连原本和蔼可亲、笑脸相迎的人，霎时间，眼眶里一滚动，竟也变成了一双带有杀气的眼。这其中，赫里斯托·波特夫是最受崇拜的英雄人物之一，他是纵横多瑙河的伟大革命家。不论他行动的成败如何，他的故事都是值得编成戏剧或拍成电影的好题材。波特夫是位留着络腮胡的诗人，他不仅具有强烈的使命感，那双火眼金睛更看透了保加利亚的未来；其眼光甚至远远超过我们现今所处的时代。

时空回到1876年的科兹洛杜伊。当时正值低气压的十月天，鼓舞着一个决策的制定。波特夫与一个爱国者团体乔装成园丁，慢慢地接近一艘明轮蒸汽船。在尚未登上甲板之前，这些爱国者们抛下了劈刀、大剪与花篮，并且将身上的衣服脱掉，露出了令人惊讶的炫目装束：他们的胸前绑着金带，头盔上则有金狮徽饰。

这群人身上还携带有枪械，他们以此逼迫"拉德茨基号"的船长，向文明世界散布保加利亚争取自由的消息。就在这艘船抵达鲁塞之前，这些爱国者们便下了船，而且所有的人全都毫发无伤。然而，正当波特夫与他的同伴们幻想着，同胞们会在欢呼与热情当中拿起枪杆，给那些奥斯曼土耳其人来个迎头痛击时，一切却事与愿违。那些多瑙河畔的居民们，只是吃惊地看了一下这个莫名其妙的团队，随即便又下田去，忙着采收剩余的庄稼。

我好奇地注视着一间门面上有只小猴子的房子，是间相当讨人喜欢的房子。小狗还一直黏着我，我不禁喵喵地问它："你觉得如何呢？在它落入某位'复兴'者手里之前，这间房子是不是属于某个土耳其人的？"

我们的保加利亚导游热情高涨地说："大特尔诺沃的建筑艺术与风景具有一种不寻常的和谐！"仿佛咀嚼了欧亚甘草，或者像是根据旅游指南照本宣科，完全无视四处林立着旧政权的杰作，他还是斩钉截铁地继续说下去。紧挨着某座小山末端的地方便是旧城区，那里四周所围绕着的，尽是些板材建筑。

跨过一座桥之后，我们总算来到了目的地。两位同行者很宽容地决定让我回到他们的圈子中。虽然喵喵小狗现在是这个团体的一员这件

多少？

事，惹得鲁门不太高兴，不过，他什么也没说。在售票亭后面，有用儿童般大小的塑料娃娃演出的介绍，会视游客实际的聚集情况，选择以英语、德语或法语来表演。陈旧的甲胄，还有一匹毛几乎掉光的马。我喜欢听它嘶叫。可是它的录音带似乎有点变了形，当马儿倔强地点头时完全没声音，待到马头再度平静下来，方能听到马鸣。表演者用尖锐又刺耳的声音，开始讲述起来自佛兰德的贝都因骑士的故事。先是说到他怎样被俘，继而描述他是如何不幸地爱上征服者的女人，两人又是如何私奔，最后则是贝都因人如何遭逢刀剑相向的危险。这场表演似乎让鲁门感到有些尴尬，他的眉毛都纠结在一块儿。我倒是觉得很有意思，老姐也看得乐开怀。

参观古堡并非我所喜爱的活动。今日我们所见到每一个残存的石块，上头都带有许多不愉快的回忆。小时候，每逢周日，我们就会被父母强迫跟他们一起出游。谢天谢地，参观郊区那些施瓦本古堡，算是不太常被安排的周日郊游行程。每回我们去外婆家住，我们都会死命地赖着不走，舍不得离开外婆；可是这些小动作到头来都是枉然，最终我们还是会被强行拖走。

在雪铁龙柔软的后座，我跟老姐一声不吭地坐着。我们老爸是个优秀的司机，他的装扮就宛如20世纪30年代的汽车驾驶员，总是戴着一双有孔的手套，再配上一顶小帽。他开车不疾不徐，不会超速，更不会爆粗口。尽管如此，每回坐老爸的车，我还是会晕得七荤八素；因此，跟前座通报我们得停车，便成了老姐的任务。也由于这个，一直以来，我总是坐在右边，这样才能迅速地打开车门，驾轻就熟地完成呕吐，紧接着尽快地上车继续赶路；到后来，我们全家都习惯了这样的流程。

吐完之后我就会变得比较精神，会无声无息地和老姐一起做些滑稽的动作。有时我们也会来场手指摔跤，或是玩些捏对方手臂的游戏。在做这些事情时，我们顶多只会咯咯地窃笑，但绝不会误发一语。只要老妈一回头看我们，所有的动作便会即刻终止。事实上，我们并没有被禁止说话。也许老爸老妈还反倒希望，能从后座传来些许欢乐的"噪声"，这样或许也能让他们感染到好心情。不过，我们姐妹俩曾经发过誓，决不在郊游时吐露只言片语。我们俩是全代格洛赫最训练有素的沉默选手。于是我们便联手以默不作声来报复这对烂父母——他们一直妄想要用一些可笑的郊游活动来骗我们相信，他们的行为就像真正的父母会做的那样。

没有什么会比一语不发、两手交叉、双脚抖动并且执拗地将小下巴缩进脖子里，更让我们感到强而有力。我们姐妹俩是一体的，总是坚韧地携手面对各种挑战。对老姐的爱，正是基于这份共同奋战的情感。我多么希望，此刻能与她并肩坐在城墙上，就如同当初那样，直把整个保加利亚数落个够！遗憾的是，老姐其实早已蜕变成一个圆滑的成年人，凡事皆可逆来顺受，她不像我，几乎任何事情她都能原谅。

泰克堡就跟三帝山的霍亨施陶芬山、施杜伊芬山以及莱希山这三座帝国山脉一样，全都让我们感到无聊透顶。我们困惑地手牵着手杀气腾腾地跟在父母后面走，每当大人命令我们抬头看一看某些遗址，我们若不是故意哈欠连连，就是心怀不满地凝视着地上。

相较于此间贫乏得可怜的断壁残垣，施瓦本地区的那些古堡显然有看头多了。然而，令人不解的是老姐的反应，宛如见到了什么世界奇迹似的；就连她那手臂上浅色的寒毛，也仿佛察觉到了虚构沙皇的大驾光临。凭借着专心投入的神情，以及始终亲切可掬的笑容，老姐似乎把鲁门收服成一尊可由她任意摆布的蜡像。

女人的城府若是太深，会让我不寒而栗。唯一让我感兴趣的是这里有个相当特殊的处决崖。据说，受刑者会被活生生地从上面丢下去，而他们的尸首则交给鸟儿或蛆去处理。不难想象，当时山崖下肯定是尸横遍野。在那块受诅咒的地带里，那些白骨或许夜复一夜满怀期待地低吟着：谁来了？要来为我们收拾收拾吗？能否让肉身的一切重新恢复，好让我们的血管、肌肉、腱子以及神经再度生长？

我独自坐到一堵墙上，任凭他们两个自己去闲晃。为了一块白面包，喵喵小狗竟然抛弃了我，琵琶别抱一个英国女人去了。有只乌鸦脱离鸦群，独自在附近走来走去。它显然不是因为什么特别的原因而脱队，单纯就只是趾高气扬地在那里啪嗒啪嗒地随意踱步。

啪嗒啪嗒。老爸又再次搅和了进来。他若有所思地用指尖轻轻拍着嘴唇。他那黑色的头发是如此整洁，仿佛是梦中为了我们特地梳理了一番。

他想说的是："静下心来好好地想一想。我的女儿们，别那么莽撞。当你们宣称，你们什么都知道，没有人会相信你们。"

这当然又是一堆空洞的废话；一如既往。

我们所知不多。可那又如何呢？很显然地，就算我们学过保加利亚学、羊奶酪学，甚至还有以男性妇产科医生的精神病理为重点的印欧自杀学，我们也不够格担任法官来审理老爸的事。即便是某个在破旧的房间里召开的家事法庭，我们也没有资格；更遑论上级的法院了。老姐与我，不是肩并肩地共同携手，便是面对面地相互对峙。倘若我们想要爬到高点水平，并且进行审判，我们就得服从最高法院的审理规则。那是一座半圆形的法院，不仅如露天剧场那样昭示于天下，同时也是世界的中心。换言之，这最高法院的71位法官，都能从侧面看见彼此的脸；可是他们却不能回头，或是正面地看着邻座。

宛如鲭鱼的小云泛着最柔软的波纹悠游在天空。只要抬头欣赏一下这天空的美景，法官便能获得无上的能量。当老爸还披着白大褂儿行走江湖的时候，他曾经说过，在为下个女病患看诊前的空当，他会短暂地去看看绿地。听到他这么说，我们便下意识地追问："那冬天的时候你怎么办呢？"他没回答。

若不是老姐跟鲁门跑去别处溜达，我现在就会把法官的问题摊在她面前，并且反驳她的回答。

"不，老姐，这你就错了！不要说什么'瞥视规则'只是次要的；相反地，如果必须找出一个合理的标准，这项规则其实是最根本的。举例来说，现在只有我一人在场，而我透过太阳眼镜的镜片观察着某只正在踱步的乌鸦。没有任何1/2、1/4或3/4张人脸告诉我该怎么做；我只能根据乌鸦的脚来判决。我得关注这些脚的最新弯曲情况，并且以最后所踏出的那只脚为准。右脚代表：处决！左脚则代表：开释！

"当所有的人全都并排地坐在一起，他们不可能取得一致的意见。关于这一点，贝克特早已用他那滑稽故事做出过令人信服的证明，而且还是一劳永逸地提出了证明。老姐,你还记得吗?当初你把那一段念给我听,我们俩还因此而笑歪了。那是在哪里呢?好像是在召开委员会的样子吧?是在《瓦特》里吗?我想是吧。'马格辛先生转向奥麦登先生,他看到奥麦登先生并没有如他所期待的那样看着自己,反倒是在看着麦克斯登先生,希望麦克斯登先生能看着他……'接着以此类推。那些扭曲的脑袋,那些投射在后脑勺、外耳、脖子上的头发以及立领上的目光,简直是让人眼花缭乱!这些先生们到底是在干什么?我对这个问题并不感兴趣。只不过,他们同样是不可能在这样的情况下得出什么理性的结论的。

"当然喽,光是靠半圆形的座位安排与瞥视规则,尚不足以保证一定能做出正义的裁判。那还得要看法官的素质。所有想要担任这项职务的人,都必须先学会控制自己的喜恶。老姐,你和我,别人一下子就能看出来,我们根本就控制不了我们自己的喜恶!身为一位法官,必须不屈从于喜欢尝试的精神,也不屈从于心灵的诱惑。然而,我们俩不止一次地屈从于诱惑;而且还是一次又一次地屈从。能够免受情欲的摆布,免受挑衅的唆使,如同免受复仇之心的蛊惑那般,也避免受到博爱与宽恕之心的迷惑,这才是真正的法官。

"这些最高法院的法官被一个玫瑰花环所围绕,以此将他们与普遍的罪恶分开,而他们则待在圈里进行讨论与宣判。他们的判决是善行义举,足以在黑暗中放出光芒。倘若要让死刑的判决生效,天平上占多数的,绝不能只赢那么小小的一票!

"不、不、不,重要的事情说三遍,我们绝对不适任那样的职务!

你不行,老姐,因为你偏爱包容与宽恕。我也不行,因为我一生下来就带着随时准备宣判死刑的法槌。我们俩的心,不是太软,就是太野蛮,从来也不曾受到那传奇的玫瑰圈所保护。在我们心灵的秘密花园里,可谓是蔓草丛生,即使想要得到任何一片纯洁与理性在上头和谐共存的玫瑰花瓣,我们都得努力地争取。虽然我们不断地否认我们始终幼稚地停留在百般不愿当中,可是事实却正好相反;我们不但一直在贬抑我们的父母,我们也找不到可以用来评断他们、评断我们自己,或只是评断人的标准。"

那么,现在该如何是好呢?

我依旧是孤身一人。点了几根烟。一会儿摘下墨镜,一会儿又戴上它。我从矮墙上翻了下来,在墙边来来回回地走了几步,随即又坐回矮墙上。

除了牵着小手的回忆以外,老姐与我,如今还存在着什么牵连呢?是书吧!记得那时候,当我们父母在楼下顽固地沉浸在他们的愁苦里时,我们便溜进楼上的被窝里读书。我们俩就这么一直读啊读、读啊读地,只为了远离那不断增加的恼人的事。可是我们姐妹俩不太一样,老姐喜欢阅读大部头的书,我则是蜻蜓点水的读书快手。古茨科[1]!老姐曾经平心静气地将古茨科全集从头到尾读了一遍。至今我还是想不通,为何当时的她会愿意一连数个钟头,用她那柔软的腕关节,高高地捧着那

---

[1] 古茨科(Karl Gutzkow, 1811—1878),19世纪"青年德意志"派代表作家,以激进自由立场发表大量政论,但空洞的社会主义幻想始终未能深刻反映现实。

沉重的古茨科呢？我跟她不一样，我喜欢换来换去。一下子跳进艾尔罗伊[1]那下流、油腻又血腥的故事里，一下子又跟着施蒂弗特[2]在雪中漫步，一下子又闯入一本无人问津的书；在那本书里，详细地阐述了女阴的各种状态，那是本来自印度、与人体有关的大型画册！

除此之外，我们姐妹俩还有个不一样的地方。在我们开始躲到书堆之际，家里来了条小腊肠狗，于是，老姐与我之间就此点燃一场战火。我们为了这条狗到底属于谁比较多而争执不下。事实上，只要善用小狗贪吃的习性，这便是场很容易就能取胜的争斗。当然了，把小狗带到床上一起睡，或是偷偷地将它给藏起来，这些小动作都是不允许的。不过，我还是找了个方法，偷偷地将小狗带到我卧室。尽管后来我又把灯打开继续阅读，但小狗却不为所动地在我身边呼呼大睡。虽然我已经很久没养狗了，在床上我只需要书籍陪伴我，可是我仿佛又感觉到，小腊肠狗那温暖的耳朵就在我手背上隐隐地抖动。

还有什么呢？我所认识的老姐是怎样的呢？

我所认识的老姐，是个按键一开、欢乐就来的姐姐。她宛如一只用大量清水洗过的变色龙。但我不该说她的坏话：因为在塔巴科夫的事情上，我自己也因为她的机灵而受益。在金钱方面，她也是无可挑剔的，至少对我来说是这样。她总是分配得公公道道的。

---

1 詹姆斯·艾尔罗伊（James Ellroy, 1948—），美国著名犯罪小说作家，其《黑色大丽花》等多部作品被改编为电影。

2 阿达尔贝特·施蒂弗特（Adalbert Stifter, 1805—1868），奥地利作家，作品多描写中欧波西米亚森林景致，在德语世界很受欢迎。

来吧，你这寂静、负担沉重的夜，就把你所有的钱全倒进我的围裙里吧！

"塔巴科夫疯了！""他一天到晚都在干些什么啊？""这不可能是真的吧？"在电话中，塔巴科夫吐露了他的鬼点子，那些住在斯图加特的保加利亚人的子女，全都听得耳根子不禁发热起来。那群打从我童年之后就再也没见过、如今只能凭着姓名来辨认的人，一下子在世界各地开始骚动。他们当中只有少数几个在斯图加特呆过。几位尚未随她们保加利亚籍丈夫躺进墓园里的施瓦本遗孀解释着："那是塔巴科夫在美国意外蹦出的主意。"这群保加利亚人的子女以及他们子女的子女不禁想问："那个笨蛋到底是谁啊？"于是乎，这个小小的召集令，就这样往法兰克福、曼海姆、柏林、哥本哈根、阿尔高、墨西哥还有辛辛那提传了开来。

曾经当面跟塔巴科夫谈过的人绝不会认为，他们是在跟一个脑子坏掉的疯癫老头儿对话。相反地，塔巴科夫看起来十分地精神抖擞、客观冷静，此外，从他经常会在德语中夹杂英语单词的这个特点看来，他说话算是直截了当，一点也不会杂乱无章。他把皮肤晒得像古铜色，身体似乎也相当硬朗，对于自己精心规划的行动显得跃跃欲试。在他现已秃光了的脑袋里，正燃烧着满满的能量。似乎是因为他的点子，才让他得以维持着骇人听闻的青春。

太夸张、太疯狂、太荒谬了！这个男人到底想干什么啊？

把他那19位老伙伴带回故乡！因为他们，他离开了浪涛阵阵的佛罗里达，再度返回他位于斯图加特的旧宅院。在那所宅子里，他曾与他

多少？

养的卷毛狗、老婆、孩子、一百三十多双女鞋以及五十多种不一样的指甲油一同生活过。

"带回故乡",塔巴科夫指的就是字面上的意思。那群保加利亚人,有的才刚去世不久,有的则已作古多年,他们四散在斯图加特各地的墓园。他们一直在等待着的,显然不是别的,正是塔巴科夫带他们回家。这位斯图加特-保加利亚联盟硕果仅存的成员,之所以再次返回德国,为的就是要收集当年那些伙伴们的遗骸,并且将他们全都送回索非亚。他们的最后一程,将搭乘一部高贵的大礼车,而不用多说大概也能猜想到,将会有一场顶级的东正教葬礼为这场返乡之旅画下完美的句号。

这个点子实在够愚蠢,我不禁油然生起一股被捉弄的感觉。

为了与塔巴科夫会面,老姐还专程从法兰克福前往斯图加特。我想,从这个疯狂的主意当中,她肯定嗅到了事情将会有什么出人意料的发展。事实上,一开始,老姐也跟其他人一样,觉得这件事莫名其妙。到了后来,虔敬的理由却在她的身上发挥了功效;没错,正是我的老姐,那个一次也没去我们父母坟前探望过的女人,那个死后的世界之于她就宛如月亮之于老鼠的家伙。

她推托说我当时人在法国,就这么奸巧地,令塔巴科夫打消了直接找上我的念头。老姐很了解我,知道我会受冒险的点子所诱惑,可能会基于好奇,糊里糊涂地就答应了那个疯老头儿。但她很坚持地不为所动,说到害怕打扰死者的清净,以及父母的坟墓在可掌握的范围以内,这样我们会比较安心。最后,塔巴科夫不得已只好使出他的杀手锏。一开始他先简单地出个价,打算用一万欧元来换取我们的同意。当时我不在场，不过我想老姐一定很熟练地继续装聋作哑。经过一阵讨价还价，后来老姐成功地和塔巴科夫谈判到了八万欧元。

然而，眼看就要顺利结束的谈判，这时又发生了波折。塔巴科夫将"自杀"这个问题带进了讨论里，而这可是一个会提高成本的特殊情况。倘若返乡的计划最后成行，那些爱嚼舌根的保加利亚人，肯定会在索非亚说长道短。面对这无止无尽的闲言碎语，他就被迫要花上许多人力物力说服那些教区神父，允许一位自杀者安葬在圣洁的土地里。老姐也不甘示弱地回应说：正因为是自杀，把那样的遗骸挖出来，这会对她的妹妹造成多大的伤害啊！

不过这一招显然没什么效果。塔巴科夫只是冷冷地回说：剩下的钱铁定够你们姐妹俩去看最好的心理医生！于是，最终他们便以七万欧元成交；不过，当中附带了一项条件，那就是：绝不能向我透露这项交易的内容。然而，当天晚上，老姐就给我打了电话！

后来的种种迹象都表明，为了取得同意，塔巴科夫也给其他人的后代不少金钱方面的甜头；只不过，没人像我老姐那样深入"敌"营，从他身上捞到那么多。而我们所有人刚开始设想的情况，后来被证明其实是大错特错。塔巴科夫既非受到东正教的精神感召，也非沉溺于爱国主义。无论如何，至少以上这两者，都不是驱使他做这件事的真正理由。基本上，在他的计划里，一切都必须在"干净""干燥"以及"无臭味"的状态下进行；对他而言，这当中牵扯到了一个一流的生意点子。爱国主义与东正教，只是掩人耳目的烟幕弹罢了。

事情是这样的。在偶然间，他遇上了一位旧识，而那位旧识曾经在索非亚科学院所属的一栋建筑物里，秘密地进行过一项将食物干制的计划。例如，看似有着鲜红水果外观的草莓，事实上，只消两指轻轻一碰，便会立即化为灰烬。保加利亚人借冷冻科技之助，能在不夺走食物原味的情况下，将许多种食物置于脱水状态里。他们提供给俄罗斯人许多这样的食物，诸如冷冻的马铃薯、西红柿、桃子、鸡胸肉等等，都以一份一份的形式飞上了太空，最终消化于俄罗斯航天员的肚子里。

布拉戈韦斯特·康多夫目前任职于一家瑞典的葬仪公司，他们公司掌握了精密的人体分解技术。冷冻科技不仅可用在食物方面，借助这项科技，也可以将遗体化为一堆不会大于米粒的颗粒。就环保方面，这种处理方式很有道理。如此一来，就不需要将遗体送进焚化炉，这会让一些人感到不舒服，即使他们也不知道为什么。

在这方面，瑞典人的处理方式不仅相当地系统、干净、先进，他们更近乎完全成功地驱除了过往那种阴森森的恐怖气氛。倘若遗体尚且保持完整，会先冷藏于零下18摄氏度的低温，然后再把遗体连同棺木整个儿浸入液态氮浸泡池里。接下来的步骤虽然会令人感到荒诞不经，却也是最关键的革新。截至上个步骤形态还一直保持完整的遗体，此时将被安置在一个会震动的平面上，在随即而来一连串轻微的震动过程中，原本完好的遗体便会裂解成一堆毫米大小的颗粒。至于那些还存在于遗体里的金牙、铜或铁等物质，则会被移除。通过这样的处理过程，最终只会留下几公斤重的遗骸，在举行葬礼时，便可省去不少的空间。

这是一种先进的方法，一次性解决了许多问题。然而，在大多数的国家里，目前通行的葬仪习惯还不接受这套新方法；不过，形势应该很快就会有所转变。塔巴科夫相准了商机，打算与瑞典人携手，靠这套新方法，在保加利亚这个曾是冷冻科技先驱的国家里，开创出另一片天地。于是他把脑筋动到了从前跟他一起待在斯图加特的那群老朋友身上，不仅要将他们塑造成使用这套新方法的开路先锋，同时还要利用他们成为公司的招牌。

最疯狂的是，塔巴科夫竟然真的一步一步实现了他的计划，只剩下一些细枝末节的事准备到当地去执行。于是乎，这群斯图加特-保加利亚人的子女，便一同展开了一场特殊的移灵之旅。整个旅程已在上个星期天于索非亚画下了句号。然而，对于我们姐妹俩而言，这段旅程却尚未完全落幕；因为我们后来决定了，要在这个国家多待上几天。

现在，我们来到了这个地方，鲁门、老姐还有我。

干净、干燥、无臭味。这种处理程序或许也可以在施瓦本被发明出来。虽说这套方法的确是挺有效率，可是套用在我们老爸的遗骸上，不禁会让人升起一股仿佛想把死人再干掉一次的感觉；无论如何，那么做真的是太过了！由于老爸的遗体其实已经历了相当长时间的腐化，因此，经过冷冻科技处理后的遗骸根本剩不到多少重量。老爸在43岁时便撒手人寰，在当时那群保加利亚人联盟里，他是最早走的一个。倘若有人愿意在事后接受他那粗略的暗示，便会相信，他其实一直在怀疑，自己的身体被什么不知名的害虫入侵。它们的行动似乎受到了更高层级的命令，就这么像前行军列队地匍匐前进、彼此间展开激烈的厮杀。它们的形体应该是白色的，抽出来就宛如丝线一般。老爸曾使出递增的气力，尝试要将它们赶出自己的身体。然而，就算再怎么使劲儿地奋战，到头来也只是白费力气!"傻爸爸,这样是没用的!"我听见老姐在呼喊,我听见我自己在呼喊,我看见我们在卑躬屈膝,我看见我们在摇尾乞怜。"爸爸,是的,爸爸,就算受到什么害虫入侵,人不但可以,也应该继续自在地活下去!你就别去理会它们,只管这么活着就好,人生就是这么简单!"

  如今,我们的论据已经筋疲力尽。早在老爸的遗骸落入瑞典人之手以前,他那多毛的保加利亚肉身上的一切,已被那些害虫啃蚀精光。我假装举杯祝福地底下那群清洁工,接着对着乌鸦说:"相信那群害虫吧!"

Lösch mir meine Augen, Kleines

孩子,
请熄灭我的双眼!

"孩子，请熄灭我的双眼！"老爸又一次这么说。在他那张"天晓得是怎么回事"的脸上，带着一双烟雾弥漫的眼。我总觉得，该在那双眼睛上覆盖一条湿毛巾。那画面来自梦里，我早已熟悉。在这里，没什么可找的。阳光是如此的明亮，明亮到令人痛苦。而我，依然戴着一副太阳眼镜，一直坐在这堵矮墙上。

一群组织松散的蚊子在光线中飞舞着。

他曾经读过《圣经》吗？就我们所知，应该是没有。我们曾经见过他在躺椅上读报纸，也曾经见过他在那张红色沙发上翻阅那令人退避三舍的医学书籍。一串恼人的回忆完全与我的心背道而驰，并且向我袭来，它似乎只找上我，我的老姐完全安然无恙；这代表着：背叛！

在我学会阅读之前，老爸很喜欢由我来为他朗读《斯图加特报》。每当我郑重其事地将报纸摊开，认真地找寻适合我朗读的文章，他便会摆出国王般的姿态，开心地期待着。只要我一开口朗读，总会逗得他哈哈大笑；不过，他还是会鼓励我接着读。而在我的表演结束之后，他则会郑重地给我一个温柔的吻。当时我十分乐在其中，甚至还把这件事列为第一优先；于是，在某些日子里，我根本不做别的事情，只是专心地在想，晚上该朗读些什么给老爸听。

不过，也只有在老爸状况好的时候，我的这个读报小剧场才有机会公演。在我开始上学之后，这样的读报表演便画下了句号。从那时起，他便每况愈下地坠入蒙昧主义；没错，他是个令子女的心变得荒芜的蒙昧主义者。当我与老姐不安地看着他抛着钥匙串，姐姐牵起了我的小手。从那一刻起，对我而言，老姐已再次变得不可或缺。

把他的钥匙串抛向空中，是我们老爸的一个怪癖。他站在我们面前，抬头向上看，接着便把钥匙串往高处抛。

如今我才明白，他的举止其实就像个神殿的仆役；只不过，这个仆役不顾一切地想要离职，拼了命地想把钥匙还给他的主人。上面的那位真应该亲自看看，他是怎样在照料他自己的事情。基本上，我们老爸一直在等待着奇迹出现。只要能够发生一次钥匙悬在半空中这样的事情，一切就会变得不一样！我们老爸将会进入启示模式。首先，他可能会感到毛骨悚然，接着，他或许会脸朝下倒在地上，最后，就在天使的帮助下，循着足迹找到了归路。就这样，一个无可救药的人成功地抵达了目的地，只要一个渴望，只要一个倾听，只要一个感受，便可将他带往天上。我们老爸或许就这样受到了启示。

然而，情况并非如此。他要不是接回钥匙，维持与先前同样的情绪，就是钥匙掉到了地上，令他变得更加哀伤。我们凝视着他，可是他的游戏并不是要给我们看的。这并不是某个好开玩笑的父亲在给女儿们演示什么是"天体测量耙"（Himmelsharke）。

是的，我们都很气他，而我则比老姐更气他。在我的脑袋里，有一只装满生气理由的袋子；而在老姐那遮遮掩掩的心房里，气人的事正在大摆宴席。

他完全不去求助他名字里的救赎。在名字里含有太多神与生活中含有太少神之间，他始终找不到一个平衡。他一而再、再而三地坠入不祥的空虚里，不断地在那里头捕捞着不该捕捞的罪责。在那里，没有任何东西可以因此而变得具体或找到名字而逃离那个世界。在外人看来，他就像被一堆晦暗不明的想法给践踏过，他的脑袋仿佛沉入了胸口。他将双手交叠在肚子上头，但此举可不是放松，而是落入某种不知所措的无力当中。正如一张带着锯齿边的小照片所显示的，在他头上经常"栖息"着一顶可笑的小帽。照片里，他的妻子极其轻浮地坐在他旁边，她似乎相当随兴地伸展着她的双腿。

让我们更近距离地来观察一下这件事。他的行为举止会不会其实是接受了某种命令呢？（哈哈，我看就连你自己也不相信吧！）又或者他可能在接受什么复杂的试验呢？例如，可能发出了像是"毁灭你自己吧，猪头！"（谁会认为自己是猪头呢？）这类错误的规定或命令；可是他从来都没有仔细听，以至于完全没注意到，在下令时，其实还伴随着几声窃笑。可别说这是上帝下的令，或是某个仇家下的令，那可真是一派胡言！对我们老爸来说，那不过只是某个儿童神的任性，在练习下令的同时，他还暗自窃笑。这阵窃笑意味着兴奋，而没有什么会比在笑声中落跑更容易的了。倘若试着去理解，就我看来，不仅他的妻子在笑，就连他的孩子、女病患、岳母、岳父、露易丝姨妈、埃玛姨妈、兑拉拉姨妈、小狗等，也全都在笑。猪头、猪头、猪头！哪个人在这种情况下没有笑的，便是自己的错；哪个人把自己身上的猪肉取下来拿去挂到钩子上的，就是笨蛋。

无聊的愚蠢加上荒谬的态度，使得自杀者完全构想不出未来；而在那个时候，我们老爸正是那样的人。

倘若此刻老姐在场，她一定会劝我要理智一点。她会说："老爸从未用过'猪头'这样的字眼，更遑论自己去对号入座。而要是这位儿童神是用保加利亚语中与猪头相当的字眼来称呼的话，那我们也只好放弃了！"我的老姐，她总是对的，很多次都是这样。

事实也许应该是，我们老爸早就一直在盘算着，自己可能会上吊；比起猪头猪脑之类的蠢事，这当中应该含有更多的哲思。他确实曾在自己喜爱的尼采的书里的某个段落留下了一些眉批。那个段落讲的是人生的悲喜剧，简直是无聊到不可思议，可是竟然能一直被演员们前仆后继地传唱不已！"虽然人们还是该相信，大地剧场的所有观众，由于对它感到厌烦，所以早就全都跑去吊死在树上了。"哈哈，看到这里，我们的老爸不禁发噱，他在边上写着："厌烦！厌烦！彻头彻尾的滑稽！"他兴致勃勃地又补上一句"是的"，旁边还再加上三个叹号。

那时我曾经怀疑，老爸根本就是个无可救药的家伙；简直就是奥古斯丁所说的"原罪论"。也许，为了有朝一日能够再度补满因天使堕入凡间以致缺少成员的天堂合唱团，他曾经认为，自己的行为举止该像个值得获得救赎的圣名负载者。也许，上苍甚至为他事先做了安排，赋予了他优美而充满旋律的嗓音，好让他可以在人间为迈向最终目标提早做准备。然而，情况并非如此，他拒绝了一切。他毫不迟疑地跳脱出他名字所赋予他的轨道。他冀望能抛弃那副遭到玷污的肉身，认为唯有如此，方能与天国联系起来。就在这一念之间，他一点一滴地逐渐成了意志消沉的家庭暴君，成了多愁善感的使徒，成了浸淫在自怨自艾里的悲苦小人物。他这辈子完全不倚赖耶稣基督的指引（包括一些小错误在内）。他不会这么说："每当我一偏离你，我必将自己再度调整回去。"不、不，他那把人生搅得一团乱的座右铭其实是："每当我一偏离'我自己'，我必将自己再度调整回去。"

另一方面，我们也不想忽略掉某些论者的意见。他们宣称：宥恕恩典的力量是难以估计的，它巨大到对恶魔都绰绰有余，更何况是那些群聚在其幽暗羽翼下的"被定罪的人"[1]。根据这样的说法，也许，在经历过亿万年的等待之后，我们的老爸才能够摆脱困境。

先前是不是曾经提到过，我们有时会在半夜被他叫醒？接着，我们会全神贯注地去试着理解，老爸到底想跟我们说些什么。可是，就像提到过的那样，我们早已不具备一听到老爸的声音就立刻能理解的能力。因此，我们经常会放弃去破译那些夜半传来的信息；况且我们其实也不确定，那是不是隔壁邻居的喋喋不休，在睡梦之中传进了我们的耳里。在梦里，我们老爸所说的当然不是保加利亚语；如此一来，只是对牛弹

---

[1] 原文为 massa damnata，奥古斯丁认为人类皆从罪中所生（即"原罪论"），因为无法自救，除非有神的恩宠才能得救。他同时认为即使人未曾堕落，人未来的命运仍得完全依靠神。

琴而已。至于他所说的德语，对我们而言也不会好懂到哪里去。所以，他现在使用的是"哈姆雷特语"。

老爸笑着说："尸体！"我们又再一次抓住了他的尸体。

虽然老姐平常总是喜欢说我们老爸从未在她的梦里出现过。可是，就在不久前的夜里，她差一点儿就抓住了老爸！她朝某个建筑物走去。在第一时间，她还以为自己是到了"卡巴天房"[1]，不由得开始担心：身为一位妇女，她到底能不能靠近这个建筑物呢？当时她并未蒙上黑纱，而是身着一袭灰白色、齐膝的夏日洋装。不仅那个巨大的立方体褪去了原本具有传奇性的黑，就连她的身边也见不到半个穆斯林。那个立方体浑身青苔绿，身上那些绿色则不断地闪闪发光；如果用植物来形容，就宛如被地下水冲洗过，或是被露水蒸腾过那般清新。有窗户的地方全都嵌入了涂上黑漆的拱门。这个立方体看起来，就像是有眉毛却没眼睛。它用那耀眼的眉毛把人吸引过来，以下却不设置出入口，让人大失所望。

"你记得吧……"正在叙述梦境给我听的老姐被我打断，"老爸的眉毛是如此轮廓分明！"就连如今发誓与他对抗到底的我们，也无法忽视他这项生得好的特征。

老姐完全无视我的插话。据她所述，那个立方体是坐落在一个会旋转的平台上。在下方的工作间里，有些不知名的神祇在那儿喧闹着。老姐跟我说，那些是拍墙者，他们想要离开下层，可是身上却只有囊翼。在那些肮脏的、属于地下室的翅膀后面，我们那位不幸的老爸忽隐忽

---

[1] 卡巴天房（Kaaba），花岗岩打造的立方体，又称克尔白，意为立方体，位于伊斯兰教圣城麦加的禁寺内。

现。在梦里,当时的老姐似乎就快断气,她已无力去那些囊翼后面仔细地查看。就这样,她再度失去了我们的老爸!

我提醒她,把"囊"[1]这个字跟我们老爸联系起来,给人们留下了可疑的解释空间。老姐听了之后,用往常那种一笑置之的方式带过。虽然这件事就这么结束了,不过,那个建筑物身上难以置信的绿,却一直盘旋在我心中。

那只乌鸦摆出了个难看的起飞姿势,拍拍它的翅膀,走了。

这时他们也回来了,两人一块儿。鲁门似乎聊得兴高采烈的,踩着轻盈的脚步,一副神魂颠倒的好心情。从上面看下去,心情并不是很好的老姐仿佛在施恩一样,她显然觉得自己够厉害,能像对待可爱的刺猬那样,把难以驾驭的人治得服服帖帖。

"有些时刻,除了美,世上就再无别的东西了!"说完之后,老姐摇了摇头,仿佛她这番言论的后坐力,大到令她那瘦削得可怜的脑袋无法承受。

当人们将视野朝着围绕在他四周的景色延伸开来,当人们能在不受任何事物的干扰下,完完整整地进行这样的环视,那么,所有粘连着的埋怨,都会在那一瞬间悉数脱落。景色越走越远,出人意料地延伸到了某个高处;我不禁猜想,它或许马上就要从我身边飞走。

由于他们俩站得离我很近,让我有点感到压迫,我开始不断地担心着,自己说不定会掉到墙后面去,于是我便用力抓住石头的边缘。

---

[1] 原文为"Sack",德语中可解作"囊""袋",也可解作"浑球"。

老姐说:"保加利亚的灵魂也许还从未真正地找到过自己。"

我在无比的惊奇中忘记了自己所有的恐惧。客观冷静的老姐跟"灵魂"这样的字眼,根本是格格不入;"灵魂"应该更像是我会去使用的词汇。这个词看似柔和,可是它一旦张开缠绕的羽翼,立刻就能将人带往狂乱、浮夸的用途里。所以,在使用时请务必小心!

鲁门的心情显然有点反常的愉快。他朝着天空叹了一口气。对于一个黑色胸毛露出衬衫外的男人来说,这样的举动未免有些可笑。

鲁门说:"我们别谈这些了!"随即语重心长地凝视着地上,仿佛我们就站在一个神秘藏宝箱的盖子上,箱里满满的全是人类所搜罗来的灵魂宝藏。

"就德行方面来说,保加利亚或许在目前变得有些粗鄙。"老姐这么说,"不过,我相信,很快地,情况就会有所改变。它将从过去的历史中获得许多力量,只不过,此时此刻,它对于这些力量还一无所知罢了。"

"就德行方面来说","变得粗鄙"?我有没有听错啊?老姐到底是被什么东西给影响了?要是再这么说下去,我可就无言以对了。我就像个必须鉴定疯子的医生那样,凝视着她的双眼。她的瞳孔并没有放大的迹象。眼白的部分则宛如完美无瑕、闪闪发光的瓷器,不带一丝破掉的微血管,可以说是一种极为诱人的健康白。没喝酒、没抽烟、睡眠质量良好、意识清楚。

仍是那双带有绿色斑点的棕色眼睛,眼球保持着完美的湿润,因此看起来色调温暖;只不过,如果注视它们更久一点,则会给人一种冷静、清醒的印象。老姐那张在面颊上带有小色斑的脸，还是同一张脸，总是游移在危险，或者该说是不确定当中，仿佛眼与嘴周围的细纹对此毫无防备。

老姐说："在意想不到的地方，保加利亚可以美好到让人完全不必去思考它到底是个怎样的国家。"这话带给人的震惊，就好比突然去惊吓一群安坐在草地上的天鹅。

这下子，她是真的打开了话匣子。她再次狐疑地伸长脖子往高处望去，仿佛要在天空中仔细地搜寻她的白色飞行同伴。

为了更利于思考，她将一根手指头放到了鼻子上。她的眉头深锁。鲁门在等，我也在等。我们殷殷期盼着，一些聪明到有些过分的思想，即将在此诞生。

"将如此轻柔的体验化为词句，似乎还言之过早。"她这么说道。在停顿了一会儿之后（这期间虽然没听到天鹅声，不过至少有听到乌鸦在叫），她眼神锐利地看着我说："去深思像保加利亚这样一个受压迫的国家，根本就毫无意义。无论是去谈论它，还是去书写它，全都是没有用的。唯一合理的方式，或许是歌唱。外人必须来歌颂这个国家！"

她神情愉悦地对我眨眨眼说："我指的不是我们俩啦！这世上很难找到唱得比我们还糟的两个人！"

"不过我倒是认识一个，那就是塔巴科夫。"

老姐开心地露出上排牙齿咧嘴大笑。她用假装哭哭啼啼的声音，唱出《我心爱的布宜诺斯艾利斯》的前几句。

由于他们两个似乎太过飘飘然，因此，坐在墙上的我，一直感觉不太舒服。虽然粗糙而锐利的石头表面刺入我的掌心,我还是看着自己牢牢地黏坐在墙上。

老姐似乎看穿了我的心思,松开我抓住墙的左手,把我从墙上带了下来。这时我感觉自己像个小孩子,不理性地想要得到某些一定会被拿走的东西。就在我的身体正要找回它以往的成人尺寸时,老姐已再次放开了我。她敏捷地转过身,随即踩着轻快的步伐,朝着出口的方向走下山去。

鲁门抬头仰望,仿佛在思索着攸关保加利亚未来的重大问题。接着,他便像个护理人员一般陪着老姐一道走:他小心翼翼地,就好像在保护出窍的游魂免于误入歧途。至于我,则是与他们保持着一段距离尾随在后。

在过去的二十多分钟里,一定发生了什么事。距离上回见到老姐如此受情绪所笼罩,已经是很久以前的事了;应该已经超过了25年,那时她才刚认识她那个可怕的波斯前夫。

Gold

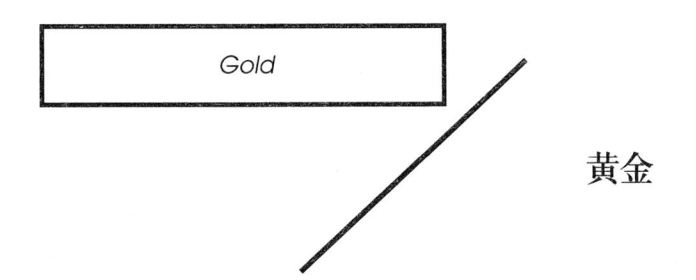

黄金

接下来，我们展开了今日的第二个行程。我们驶往阿巴纳西。一路上净是森林、山丘以及醉人的林间空地。在路途中，我始终沉默不语。美景似乎希望能够缓慢而宁静地呈现出自己；只不过，我们这辆大发汽车并不是为此而打造的。

"美，哦耶，这真的好美哦！"我们在一个野草蔓生、碎石满布的小山坡上下了车。可是才走没几步路，一切就全都改观了！

这座女子修道院首先出来迎接我们的，是一座种满了葡萄的庭园。四周全是一片滋荣的景象。不论是在瓦盆里的、在金属盆里的、在笔直的沟槽里的、在梯状的小斜坡上的、在木制的支架上的，举目所及，尽是茂盛、发芽与闪闪发光。就连步道旁的柱子也满布着华丽，在阳光的照耀下，花萼尽情地挥洒热闹而奔放的色彩。湛蓝中闪烁着金光的天空，蜻蜓宛如诗句般划过。素朴的长条木椅敬邀我们入座。空气中疯狂地笼罩着嗡嗡、啾啾的声响。在我们身旁，则有一阵阵窸窸窣窣的低鸣摇摆、奔驰、飞舞而过，它们正在为自己的工作忙碌着。

我们索性先坐下来，喘口气，伸伸腿。这时我们三个的行为举止，就宛如奇迹般的新生儿，一组温顺地诞生在这世间的三胞胎，我们不仅没能力争执，更无法使坏。我们都不想破坏这难能可贵的状态，所以三个人就这么安静地坐着。

有位驼背的修女，提着水桶、带着园艺剪走过来。她向我们打声招呼，鲁门起身对她鞠躬回礼，两个人就这么聊了起来。在谈笑声中，鲁门从修女的手上接过水桶与园艺剪。在人影晃动中，他们走了起来，朝着光影转折的弯角处渐行渐远，接着便消失无踪。

我们姐妹俩的心，轻柔地掠过这美丽的世界，乘着最近的一片云，往天空的蔚蓝翱翔而去。

事实上，我还挺想求个明白，老姐那欢欣的情绪究竟从何而来？可是，眼看鲁门这时已朝我们挥着手，走了回来。接着，他带我们钻进了一个入口。突然出现在我们面前的，是一间前厅；一时之间，我们必须适应里头湿冷的氛围与黑暗。环绕在我们四周的，是一幅又一幅的湿壁画：红色、蓝色、赭色。上头所描绘的人物，乍看之下，会让人感觉有点幼稚。那些圣徒的头上还画有光轮，只不过，对于他们的姓名与传奇，我们却是一无所悉；我们并不是教徒，霎时间，不禁为自己的无知感到忧心忡忡。

那些人物仿佛在窃窃私语，用那紧闭着的圣徒之唇议论纷纷，就在那些对半分开的胡子中间带着无法掩饰的愤怒，对我们这对不知从何而来的基督之女说三道四。在我眼里，那群带着光轮挤在一起的圣徒，不断交错地摇晃着，仿佛有阵细微的云雾柔和了他们的轮廓。然而，那些褐色脸孔所透露出的严肃,却是我所熟悉的;表情严肃,正是东正教教堂的认证标志。

鲁门继续往主厅走去。我们俩也可以进去吗?我们迟疑地缓步向前,极其小心翼翼地行动着。我们刚把目光投向四周的空间便引起了骚乱,谁来描述一下呢?

前方突然发出闪光。我们站立得犹如被长长的手臂移动过的玩偶,不过我们并不僵硬,反倒还有些柔软。那墙上正在上演一场前所未闻、前所未见的骚动。

在那里的,并不是单纯的黄金;那些正在苦思冥想的沉重团块,其实是充满了灵性的黄金。它们在舒展肺翼时闪闪发光,在呼气时,先是闪耀着光芒,随即便又消逝。那是兴高采烈的黄金,是聪明伶俐的黄金,同时也是隐没于黑暗中爱打盹儿的黄金。每走几步,只要视线所及之处,全都被再次笼罩。其他部分也被发现,宛如末日审判般燃烧起来。

在蜡烛与小油灯的照亮下,经过反射的反射,产生了意味深长的晨曦以及完整包覆的暮光。生活、交谈、睡眠、梦境交替更迭。就在某位圣徒还在将手指向上指的时候,他已隐没在阴影的洪流里。我感觉,这就好像提出尖锐的问题,却很淡定地作答。下一个瞬间,一切仿佛都被吸进寂静的磁心,即使是张大双耳的蝙蝠,也无法接收到一点声音。

在这里,激进与激进彼此之间,靠得比在其他任何地方都还要紧密,它们完全忘却了要相互争斗。有张桌子上摆了一尊可供亲吻的圣母像,在它旁边还有个满是枯萎花朵的生锈铁盆,凋零的花瓣全都落到了桌布上。

鲁门转过身来，这下子我们也看到了她。在另一张桌子旁，坐着一位老修女。在她面前有许多成捆的蜡烛，那些蜡烛又细又长，就宛如坚硬的丝线。在那些蜡烛的旁边，则堆放了一些圣像。在回应鲁门的问候之前，老修女先用她那双水亮的眼，一个一个仔细地端详我们的脸。我觉得，她好像缺少牙齿。

她低声细语，鲁门只好主动地靠近她，直到整个身体朝她弯了下来。我们姐妹俩当然是听不懂他们在说什么；不过，很明显地，鲁门并不只是很有礼貌地在聆听，他还表现出逐渐高涨的好奇心。

我们退了开来，更加仔细地环顾一下四周。我们的困窘已然消逝，现在正用辛勤的脑袋进行着探索。我们是不是被一场热闹的骚动给骗了？不，不，就算我们更加放胆地在这个空间里活动，并且展开冷静、客观的侦察工作，答案也是否定的；这里并不是什么艺术空间，而是一间充满奇迹的房子。即使在世界上最好的博物馆里，假设他们所拥有的圣像跟这里的一样好，也不可能如这里的圣像造成那样的影响。这里的圣像是成群的，他们想要相互扶持地阐述《圣经》里重要的篇章。两旁还有地方的圣徒随侍在侧，他们会辅助开示、协助打开羊皮卷并且起誓护法。

如今我才明白其他人早已知道的这件事：唯有当他们从一个圣洁的空间放出光芒，那些圣像才会成真。然而，这一切只持续很短的时间，他们随即便会再度回归黑暗，并且消失在黑暗里，隐秘得宛如从未来过。只有在犹疑要往前还是走开当中，他们被描绘的皮肤才会被照亮；

幸运的话，可以用那些不是被创造出来的光，例如那些蜡烛反射或小灯的颤动光线，时大时小、投射到观察者身上的光。

我很难跟老姐聊这样的事。她将她那颗仁慈、善良的心，安顿在反对派的无神论钢屋里。对她来说，画像不过只是艺术而已，完全就是根据它们的市场价值来评判它们的高低。而博物馆就是那些画像的归宿，要不然，它们就得等着被偷。举凡经由人类的手所创造出来的东西，她都认为，跟那些无法解释的魔法一点也没有关系。黄金就只是黄金，只是一种贵重的物质，能够在光照下美美地闪闪发亮，可是绝不会放射出什么非人世间的光线，更不可能转化为灵魂。

"这里真的是又湿又冷……"老姐说，"……可以说是太冷了！这样难道不会伤到那些画吗？"她边说话边抬头看，仿佛在等待附和。她说这话，其实只是出于责任与关心；不过，在这特别的空间氛围里，她的双眼却带有出人意料的深邃。

我压抑着自己的情绪。毕竟，这些画在这里也安然度过了好几个世纪。

她走近我，在我耳边轻声地诉说她的忧心：在下头的石子路上，有一辆配有色玻璃的吉普车；开那辆车的家伙穿戴着黑色皮革，两耳都长有肉瘤，正把身体倚在车子的挡泥板上。我怎么没注意到他呢？他八成是某个盗窃团伙里的一员，正在这附近勘察地形，一旦时机成熟，他们就会带着那些圣像消失得无影无踪。他看着我们的样子，令人毛骨悚然。

我脱口而出："看来，你所喜爱的保加利亚，在道德提升方面有得等了！"

她用力地皱起额头,这表示,她此刻正极度地不爽我。不过,她的眼神看起来,始终还像个孩子。霎时间,那张因盛怒而扭曲的脸,有点像是某位正在苦思该如何惩罚那些兔崽子学生的兔教授。

我们可以利用一些熏香让心情平复,可惜这里并没有。倘若有无数闪烁、飘浮的微粒散布在空间中,整个氛围将变得柔和,紧接着,脑与心便会欢欣地手牵着手,徜徉在这甜蜜的洪流里。不管有没有熏香,老姐就是无法理解,有些空间确实会诱发人的改变。我们来到一个空间,它比其他的都还要来得宽宏大量;它邀请我们敞开肺部深深地呼吸,也可以稍微叹上几口气。

"你没发现吗,这里所发生的一切,小至原子,都跟普通的空间不一样,跟那些普通的空气完全不同,在那些普通的空气里发生的一切,全都是畏畏缩缩的。"

"五分钟之前,在那张长椅上,我们似乎也受到了同样的诱发。"老姐做出回应,可是她现在却非得弄清楚:外头那个穿着皮衣的家伙在车边究竟想做什么?

我说:"哦,那个啊,那只是'维迪歌'[1]。为了消遣,他不去洗他那铁灰色的马,而去洗一辆吉普车。"基本上,"维迪歌笑话"这一招,对老姐总是有效。这件事可以回溯到十多年前,当时我们为了一本小说掀起一场艰苦的竞赛。读那本小说时,我们一直很执拗地假装自己深受

---

[1] 维迪歌(Witiko)出自奥地利作家施蒂弗特所著同名历史小说。小说以12世纪波西米亚王国建立为背景,书中人物以波西米亚森林作为追寻平静与公正的象征,流露出过分节制的理想主义。

感动。连讲完电话,我们也会来上一段"维迪歌式的祝福"相互告别,大概就像这样:"你就好好地享受你的房子所能提供的享受吧!"或是"该发生的总会发生!"或是"事情还是这样发生了,现在也该接受上帝的谢忱了!"后来,我们总算在笑声中承认:这段皮衣骑士的冒险简直无聊透顶,除了无聊到可以成为传奇之外,根本一无是处。

然而,这时候,"维迪歌"却失效了。老姐仍是愁眉不展,一直想着要离开。

我说:"我拜托你,别那么死脑筋。你可以四处看看,自在地伸展伸展。你不妨想象有一个合唱团,在他们歌唱时,人们不需要去看着那些歌手张开的嘴,因为那样的注视是错误的。他们的歌声是从上面传来,来自看不见的地方,宛如天界的音乐,从来不是当着我们的面发出声响。倘若那美妙的音乐意欲生气蓬勃地围着你送来,在那之中,除了隐藏着天使腼腆的拥抱以外,再没有其他的东西了,因此,就请你欣然地接受吧!"

要是我们愿意的话,我们或许能过上一个比到今天为止,更富有旋律的人生;过世的老爸、老妈也一样。我喃喃自语地对自己说;因为老姐并不喜欢我咄咄逼人,更别说以天使之名。为了一探那位皮衣人,这时老姐已转过身,走到户外。我稍后优哉游哉地跟出去,在我们先前坐过的那条长椅上找到了她。我们彼此沉默不语,宛如两个熟到连话都不必说的仇敌。鲁门也来加入我们。接着,他从口袋里掏出一个压扁的小盒子,并且递给我一支烟,随即为我还有他自己点火。

他开口说:"要是你们听到的话,肯定会先倒吸一口气,接着便开始龇牙咧嘴地冷嘲热讽,说这简直难以置信。可是,算了,你们一定不会相信的。"他向后退了几步,整个人的行为举止看起来,就仿佛如此不可思议的故事只能讲给苍蝇听。我们看着他,假装乖巧地对他说:"你就说嘛!"我们的衬衫起着含情脉脉的皱褶,双眼则泛着兴致勃勃的目光,一切只为了软化这个探子,好让他将秘密脱口而出。

鲁门宣称,这是一个只属于保加利亚人的故事,而且还要是纯正的保加利亚人才能明白。

"保加利亚人啊,要保加利亚人是吧?"

鲁门摇摇手指,调皮地笑了一下。基本上,他根本就无法跟我们讲述这个故事,因为我们不是在保加利亚土生土长的,不懂得用纯净的耳朵去听。听他这样解释,我们不禁感到有些失落。

不过,鲁门最后还是决定勉为其难地说给我们听。他开始讲述一个悲惨的时代。那个时候,保加利亚几乎只剩一息尚存(我们把保加利亚想象成凋零的花朵)。当时这附近曾经有一所修道院,可是鞑靼人来了之后,便将修道院付之一炬(我们把鞑靼人想象成一群恣意地四处践踏的坏孩子)。

有一位修士身处在这遍地灾殃当中,目睹了所有苦难的降临。他是位坚苦卓绝的隐士,就住在修道院旁的小屋里,平时仅以面包屑果腹,偶尔才会吃上一两块羊奶酪(我们把他想象成一个精神错乱、满脸胡子的家伙,也许就像《卡拉马佐夫兄弟》里面的费拉庞特神父,不但会发出嘶哑的声音,还会四处看见恶魔)。就在修道院遭大火吞噬前的几天,他从神龛上取走最重要的圣像,并且将它藏了起来(我们仿佛见到鞑靼人的熊熊烈火在整个保加利亚燎原)。

我对老姐说:"你看,'从墙上盗走圣像',这根本就是保加利亚的一项老传统,黑手党不过只是将它传承下去罢了!"

鲁门继续讲述那位修士的事。后来,那位修士与他的弟兄全都遇害。过了两百年之后,就在他遇害的同一天,有位农夫路经原野,听到有阵声音传来。

鲁门弯下腰,用他夹着烟的手指作势要从地上刮起什么东西,并且从下方斜斜地往上看着我们。

"快点啊,你这个笨蛋,快把我挖出来!"他装出那个被埋在地下的声音大骂着。

农夫吓了一跳,不过,他最终还是鼓起勇气,开始动手往下挖。挖着挖着,他突然碰到一个黑色的、四周都……鲁门想要用的词汇是沥青,我们帮他找到了这个词。他找到了一只通体被油涂黑的箱子,箱子里甚至还持续地传来咒骂声。农夫用他那颤抖不停的双手,勉强地将那只箱子带回家。回到家以后,他找来一把钳子,先将盖子上的封钉尽皆拔除,随即便将箱子打开。首先映入他眼帘的是一块绣花布,将布揭开之后,他所见到的,是天使长米迦勒的圣像。说也奇怪,就在他把东西摆到桌上整个儿摊开时,原本那阵咒骂声便随之停止了。身为一位虔诚的保加利亚人,这位农夫很清楚自己应该怎么做。于是,他将那件宝物托付给某位神职人员。后来,人们就在他发现藏宝箱的地点,重新盖起这座修道院。如今,天使长米迦勒就挂在这里面,它是所有圣像当中最美的一件。

听完之后，我们一脸愚昧地张大眼睛望向天空。这时会不会有什么怪风突然从四面八方刮来，将我们的头发吹个一团乱？我们都忽略了天使。

我们接着把烟给抽完。一边抽烟，我不禁一边想象着，天使长究竟是何模样呢？他挥舞着巨大的双翼从天而降，手里还握着他的宝剑。我们鱼贯地返回到教堂；老爸的身影仿佛也跟着从旁边的长椅上起身，随行在后。鲁门向修女买来许多蜡烛，将它们插在圣像墙前的铁架上，并且一一点燃，如此一来，我们便能看清楚天使的模样。

我们怎么会忽略掉他呢？

他牢牢地站在某个富翁的身体上。身上穿戴着金色的护胫与胸甲，胸甲迸发出红、紫、粉红色的火花，绳边的末端则熠熠发光。身后的红色披风极富戏剧性地卷曲着，完美无瑕的大腿上则覆盖着一块蓝色的布，金光闪闪的双脚踩在那个富翁身上。尽管他的双翼不似我所想象的那般雄伟，不过，一柄威风凛凛的宝剑，倒也弥补了这个缺憾。有了这把剑，凡是胆敢拦住去路者，都得当心脑袋搬家。他用右手高高地举起宝剑，以此来加强挥击那些沉沦者的力道。他的左手则抓住一只小灵魂的头发；那是那位弥留者刚出窍的灵魂，留着长发、全身赤裸。

一旁还有两个恶魔，他们伸出长长的铁钩，使劲儿地要把那个身体拖下他的龙床，企图尽快地将他们的猎物带进火红的地狱。在画面当中，一个装满宝石的袋子表现罪人的形象；事到如今，那个钱袋已经毫无用处。一旁的亲属与仆役们，穿戴得与他们灵魂已出窍的主人一样华丽，他们一脸惊恐地看着眼前所发生的事。

虽然我知道那是不可能的，因为在星期天的早餐时刻，塔巴科夫还在我们附近喋喋不休地四处穿梭；然而，眼前这个我们已经更加仔细观察过的地方，却不禁让我越来越怀疑，那个富翁有没有可能就是在描绘塔巴科夫呢？我对老姐说："你瞧！"随即向她指出我发现的雷同处。她看着我，幽默地皱了个眉，却没有加以反驳。

就连一旁的亲属，我也逐渐地感觉自己似乎认识他们。他们的服装很华丽，只不过，发型并不像我记忆中的那些20世纪60—80年代的斯图加特-保加利亚人。然而，在这里，却会让人联想到一个不同的时代，不同于我们所熟悉的时代——让人领悟到：昨日、今日与明日其实一直交错。我跟老姐很有可能早就在这里体会到这一点；尽管我们实际感受到的生动与压迫，远远超出我们自己所能想象的范围。

例如，带领那班惊慌失措的人正是塔巴科夫的妻子莉洛。当然咯，她的手指没有涂上指甲油，更没有留着一头玛丽莲·梦露的卷发，而是身着一袭绣花的绿金色斗篷，将头发盖了起来。旁边那个一脸凶巴巴的小孩儿，可能就是他们恐怖的女儿。就连那条他们所养的奇怪的长毛狗，好像也从一根柱子的右后方扑了出来。至于其他那些斯图加特-保加利亚人，至少有两位在场。对！姐，你看！这是桑科夫，没错，就是桑科夫，那个妓院老板。站在他旁边的，就是他的朋友冈契夫，那个在奥尔格克一家车行上班的员工。只有我们老爸缺席，当然老妈也是。他们之所以会缺席，也许是因为，他们从来不会去巴结塔巴科夫；他们其实并不嫉妒或羡慕他的财富，就只是单纯地对此耸耸肩、嗤之以鼻罢了。也许，他们的缺席是因为某些不明的原因，导致他们在任何圣地都没有容身之处。

看呐,这是个什么日子啊!就在这一天,那些斯图加特-保加利业人,连同他们的老婆、孩子,全都现身;独独不见我们父母的踪影。

那辆黑色的吉普车也同样消失了。没有人看见它如何离去。那位皮衣男没有留下任何踪迹,仿佛从未出现过,就这么开着他的吉普车干干净净地走掉了。四周的草地多么的绿意盎然,仿佛一瞬间就吞噬掉附近的一切,将它们全都化为了草坪。

老姐说:"我们掉头去追他好了!"鲁门完全不明白老姐在说什么,因为他先前压根儿没注意到那辆吉普车。

Gärten

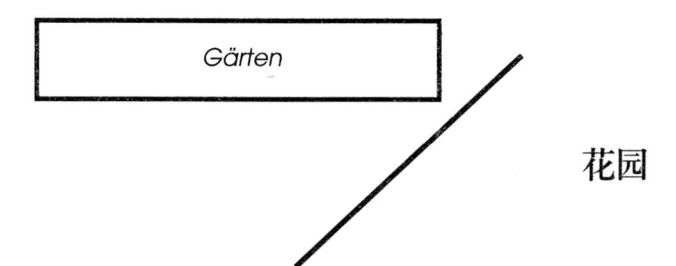

花园

我们将大发汽车停在阿巴纳西的市中心。正如我们刚才所经历过的那样,我们又再次走入虚幻之中。历经两度失败,我们总算觅得一间可以歇脚的店。店员在店里的花园露台上向我们打招呼,欢迎我们的光临。由于我们错过了午餐时间,此刻店里的厨房已经关火,店员提醒我们,如果要用餐的话,可能要等久一点。老姐原本打算去隔壁的店碰碰运气,不过这时在店里却找不到鲁门的人影,也许他去找其他女店员闲聊去了。

露台搭建在这家店的后方,可是看起来却像是飘浮在某个山谷上。谷里布满了凉爽的阴影,我不禁冷得发抖。于是我从椅子上拿起老姐的外套(她仿佛遵从着老妈的指令似的,将外套整整齐齐地挂好在椅背上)。我带着瑟缩的脖子与冰冷的手指静静地坐着,任凭一只小蜘蛛在我衣袖上爬呀爬的。

我将视线穿过小蜘蛛投向远方,映入眼帘的乃是一片秀丽明媚、井然有序的风光。周围的山丘高度适中、花木扶疏,还带着沉默的石头;

青翠的原野配上蜿蜒的小径，宛如中世纪的木版画作。然而，往下一看，却是惨不忍睹的混乱。四散的木屑、生锈的水箱、破掉的帆布、隐没于灌木丛里的废弃车辆、满布枯萎植物的垃圾桶、压扁的罐子、带有轮锯的工作桌、毁损的藤架、惨遭抛弃且被遗忘的玩具，还有一顶如今可能成了兔子窝的小帽。在那后面，是某个有钱邻居的一块地。那块地整理得很干净，不但有座刚种下植物的花园，还有一栋经过修缮的巨型旧石屋，石屋上头则加盖了木造的阳台。旁边有个蓝色的肾形游泳池；尽管它的边缘目前似乎还在整修中，不过池里所透出的蓝，会让人禁不住地想要跳进去玩一玩。

突然间，我有点想念那些蓝白条纹的遮阳篷。我们位于代格洛赫的老家也有个小阳台，它也是向后延伸到花园的上方，阳台上面就是蓝白条纹的遮阳篷。坐在那阳台上时，眼前的混乱让人有些迷惘；真的很难理解，为何方圆不到数百平方米之内，人们的生活竟能如此天差地别。左边可以见到一个貌似园丁或是以修车为乐的家伙，他手里老是拿着各式各样的工具，自顾自地在车库内外忙来忙去。这同样也是种混乱，即使并非保加利亚式的，而是一种审慎的、顽固的、施瓦本式的混乱。笔直的苗床上栽下木棉的种子，冬天会在上头施以粪肥。梨树所有的树枝都被剪光，并且安上支架；在夏天，它沉重地依附着它的"拐杖"，到了冬天，它则不妥协、不动摇地主张自己的一席之地。它就像个白发苍苍的四脚老人，模样吓人地来回不停摆动，将积雪从它身子上抖落下来，突然间，它似乎具备了奔跑的能力，于是它抛开了那些拐杖，神出鬼没地穿梭在我梦里。

正对面的垂柳,悠悠荡荡地飘向一间花园小屋。那是个精心布置的石头花园,里头尽是些苦行的植物,它们从石缝中钻出生路,蜿蜒地往屋子上攀爬;整个代格洛赫,除了这里,别的地方是看不到这些植物的。小屋旁长着一棵巨大的冷杉,在暴风雨中,它会沙沙作响,仿佛在跟那些黑森林里的兄弟姐妹谈笑风生。有条碎石小路环绕着一片完美无瑕的草坪,每到夏天,草坪上总会摆上许多藤椅、藤桌,宾客们就在那里丁零当啷地喝着咖啡。那里曾是"嗅嗅"的领地,它是只黑色的公猫,慵懒的举止宛如一头狮子。而我们的小腊肠狗则是它的臣子——打从"嗅嗅"来了之后,我们的小腊肠狗见了它,便对它卑躬屈膝。

光是在我们家这附近的三间花园小屋,恐怕就很难找到比它们之间差别更大的例子。我们左边邻居家的花园小屋,是一个用来存放工具的工具间。至于我们家的小屋,则是用许多细的黑色树枝精心编制而成,并且搭配了一张环绕式的长椅;小屋不仅潮湿,还长满青苔,除了角落有几张精巧的蜘蛛网以外,别无他物。在那些网子旁边,会有一些黑色蜘蛛在等候它们的猎物上门。尽管那些蜘蛛的身体也许只有豌豆般大小,可是,在我们小的时候,却觉得它们有手掌那么大。因此,我们当时都不太敢靠近小屋。另一个邻居家的花园小屋,则像个站得直挺挺的怪东西。小屋上方有个往前微微向上弯曲的平顶,里头的墙壁则包覆了防水的韧皮。屋里唯一的装饰是幅马赛克拼贴,那幅拼贴所描绘的是一名希腊的吹笛手。虽然画中的人物踩着轻盈的步伐,不过20世纪50年代那时的评论却认为,他的动作受到了轮廓的局限,此外,用色不够大胆也是关键,当中的赭色、浅绿色以及灰色,全都被淡淡的锈红色给掩盖。

石头花园的后面属于别人的地界,那块地的周围乍看之下,人们也许会误以为大战尚未终结。白铁波浪板,还有高高的铁丝网,全是为了保护仓库以及供鸡与兔子散步的小空地;"嗅嗅"与"施纳克斯"或许很想冲过去,连手来一场放肆的猎杀。

只要我们老爸状况好,到了晚上,老姐与我便会抢着跟他讲述那对不寻常伙伴的冒险故事。结伴在主人的两个花园里闲晃,是它们的例行公事。黑猫高贵而稳重,小腊肠狗则喜欢摆动它那对招风耳,感觉很热心。每隔几天,它们就会来场奇特的表演。嗅嗅会站到一根侧柱上,从那里凝视着下方。这时候,施纳克斯会像海狗一般,拖着长长的肚子,小心翼翼地靠近。待移动到柱子下方,它便会毕恭毕敬地趴下。接着,它会鼓起勇气短暂地往上瞧一下,随即很快地将视线垂下。三不五时它还会稍微动一下耳朵,借着这个小动作来表示,它其实是清醒地趴在那儿。老爸会用一种充满诡异的消遣语气说:"柱子上那只猫简直就是斯大林!"紧接着,他便会两手交叉,摆出一张讳莫如深的斯大林面孔。这时我们必须要搔他痒,直到他伸出双手,嘶嘶地假装发出俄式诅咒。最后,我们就在一片欢乐声中四处逃窜。

从一张带着锯齿边的照片可以看到,老爸坐在我们阳台栏杆上的模样。当时他还相当年轻,身材也很苗条,双眼炯炯有神,露出一抹胜利的微笑,一派雄心勃勃的模样。照片上,他的头部附近,完全感受不到一丝抑郁,仿佛没有任何东西、更没有任何人能够伤得了他。无疑地,他当时看起来,简直就像个欺骗良家妇女的小白脸;我想,只要他

花园

愿意，一定可以在那个行当里长长久久地干下去。他的双脚看起来，仿佛正优哉游哉地晃动着，似乎完全无惧于可能会以倒栽葱的方式往后跌下。在他的身前，有一辆蛮大的藤篮婴儿车，我当时正从车篷里往外看，似乎相当好奇地观望着摄影者；不过，那时的我，已经会摆出厌世者那种愠怒的表情了。当时的阳台上方，尚未搭建起那蓝白条纹的遮阳篷。

我们所居住的那一带，当时并没有哪户人家拥有游泳池这种东西。也许，斯图加特的第一座私人游泳池，就坐落在塔巴科夫那幢位于希伦布赫的豪宅的花园里。那幢豪宅并非我们以前所住的那种木屋，而是一幢十分稳固的砂石屋，它拥有一个令人肃然起敬的门厅，起建的时间大约是在世纪之交。

我们受邀参加他们的乔迁派对，出席的宾客们还得带着泳装赴会。我们一家开着车子穿过森林、经过电视塔，一路上，老爸老妈一直在批评，等下到了塔巴科夫家，马上就会面临俗气艺术的疲劳轰炸。当时他们俩所讨厌的事物还蛮一致的。每当老妈模仿起莉洛，总会逗得老爸哈哈大笑：她会说"敝姓韦尔勒"（née Wehrle）；由于我们当时还小，于是便误以为她叫"内韦勒"（Neverle）。老妈会故意将句尾，有时还会针对莉洛婚后的姓氏，不自然地提高声调，并且拉长尾音，营造出一种贵妇的感觉给老爸欣赏。莉洛一直是老妈最爱的标靶，她很精通在暗地里对她的那些朋友们放冷箭。

莉洛有着天生就高八度的嗓音，不过她老是喜欢刻意将声音压低，甚至还会把元音延长，而此举反倒令听她说话的人浑身不自在。她偏好使用长句，每隔一两个句子，她便会自以为优美地拉低声线（那声音听起来，会变得有点黏腻，仿佛她突然患了伤风、感冒似的），只为了出其不意地在结尾达到高点。对于保加利亚人而言，高声说话是被禁止的，至少在妇女方面如此；这应该算是保加利亚妇女的一项特色吧。对于与保加利亚妇女有关的一些荒诞不经的故事，施瓦本太太们总是乐此不疲地相互传诵。由于她们的交谈声太过刺耳，表达个人好恶有时也太过尖锐，因此，她们极度为众人所鄙视；尤其是我老妈。我老妈以自己的嗓音为傲，她的嗓音天生低沉，再加上吸烟过量，使得原本就已低沉的嗓音更为雪上加霜。

整个房子弥漫着欢乐的气氛，所有贵宾们皆已大驾光临。塔巴科夫的儿子当时或许还活着；只不过，我已记不清他到底有没有在场就是了。那时我们还很小，老姐才刚学会游泳，我只能套上一只充气动物，毫无章法地四处乱划。我们带着一只可以充气的天鹅以及我们的小腊肠狗姗姗来迟，莉洛则开心地迎接宾客。她身着一袭翩然的礼服，搭配一件波列罗短上衣：那是粉红色、淡黄色、黄色、青绿色的梦幻组合。在她的手腕上与脖子上，佩戴了许多的金饰。她先是举起那完美地涂上指甲油的手指，轻抚我们这些小孩子的头发。接着，依照惯例地给了我们一个吻（她是唯一一位会让我欣然接受这类举措的外人；对于这样的侵袭，老姐多半都会宽容地接受）。

在花园里，整个景象看起来宛如置身美国。有许多好莱坞式的秋千围绕着蓝色的矩形长桌，它们已被打理得漂漂亮亮，随时待命着。这时，有位穿着围裙、戴着女士小帽的仙女，将一辆满载着饮料的上菜小车推了出来。只要她一转身,人们就能看到她背后那个巨型蝴蝶结;而蝴蝶结的带子,则是娇媚地落在她的臀部上。然而,最让我感到兴奋的,还是他们家那只长毛狗。那条狗全身雪白,一双眼睛宛如两颗黑纽扣缝在毛皮上,头上还戴了一顶色彩缤纷的小王冠。它身上的卷毛看起来,似乎才刚清洗过并且吹干。"谢丽"的脖子上戴了一个闪闪发亮的缀饰,它的举手投足简直活像个贵妇;实在让人不敢相信,它竟然会是只公狗!由于我们家的小腊肠狗不管跟什么样的狗都能和睦相处,因此我们可以将它一起带过来。每回谢丽见到它,总会激动地狂吠,头上的小王冠也跟着剧烈地抖动起来,它甚至还会用那卷毛的短腿表演一些可笑的跳跃。我们家的小腊肠狗只是摇摇尾巴,不知所措地看着它。两分钟过后,这两位旧识就会再度打成一片。施纳克斯会先跑去大吃大喝谢丽碗里的食物跟水,随后两只狗便会结伴去逛花园。我很想加入它们,三个一道结伴而行;只不过,这两个小畜生却一点儿也不懂我的心情。尽管宾客人数众多,可是莉洛却一眼就注意到了我的哀愁,于是她把我抱在她的大腿上;这位金光闪闪、散发甜甜香气的女人,简直就是我心目中的女王,我多么思念你啊!

桑科夫已经换上短裤、拖鞋跟浴袍,坐在池子旁。而他那些不幸的家人,则围绕在他的身边。那对双胞胎,穿着缝有金色纽扣的深蓝色运动外套,虽然尚未进入位于塞勒姆的寄宿学校,却始终在准备入学。桑科夫的太太当天一身火红,她用双手环抱着她丈夫的颈子,似乎想要给他做个"马杀鸡";不过,也有可能,她其实是想当场勒住他的脖子,以此来宣示主权。实际上,情况早就不是那样了。那时候众人皆知,桑科夫已经与他的家人分居，自己跑去跟一个他最爱的妓女在一间公寓里双宿双栖。他不但很少回去探视家人，还很讨厌自己的原配。虽然大部分的人都对他感到既羡慕又作呕，可是大家却一致认为，他讨厌自己的原配，其实是情有可原的。

桑科夫喜欢展现自己的胸毛。此刻他正一边抽着雪茄、一边放声谈笑，还不时高兴到拍打自己的大腿。他会生吃大蒜，而且还是大把大把地下咽，数量之多是其它关心自己声誉的保加利亚人永远不允许的。大家越来越认为，桑科夫的原配其实还挺恶毒的；不过大伙儿终究还是相信，桑科夫也有善良的一面，虽然没有什么证据足以证明。事实上，他坐拥一家妓院，那是他从原本的一间小酒吧经营起来的。除此之外，他还兼营买卖赃物的勾当。他时常会怀揣巨款四处闲逛，其最大的乐趣莫过于当着众人的面前数大钞。万一塔巴科夫在附近出现，他便会开始紧张起来，整个人变得神经兮兮，就连说话也会不自觉地大声起来。不用说也晓得，因为塔巴科夫不但比他更富有，就连老婆也比他的漂亮。桑科夫会称呼我们老爸为"小医生"，他待我们老爸犹如他的小心肝，而他自己则以老爸个人的守护神自居。不仅如此，他还会吩咐他手下的那群妓女，要她们来照顾一下老爸诊所的生意。

然而，有一件发生在他身上、最值得注意的奇闻，却是在他死后才逐渐传开。桑科夫是在45岁时因为车祸不幸丧生；他当时开着他那辆大众的"卡曼·吉亚"，不小心撞上了路旁的一根柱子。（在那群保加利亚人当中，他是第二位撒手人寰的。）当他还在世的时候，他的家人跟朋友从没有去过他所住的公寓。在他那间公寓的客厅里，居然有一座小型的图书馆:其中网罗了19世纪所有重要的著作,诸如歌德、席勒、康德、黑格尔等名人的全集,无不陈列于书架上。大家从来不晓得,原来他还对书本感兴趣咧!不过,他可能没法读那些书,顶多只能在书本上签个名;因为那些书全是用木头做的!好戏还没完。当谢林[1]的那本《一种自然哲学之观念》被抽了出来,里头竟然摆了一只带有绿色盾牌的锈红色公仔;如果近距离仔细地观察,它看起来,就像是涂了一层鞋油。公仔后方还有个小孔,从那个小孔可以窥视桑科夫的卧房。

餐桌上铺了一条有流苏的红色小桌巾,桌巾上头搁着一个面包篮。鲁门跟老姐这时回来了。老姐真是够体贴,一回来就马上帮我搓搓肩膀,好让我的身子能够暖和一点。她甚至没提要把她的外套要回去;尽管她应该很快也会感觉冷。

为了找点事情做,让我们能够暖和一点,我决定要来比较一下那三个金发女人。对于那些斯图加特的保加利亚家庭,鲁门现在已经相当地熟悉,仿佛从孩提时代就已经认识他们。老姐先是用盐罐、胡椒罐以及小油瓶,为我们的"巴黎"准备好三组示意道具。接着,就如同在儿童剧场一般,开始介绍起这些道具所代表的人物:"各位亲爱的观众,现在我们即将介绍的是,桑科夫的妻子,还有我们称她为母亲的那个女人,以及最后这一位,让我们用热烈的掌声来欢迎,深受各方爱戴的

---

[1] 谢林(Friedrich Wilhelm Joseph von Schelling,1775—1854),德国古典哲学代表,客观唯心主义哲学家。主张"自然是可见的精神,精神是不可见的自然"。海德格尔称他为高于黑格尔的"德国唯心主义的顶峰"。

'内韦勒'女士！"

奇怪的是，我们竟然花了这么多气力，让三个金发女人，再次在她们奇怪的罪恶中苏醒。更奇怪的是，那位我们长年来根本连提都不提的老妈，突然间，竟如此频繁地出现在我们的对话里。

当老姐一提到我们最爱的内韦勒，不只是我，就连老姐自己也是，我们全都陷入了极度的狂喜。将这个女人的魔力喂给鲁门，总是能让他垂涎三尺；因为她还没有死，正笔直地跃入池底，正抖动着她迷人的卷发。令人惊奇的是，在她身上所有的人工美（她身上的人工美，多过于其他那两个女人），竟然能在转瞬间变成天生丽质；内韦勒仿佛是预先在手指甲与脚趾甲涂好了红色指甲油之后再出生。她们三个都喜欢把头发烫卷，可是唯一适合这种发型的，就只有我们的内韦勒而已；而她也很聪明地，终其一生都忠于这样的发型。桑科夫的原配看起来就像个黄脸婆；然而，我们所倾心的那个女人，总是能永远保持容光焕发。在我们小时候，她是个头发又蓬又卷的金发美女。她的身材其实并不臃肿，可惜脚踝无可争议的肥厚（对于这点美中不足的遗憾，我们不仅欣然地接受，甚至还很喜欢她的脚踝，这就仿佛是为了要保护她那变得稀疏的骨头，特地加上了一对令人陶醉的圆形护饰）。虽然她会用些庸俗的幸运缀饰来装点她的脚踝，可是她的脚踝看起来却一点也不庸俗。

无疑，在她们三个人当中，就属我们老妈的双腿最优美，既修长又纤细。可是，话说回来，它们究竟为她带来了什么好处呢？她选择了更好的装饰品；可是那更好的装饰品究竟好在哪儿呢？她甚至还具备了更好的判断力；然而，若是不能让人更明智、更仁慈，具备判断力又有何用呢？至于桑科夫太太的那双腿，不提也罢，它们简直就像一双麻秆，一下子就会被世人遗忘。而说到判断力，从来也没人在她身上发现过这种东西。她所到之处，无不弥漫着混淆、突兀与恶毒。到了晚年，她则逐渐沉沦于酒精之中。她耳朵和脖子上那许多的金饰，还有那闪闪发亮的流苏，全都唤起人们的同情：一个这么矮小的人，怎么可以让她背负如此沉重的负担呢？

令人感到奇怪的是，鲁门竟然会挺我们老妈！他是个标标准准的骑士，完全容不得有人说任何一位母亲的坏话。鲁门扬起他的双眉，老妈似乎一下子获得他的高度尊敬。他一会儿说"多么令人敬佩啊！"，一会儿又说"这位女士多么慧黠啊！"。他似乎光凭几张照片就认识了她；只不过，我们显然并不认识她就是了。

我们姐妹俩齐声地说："可是另外那两位同样也是母亲啊！"鲁门很严肃地回答："可是她们并非你们的母亲啊！"

为了要证明他的心意已决，鲁门拿起一根牙签，将它插进胡椒罐上头两个小孔的其中之一。我们见状，不觉哈哈大笑了起来。我们笑得也许有些夸张，因为想要以此来表示，我们的器量并不狭小，就算有人当着我们的面开黄腔，我们也能一笑置之。

有两只老鹰正在上空盘旋着。此刻我们已经累到垂下了颈子，将脑袋悬在碟子上面。多么美好的一天！

在市政厅前面，离我们车子不远的地方，停着一辆配备有色玻璃的吉普车。那是先前我们所看到的那辆车吗？老姐认为是。于是，她开始用她那双纠在一起的侦探眼，仔细地打量那个停车位。"那家伙八成是躲了起来!"我倒是没那么有把握,这辆车就是我们先前看到的那辆;在我看来,这辆车似乎比较小,看起来也比较无害。此外,那个身穿皮衣的家伙也不见踪影。老姐并没有多说什么,因为这根本没什么好解释。然而,我不禁想问,在我们参观修道院时,一个全身都包覆着革具,且刚好倚在车子旁的男子,会对我、老姐还有鲁门有什么图谋呢?

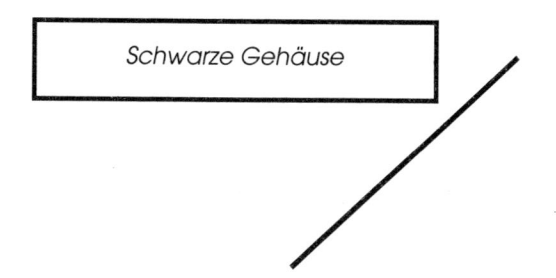

Schwarze Gehäuse

黑盒子

今夜，雨缺了席，我也因此再度无法成眠。不过，今天之所以无法成眠，也有可能是因为心情太好。这一回，阅读一点也没有帮助；就算离开床头灯很远也一样。我手边有一本《恐怖头目科巴》，是一本关于斯大林的书，尽管内容有点残酷，但不失为一部优秀的著作。我把当中的一句话，"最迟现在就必须停止笑声"，理解成一种暗示，似乎在告诉我，应该把书放下了。在这个夜晚，这本书对我一点用处也没有。一般说来，我若是在晚间开始翻阅某本马丁·埃米斯的书，便不会将它合上，肯定会通宵达旦、一鼓作气地赶完。在那之后，我会在平心静气的状态下，从头再看一遍。可是，今天晚上，有一大堆父子们在我脑海里放肆地翻来覆去：塔巴科夫与他那已往生的儿子，斯大林与他那在德国集中营的铁丝网边遭到射杀、为国捐躯的儿子，桑科夫与他那一对卷发双胞胎，还有我们老爸与一个幽灵儿子，一个就连我们也都不晓得的老三。

轻浮的笑声正蛰伏着。要是两边交换一下他们的胡子，不晓得会变成什么样子？噗，简直是鬼扯！我开心地咯咯发笑，像是被电到一样，兴奋地站在对方的立场设想。

然而，所有的一切，这时却一一地静了下来。

转念我又想到塔巴科夫。塔巴科夫的那个鸟计划，带我们来到保加利亚。塔巴科夫这家伙，我们大家似乎都低估了他，因为他太太美妙的肉体为他做了巧妙的遮挡，致使他可以宛如消失一般，安安稳稳地躲在后面。他垂帘听政般在背后操控这一切。早在居住于希伦布赫那时候，他就已经是操控这些家庭的幕后黑手；如今，我完完全全可以确定这一点。塔巴科夫向大家展示了什么叫"求生"。即便已有满坑满谷的前例，可是他还是很棒地为大家示范，一个微不足道的保加利亚人，如何仅凭一己之力将事情完成。

倘若塔巴科夫是个对历史或文学有兴趣的人（可惜他不是），那么他在思索计划时，或许会想到这两个前例：一个是西班牙国王腓力二世，他曾将四散在欧洲各地的亲属遗骸，浩浩荡荡地迁葬于埃尔埃斯科里亚尔；另一个则是曾经担任过纳粹时期帝国元帅的赫尔曼·戈林，他曾将他的首任妻子，也就是瑞典籍的卡琳·戈林，迁葬于他的乡间别墅"卡琳宫"。

穿越欧洲的黑色仪仗队、踢踢踏踏的马蹄声、嘎嘎作响的车轮、在天边扬起的尘土、装饰得光鲜亮丽的黑马的汗臭味、在路旁脱帽致敬的农夫、钟塔上的敲钟者、摇晃着的钟锤、四处回响着的钟声、身着黑上衣佩戴金项圈站在城门口迎接仪仗队的士绅。三百年之后更换如下：呼噜呼噜的引擎声、高举着火把的游行队伍、随行的大队旗帜、身着制服高举手臂的护卫、高挂着的花圈、市长诚挚的举手礼,而收音机里则传来响亮的广播声,以此昭示作为北方人美德的忠心耿耿。

全死了,死得比想象的更透,死得比宣告与宣示的更彻底。

那个长久以来被我们忽略的塔巴科夫,那个执拗的老顽固,他一手规划了自己的死亡行程,一如既往,他总是处处为自己着想。他很乐在其中地亲手策划一切,就连最小的细节也不放过。他不但决定旅行的路线、决定可供大队护灵者下榻的饭店,甚至还亲自出面去跟礼车队的车主以及斯图加特的政府机关进行交涉。光是想到塔巴科夫直闯邦总理办公室,在那儿跟张牙舞爪的邦总理交手,将那个原本高傲的大官驯服成一只柔顺的小狗,我便不禁咯咯地笑了出来,手舞足蹈地翻过身去。

冷静啊,你这个笨蛋!

让我们继续将塔巴科夫说下去吧,他的英雄事迹还远远不只这些呢!他不但亲自去和索非亚的大主教交涉(那是个相当严肃的人,可是在收下一笔丰厚的捐款之后,居然立刻就爽快地答应了),还与多位当地的教区神父进行沟通。此外,墓地、花圈、葬礼后的宴席地点等等,也全都是由他亲手包办。当然喽,就连墓碑也都是根据他所绘制的草稿来打造;只不过,那些泥水匠跟石匠的无能,倒是让他在整个过程中遇上了最大的阻力。

哈!

即便这整个计划牵扯到五个国家,对于塔巴科夫而言,对付各国的官僚,简直是小菜一碟。然而,保加利亚的工匠却让他吃足苦头。就算是一而再、再而三地发飙,整个工程还是依然故我地以龟速进行。不仅如此，塔巴科夫甚至曾多次要求工人们，除了混凝土基础可以维持原本灌好的形状之外，其余的部分一律拆掉重建。

墓碑上最有意思的部分就是：当斯图加特的保加利亚人在复活日飞离他们的骨灰存放室，他们将会是最先见到维托沙山脉白头的人。尽管维托沙山脉如今已经很少降雪，将来甚至很有可能完全不会再降雪，不过塔巴科夫还是硬要来点儿有关雪的想象。

此外，由于塔巴科夫总是三句话不离美国，因此，他的宗教观，吸纳了一种令人安慰的天真，宛如他们家那些好莱坞式的秋千，摇曳着愉悦的淡蓝与粉红，完全不似他早年曾亲身经历过的那种阴郁、严肃的东正教氛围。当我们在萨沃亚王子饭店共进晚餐时，意外得知他老掉牙的观念，也就是，对于"复活"，他到底是如何设想的。在飞翔中重生！天空中散布着柔和的云朵，一身粉红的上帝正等待着，霎时间，许多小门突然弹了开来，就连骨灰坛的盖子也一样，原本安静地躺在骨灰坛里的碎屑，倏地飞了出来，一转眼，便化成了崭新、轻盈的肉身。当然喽，这场盛会他自己是绝不会错过的（倘若真要有这样的时刻，那时他恐怕早已作古多年才对）。不仅如此，他还要带领他们整个团队飞翔；其他人都是他的飞行学徒，他则是他们的队长。

我又翻了个身，不过这回倒是没有窃笑。

我们很确定，对于从前一些著名的迁葬事迹，塔巴科夫是一无所悉。所有他孵出来的鬼主意，全来自于他的乱搞一气。尽管如此，在不知者不罪的前提下，塔巴科夫还是可以以先驱自居。那位曾经统治过一个庞大王国并且患有忧郁症的西班牙人，他只约略听说过。至于戈林，他所知道的就比较多。他就是那位身穿皮衣、脚踏皮靴的帝国元帅;没错,他身着各式服装、搭配一顶羚羊毛帽的形象,活生生地逗留在塔巴科夫的记忆中。不过,对于戈林的瑞典籍原配,塔巴科夫就完全不知道了。反正他也不需要去管,另外那两个男人同样也干过虽然类似却更为浮夸的事。

黑,雅致入时的普世色彩。

当然,黑色也是塔巴科夫的首选。在美国,他完全爱上了加长礼车的舒适。(明早我得问问鲁门,为什么这种车子可以只用四个轮子,而车身中间的部分却不会下垂呢?)十一部细长的黑色礼车,车内挂有煤黑色的小窗帘,窗帘上还有相当复杂的"埃舍尔[1]图样"——在旅途中,我曾花了八天的时间,反复地研究那上面的图样。每部礼车车头的两侧,都有德国与保加利亚的小国旗迎风飘扬。我们是从斯图加特出发,除去司机,整团共计有四十多人。行驶在队伍最前头的那两部车,比其他礼车来得更长,也更宏伟;不仅如此,他们还在这两部车的车顶上做了一点文章,在上头装置了充作王冠的饰顶,用来取代一般车辆所具有的平顶。

当我们第一次见到这些东西,眼睛不禁为之一亮!在这里,还得稍微表扬一个先例。我们后来才知道,塔巴科夫很喜欢阿根廷男歌手卡洛斯·加德尔,简直把他当神一样地崇拜。有一回,他在一本画报上看到

---

[1] 埃舍尔(Maurits Cornelis Escher, 1898—1972),荷兰版画家、错觉图大师,擅长将形状互补的两组图案镶嵌排列,形成魔幻变形的风格图样。

有关卡洛斯·加德尔的报道，上头还刊有在布宜诺斯艾利斯举行他葬礼的照片；从那以后，塔巴科夫就更加深了对他的景仰。当时在五月大道上可谓是万人空巷。画面的中心是一辆马车，看起来活像个又大又长的糖罐（上头还配了个很大的盖子），而马车则是由八匹头戴羽冠的黑色骏马齐拉。不过，这还不是全部。那辆车上头绑着许多的彩带，它镜面的侧边仿佛满布着黑糖，而车里躺着的，则是那位严重受损的"睡美男"。灵车从夹道送行的群众中间缓缓而过，目的地则是查卡里塔国家墓园；这里是卡洛斯·加德尔暂时的安息地，他得先在此睡上千年。

对于卡洛斯·加德尔的情况，塔巴科夫有着不一样的幻想。他觉得，这位受人爱戴的歌手，在他复活之时，重点不应该是在飞翔，而应该是一场神奇的歌唱。他张开双手，一边吟咏着探戈名曲《我心爱的布宜诺斯艾利斯》，一边从打开了的棺木里缓缓而升。我的天啊，塔巴科夫简直快要用这首歌把我们给折磨死了！他无时无刻不在咿咿喻喻地哼着这首曲子；奇怪的是，每回开口，他唱错的地方还都跟我们所料想的不一样！

也许，那位深受他爱戴的卡洛斯·加德尔之死，在他早年的人生中，留下了什么浪漫的体验，而当中有些特别的事物，唤醒他心中那个夸张的葬礼点子。在塔巴科夫25岁的时候，他与其他人共同见证了深受各方爱戴的保加利亚国王在索非亚所举行的葬礼。公元1943年8月28日，鲍里斯三世因心脏病发作而崩殂，他当时还很年轻，享年仅49岁。在去世的两周前，他才刚结束一趟颇具戏剧性的出访，从柏林返回保加利亚。当时在保加利亚人中间很快就开始谣传，是希特勒毒死了他。尽管从未有任何证据足以证明此事,而且干掉一个虽然踌躇、但大致上还算恭顺的盟友,对希特勒也没有任何好处,可是,至今为止,保加利亚人仍然坚信是希特勒下的毒手。

秉持着保加利亚人经常爱"说风就是雨"的习性,对于这桩悬案,他们当然也研究出一套复杂的理论。当时这位国王是微服出访柏林,并未身着制服。他此行的目的在于亲自向德国表明,他想要将自己的兵力抽离战局。因此,希特勒当然不会给他好脸色看;就这么板着脸迎接他,又板着脸将他送走。也许就是这样才让人起疑。可是光凭这样,也还不足以证明一宗谋杀。况且保加利亚人似乎都忘了,希特勒有多么敬重鲍里斯三世。

鲍里斯三世同样受到保加利亚人民的爱戴。靠着与德国结盟,保加利亚不费一兵一卒便拓展了广大的领土;就因为这样,鲍里斯三世还被誉为王国统一者。此外,一般咸认他的统治风格也不似前人独裁。他的葬礼使得当时的索非亚涌入了前所未有的庞大人潮;而塔巴科夫也是其中之一。

这场葬礼后来化为许多诗篇,被人们四处传颂。葬礼当天,民众们夹道恸哭,就连苍天也泪湿了眼,苦涩的雨滴拍打着这位深受人民爱戴的国王的棺椁,仿佛在泣诉着,这个将逐渐沦于不幸的国家,再也无法继续得到他的保护了。

塔巴科夫还当场为我们背诵了其中一首诗。在吟咏的过程中,他的双眼闪烁着感动,他将一只手伸向空中,仿佛想要抓住那位早已成为传奇的沙皇的大衣衣角;只可惜,那衣角已从他松开的手指中滑落。

由于塔巴科夫觉得，全部用花纹去装饰那两部旗舰礼车，实在是过犹不及，因此，他决定，在车顶的部分不如就来点不一样的。就在我们尚未完全从惊讶中回过神来之际，一看到那些车顶，大家又开始议论纷纷。我自己是不会想去搞那些花样；只不过，打一开始，我对于这场胡闹还是寄予了些许同情。

"同情"。事实上，现在或许该是拍拍枕头、调个舒服的姿势、准备进入梦乡的时刻了。同情，多么美丽又可爱的字眼啊！它适合准确地表达出什么吗？或者它不过只是个描绘愉悦哼唱声的旋律词呢？不，同情这个词还蛮适合的，为什么不用同情呢，它掠过了荒芜的一切。有同情心的保加利亚、有同情心的鲁门、有同情心的老姐、有同情心的季米特洛夫、日夫科夫、桑科夫，谁晓得还有些什么呢……

不，不行，是我骨头的问题。不管我怎么翻、怎么转，就是有一根骨头在某处硌得我不舒服，我就是没有办法带着排列错误的骨头入眠。有什么东西能够帮帮我呢？把灯打开，将书拿来。我还是宁可笑笑地读着"科巴"，也好过在那里傻傻地追踪自己的骨头。

在远处，有一群流浪狗在哭号着，它们所发出的每个声响都仿佛在昭示着：宇宙里最危险的时刻已然到来！那是个既无力又脆弱的时刻，只剩零零星星的不幸者与零零星星的兴奋者（就像我这样）还醒着。在保加利亚的暗夜里，渗出一丝丝失望的灯光，它们早先还曾与漫长的斯大林暗夜交融在一起，在那段暗夜里，随时都可能会有与斯大林如出一辙的密探或虐刑者前来敲门。

住在施瓦本的外婆总是警告我们：日日夜夜都要等待着审判；否

则,一旦它突然降临,我们会来不及准备!然而,我们虔诚的外婆所等来的审判,只是一场无害的、可以欢喜地被赦免的审判;总之,绝不是像斯大林那种刀刀见骨的审判就是了。光凭她每回提醒所灌注到我们脑海里的温良,就足以证明,我们从不须恐惧任何不好的事情。

在首次被捕之际,身体里的化学反应会让人一下子感觉热起来。埃米斯在描述索尔仁尼琴时写道:"感觉像在燃烧、在沸腾。"

不过,此刻的我却觉得冷。这些文字显然对入眠一点帮助也没有。好吧,把书拿走,将灯关上。

黑。

大白天里,我们的车队就像是黑夜的畸形儿。每当黑夜来临,它们便会消失在某家豪华大饭店的车库里,或是隐没在某艘渡轮的船腹中;待到白天,它们才会再度出动。走在最前头的那两部礼车,玻璃整个弄成黑压压一片,从外头完全无法看进车内。这么做是有原因的。因为载物区并不华丽,所使用的乌木与铜质饰面,比预期的少了许多;看起来,其实更像联合国特使团在斯雷布雷尼察临时布置的法庭。往生者的遗骸被封在黑色的气密玻璃装置里,有些很空,有些却很满,它们全都被安置于简陋的木架上,就这么一路运送着。每盒遗骸上头还有个附有透明区块的小袋子,用以存放必要的证明文件。大部分决定要参与这趟行程的家属们,其实都没有见到这些。

所以,全部加起来应该有13辆车。由于斯图加特－保加利亚人以前大多住在代格洛赫或是希伦布赫,再加上那里离高速公路比较近,因此我们便从代格洛赫出发。然而,光是去跟主管机关交涉,请求批准这批庞大的护灵车队整装待发所需的场地，就不是一件简单的差事。经过协商，最后决定将场地选在森林墓园前面的大广场。就某方面而言，这样的决定也算比较务实，因为，直到不久之前，这里还是大多数保加利亚往生者的长眠之处。他们就在橡树、菩提、黄杨、青苔以及蕨类植物的陪伴下，宁静地安息着。

现在是时候与他们来场睡眠的接触了！在溶解的橡树、菩提、青苔以及蕨类植物的陪伴下，共同睡在一个巨大的我们里。你瞧，我们睡得多熟啊！就连宇宙也在那黑色的洞穴里栖身沉睡。我们全都在那当中带着悲伤的笑容熟睡着。那笑容，仿佛是一群骨瘦如柴的老处女特地为天神一般的情人所保留。那位情人甚至可能已经到来。然而，他在稍稍看过一眼之后便决定，最好还是别把我们唤醒，因为我们是如此地缺乏吸引力。

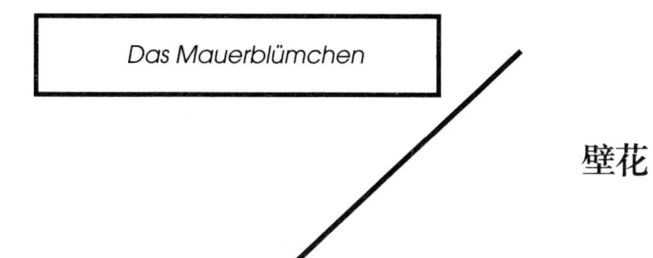

Das Mauerblümchen

壁花

我又醒了过来。因为刚刚正好有一群野猪，出没在我内心的灌木丛里。我吓得慢慢地逃开，可是目光却紧盯着那又黑、又圆、又小、又邪恶的猪眼……

这所有的过程，大概不到十分钟。从窗帘间的细缝看出去，窗外仍是一片漆黑，微不足道的月光根本无力照亮。喜怒无常的梦神墨菲斯，就请赐我睡吧，你听见了吗？睡啊……这没有那么难吧！无处不笼罩着黑夜，不管是愚蠢的还是聪明的、驽钝的还是机智的，他们都沉沉地睡了。墨菲斯，请你轻触我的指尖，给我一些安慰，求你千万不要再让什么猪群穿梭在我梦里，拜托别是这些畜生，我可真的是非比寻常、难以置信地怕它们啊！

我干了什么生得一双如野生动物般灵敏的耳朵，又没有什么东西会来猎捕我。外头的狗吠声此时已变得稀稀落落。从一个叫声到另一个叫声，回应得似乎有些犹豫，狗儿们在这当中穿插了一些暂停，继而又响起了微弱的抱怨；这就是那些老狗们乏味的强迫性吠叫。叫了一整夜，狗儿们疲惫的喉咙也叫够了，这时它们已经厌倦了准时地齐声高唱，只为宣示谁拥有哪个地盘。

我曾在一些电影里看过活生生的野猪，不过它们并不会让我感到害怕。就我自己的经验来说，它们就像死的一样。有位女服装设计师曾经告诉过我一个与化了妆的野猪有关的故事，当中的确是有些不值一提的虐畜情节，不过倒是完全无害，那其实是个与嗅觉有关的故事。按照《玛戈皇后》的剧本，得找只动物来完成一场喧闹的表演。刚开始的时候，一切都很顺利，一只带有黑色斑纹的猪，表现得让大家都很满意。过了几个星期之后，剧组准备要接着拍，可是万万没料到，原本那只猪竟病倒了。于是，工作人员只好再去找别的猪来顶替。由于新找来的那些猪，没有一只的斑纹是跟原来那只的类似，因此，工作人员就必须为那只替身猪上点妆。原本要的效果应该是，让一群狗儿围着那只猪恶狠狠地狂吠。然而，出人意料地，那群狗儿不但没对猪吠叫，还糊里糊涂地过来巴结它。原来，这只野猪闻起来已经不像野猪，反倒像个上了妆的人，如此一来，当然无法引起狗儿的狂吠。我在想，倘若这只畜生闻起来像一队擦了香水的保加利亚妇女，那么，它所到之处，狗儿们恐怕全都会退避三舍！

在我小的时候，曾经在一场狩猎当中，亲眼见到过一些死掉的野猪，还有一大群激动的塞特种猎犬与波音达猎犬。那场郊游得要感谢老爸的某位富豪女病患。我们这个由爸爸、妈妈、八岁及六岁大的一对女儿还有小腊肠狗所共同组成的代格洛赫小家庭，全员都获得了邀请，要去与冯·魏弗尔克罗茨家族共度周末。

那里又开始了,狗群在高声、激动地唱和着,森林里四处回荡着一阵阵愉悦的欢呼声,很容易唤起人们的注意。我们的小腊肠狗极为兴奋,可惜它未能获准跟其他狗儿一道狂奔,只能被老爸用绳子牵着。

有意思的是,老爸竟然也身着猎装漫步在原野上,头上还戴了一顶有羽毛配饰的怪帽子。主人甚至还给了他一把枪,只不过,他连拿都不晓得该怎么拿。他到底会不会射击呢?恐怕是不会。他不但从没当过兵,肯定也从未在保加利亚学过如何打猎。无论如何,他怎么看都不像是个猎人。就在老爸一边用左肘窝夹着打开的猎枪、一边用右手拖着小腊肠狗前行之际,他逐渐地隐没在森林里。

不知何时,那些身着革具与罗登缩绒厚呢的猎人及森林管理员,开始陆续从森林里归来。他们浑身冒着热气,身上的汗水,不但如小河般从额头与颈部汩汩流下,更浸湿了靴子。而那群早已筋疲力尽的狗儿,幸运地分到了它们应得的猎物,兴奋地大吠起来。成堆的落叶与残枝,成为那些被猎杀的动物临时的灵堂。那里躺了16头野猪,16座肚子在咕噜咕噜的蓬乱小山。一旁还有一些鹿,其中一只头部扭曲地躺在它的草床上,仿佛全身一直到那倾斜的角尖,都还对发生在它身上的事情感到震惊。他们也猎到许多兔子,一群敏捷的跑者,它们可能是在跳跃中被捕获的。

虽然我跟老姐只听到追捕的过程,不过我们倒是亲眼见到一群动物被轰出窟窿。我们无论如何都抹不去猎物存放处的那一幕,当时听到的从膨胀的肚子里逸出的咯咯笑声,至今还萦绕在我耳际。那咯咯的发笑声,究竟是出于那些猪本身,还是因为它们正在被剖开,内脏给取了出来？我也弄不清楚了。当然了，狩猎时少不了要吹响号角。开场时，号角声短暂而明亮。在过程中，则是零零星星地传来几阵信号。待到结束时，所有的人齐声发出响亮的欢呼。这些令人忧郁的狩猎仪式，直到 20 世纪 60 年代，还一代接一代地传承着；在那场狩猎中，则是一个不少地悉数演练出来。

晚间的余兴节目同样也很奇特。主人家里有一张绿色的壁纸，那张壁纸恐怕已经过了好几代。壁纸上头带有花朵的条纹，那些花开得生机盎然，长长的花梗相互交错，条带与条带间颜色则不断地更迭，一下子冒出鲑鱼粉红，一下子淡粉红又没入其中。要是我没记错的话，那张壁纸是一间巨大沙龙的衣裳。用餐过后，正当酒酣耳热之际，一大群人兴高采烈地聚在那间沙龙里。那是一个以贵族为主的社交场合，当中仅仅穿插了几位平民百姓。宾客们索性玩起了比手画脚的猜谜，大人全都带着天真与顽皮投入游戏里。现场的气氛简直热络到不行，就连我们小孩儿在一旁也不觉啧啧称奇。更让我们感到特别的是，那些伟大的猎人与他们的老婆们，竟然用一些愚蠢的名字互相称呼对方，像是"小心肝儿""宝贝""小狗狗""亲爱的"之类的。

我们腼腆地蹲坐在靠近那张壁纸的椅子上。那些椅子带有很高的椅背，还饰有红花图样；一时间，它们仿佛成了我们老妈的翻版。在我旁边的墙上，大概在脚踝那么高的地方，有一个小洞，而小洞四周的壁纸都被扯破了。我一会儿看看沙龙中间，一会儿看看老姐，一会儿看看老妈，一会儿又看看那个小洞。这时我的内心不禁希望，能从那小洞里钻出只老鼠来。

这是个只有我在期待着的疯狂愿望。有只小动物在房间里乱蹿，所有的人都中止了他们原本的思绪，霎时间，这个聚会就这么被定在那里。随之而来的，则是一阵混乱。大人们无论男女都惊慌地大呼小叫，就只有小孩子还保持着理性，冷静地坐在一边。这是什么父母啊！快来吧，小老鼠，我正在等着你呢，就请带我到一个既没有父母也没有往生的动物的地方去吧！光凭小孩子与老鼠的聪明、机智，就足以手牵手环游整个世界。

令人伤心的是，身着有金色纽扣、灰色香奈儿礼服的老妈，此时又回到我的身边，径自在那儿一动也不动地坐着。

在这个周末之前，老妈从未有过参加贵族社交场合的经验。倘若我们破例地站在老妈的角度想一想，基于小老百姓的浪漫天性，她可能会把贵族们想象成是一锅汤，大伙儿就这样在里头搅和着，三不五时还会漂浮起几块有毒的面包屑。贵族们诞生于高峰上的巢穴里。在他们呱呱坠地之际，脖子上还挂着块黄金名牌。然而，他们与生俱来的优势，其实是通过他们自身的努力换来的。他们得经受许多冷酷无情的教育，一步步地从底下（就操作上来说是从底下，因为，在施瓦本人眼中，人的天性其实是在更深更深的下方）爬回那初始的顶峰。他们必须坚强、努力、认真、吃苦耐劳，就连在餐桌上，也得遵守比平民百姓复杂十倍有余的礼节。这一切的磨炼，全都是为了要成为一个成熟的贵族，一个配得上贵族头衔的贵族，一个优雅、自信、睿智、良善的贵族。只是，这些人到底能不能笑呢？

不过，话说回来，在如此枯燥乏味、违反人性至极的情况下，也难怪欧洲所有的贵族到后来全都消失不见。

在这间绿色的沙龙里,无论是年轻的还是年长的,他们一会儿拍自己大腿,一会儿又涕泪交流地纵声大笑。这群放纵的顽童,完全戳破了在他们身上所虚构出的美德。面对此情此景,老妈仅回以僵硬。倘若她的头发是黑的,倘若她戴上一条头纱式的披肩,她也许就可以在费里尼的《卡萨诺瓦》里轧上一角。她可以饰演当中的某位西班牙妇女,在惊见那位如蜥蜴般吐着舌头的意大利人上演活春宫之际,我们母女俩眼睫毛动也不动地发着呆。

老爸完全是另一个样。他就像个未成年的学生,四处跟人家搭话,整个人散发出一种我们从未在他身上见识过的自在。当他抽到要表演"壁花"这个题目时,他巧妙地扮演一朵小花。他所散发出的无限魅力,赢得了全场的热烈喝彩;当然,除了我们母女三人以外。他以哑剧的方式,先用双手描绘出砌墙的石头,然后又描绘了一个或许是种着郁金香的花盆。接下来,他去找来一张椅子代替那堵墙,自己则在椅子上坐了下来。他将双膝并拢,用双腿笨拙地做着纵曲的运动,还把一只手握成拳头,轻压在嘴巴前面,他叹气,腼腆地环顾了一下四周,随后又咯咯地窃笑。总之,他的玩兴突然间泉涌而出,仿佛他已经玩了一辈子这种比手画脚的猜谜,可是就算到了明天,也还会兴致勃勃地继续玩下去。

现场有位年轻的女性,她看起来很柔弱,一头金发闪闪发亮,皮肤白皙到似乎轻轻一捏就能留下个红印;她就是这场宴会主人的妻子。

过了很久很久以后,也就是当事人都死了很长一段时间之后,我们才听说,老爸似乎曾经跟那个女的发生过外遇;是的,甚至应该这样才对。由于这件事，我们后来落入一片巴尔干的臆测荒原——是因为这样的风声，着实绕了一大圈，才向我们吹拂而来。如果要从头细数，应该先从我们在保加利亚的姑妈回溯起。她是我们老爸的姐妹，当时还住在铁幕里，所以她其实从未见过女方当事人。姑妈是从她以前的女同学那里得知这个小道消息（说实在的，这个八卦真的是微不足道，因为其实还有一大堆比这件事更劲爆的），那位女同学当时住在瑞士，她曾与桑科夫为人正派的大哥交好。而这位受人敬重的大哥，当然就是从他那一无是处的皮条客老弟桑科夫那里，获悉这样的消息。传言里甚至提到，他们俩还生了孩子，是个男孩儿，而且目前还活着。诚如某些丑闻录的桥段那样，应该是老爸让那个头发闪闪发亮的女主人怀了他的种，然后她又很奸巧地瞒过了她的丈夫，让她丈夫（桑科夫说他是个笨蛋）糊里糊涂地帮别人养孩子。

应该、也许、或许、可能、假如。那么，我们会不会真有个被隐瞒身世的弟弟呢？真的有吗？

当然喽，在我们耳闻这样的八卦时，着实是吓了一跳。由于我是家里唯一一个对于人生中真正的无奈有着敏锐感受能力的人，故而，在用力地思考了几秒钟之后，我不禁脱口问道："怎么样，桑科夫有没有说，我们老爸后来是不是还帮忙接生？"

当时桌边所有的人都面面相觑，尴尬地沉默不语。

激动的心情很快就平静了下来。我们想起了保加利亚人的习性，他们不但会去相信那些流言（就连百分之百可靠的投注系统、瘦身奇迹、各种阴谋论、不明飞行物还有占星术的鬼扯等等，他们也都会去相信），还会眉飞色舞、言之凿凿地散播那些胡说八道。对于我们来说，只要将斯图加特的电话簿打开，确定一下，姓冯·魏弗尔克罗茨的到底有多少个，接着再把电话簿合上，这样子就够了。

无论如何，就算这个弟弟的存在并非只是出于幻想，我们也没有权利去跟他相认；更遑论，仅凭一些臆测的情节，去把一个陌生的家庭弄得鸡飞狗跳。

然而，老妈在那个比手画脚之夜所表现出来的恍神与呆滞，更为这个故事增添了几分可信度。光凭她对贵族的想象与实际上有落差这一点，并不足以让她一味地沉默不语，动也不动地坐着，全面拒绝参与任何活动。一般说来，若是处于局促不安的状态，老妈会变得比较凶。在这种情况下，她会去做些比较轻松、愉快的事情，好让自己摆脱不安；她会狠狠地灌下许多酒，或是一根接一根地猛吸烟。那天晚上她到底有没有抽烟呢？连一口也没有。在我看来，这是个很明确的证据。当时困扰着她的，并非那个比手画脚的小游戏，而是有只虫子在啃蚀着她的心。

经过这么多年以后，老妈那苍老的脸，如今首次清楚地浮现在我眼前。那是张带点紧张与肆意的面具，厚重镜片的后方有着轻微的斜视，整张脸都被极其浓密的白发所覆盖。我也见到她精心修饰过的修长手指，上头还佩戴许多枚戒指。一缕轻烟缓缓地从她指缝中升起，烟幕后的一切全都讳莫如深。我解不开那些谜，老姐同样也解不开。

我们是一台神秘的家庭机器的零配件，这台机器会不断地制造出不幸。往生的父亲会来吓自己的子女，活着的母亲甚至比往生的父亲把子女吓得更严重。姐姐也有样学样地吓自己的子女。只有我不会去吓别人,因为我没有什么秘密。作为惩罚,在保加利亚一家非常隐秘的旅馆里,我不但听到了一群蟑螂在那里窸窸窣窣,更在我的皮肤上察觉到,保加利亚病蔓延到我全身,它们正在寻找裂开的洞口,好钻进我的身体里。

故弄玄虚以及阴谋论是保加利亚人的通病!这可是数百年来,那些喜欢说三道四的父亲,还有那些喜欢操着尖嗓子嚼舌根子的母亲,送给他们子女的见面礼。一直以来,住在索非亚的那些亲戚们,总是前仆后继地,企图要将这样的病传给我们。每当提及老爸的死因,他们的大脑便会一直在阴谋里钻牛角尖儿,从而陷入最强烈的抓狂当中。

在激昂的嗑瓜子声中,瓜子壳很快地便在盘里堆成一座小山。

祖父、祖母、姑姑、姑父、表弟、表妹(只要他们还活着将一直)坚信:我们老爸其实是被保加利亚的特务干掉的!不过,这套说法简直完美到令人难以置信。无论如何,这样的想法就是牢牢地盘踞在他们的脑袋里。恐怕只有将他们的脑袋撬开,才有办法将这样的胡思乱想取出来。

即便我们再三向他们描述,老爸是如何精神错乱地自我折磨,以及在上吊之前,他还曾经两度在浴缸里自杀未遂,到头来,他们还是置若罔闻。我们的解释,顶多只能让所有与特务有关的情节暂时退场。那些亲戚们会先耸耸肩,装出一副不管老爸死因为何都无关紧要的样子。然而,在那当下,他们其实正在寻思着自己所喜好的那套剧本;只是碍于情面，不好意思当面直说，但终归会拐弯抹角地表示。

此外，从多年以来那些来自远方的暗示当中，我们也拼凑出了有关老爸之死的第二套剧本。简单说就是：他的德国老婆下的毒手！究竟是出于何种原因？到底是怎么样下的手？这些问题对他们来说一点儿也不重要。光凭我们老妈没人缘这一点，就已经绰绰有余。老妈之所以不受保加利亚亲戚们的欢迎，其实是因为她比老爸大了两个月。在他们眼里，老爸娶了一个老女人；而对一个保加利亚男人而言，此举着实是件丢人的事！

好一套幼稚的谋杀论。不过，也由于它实在够幼稚，以至于在我们成长的岁月里，我们曾一度漠视所有的事实，短暂地拥有过这样的猜想。至少我当时曾经这么想；至于老姐，我猜她大概也一样。是的，就连在我们这两个子女的脑袋里，也萦绕着老妈不知何时、如何、用了什么东西杀死了老爸。然而，这个幻想终究无法在我们的脑袋里茁壮成长；因为我们的经验留给它太少的空间，才刚出生，它便已经枯萎、凋谢，最后缩小到就这么消失不见。经验告诉我们，老妈太软弱、太优柔寡断、太不机灵，更重要的是，也太没有耐性。她根本就无法去执行这样一个谋杀亲夫的计划。不论那些错综复杂的问题的答案是什么，像是"她是否曾经爱过她的丈夫？""如果是的话，在他死亡的那一刻，她还爱着他吗？"，老妈都绝对不可能会是凶手。

老爸用他那有耐心的手指，老妈用她那没耐心的手指，老姐则是用她那超冷静的手指与脚趾，划过了他们的人生。至于我，则是一再遭受痉挛的侵袭，一点儿也平静不下来。每当夜幕低垂，我总是辗转反侧，

壁花

慵懒地徜徉在谋杀的想法里；当然喽，是出于那种带点口齿不清的天真无邪。我既没有听到什么滔滔不绝的说教，更没有听到什么教训小孩子的开示，只听到一只小老鼠跟我说："可不可以让我帮你，彻彻底底地解决掉你的家人？"当然，这事儿会进行得很隐秘；只不过，我恐怕还是会忍不住，至少把老姐传奇性的冷静给划破一回。若是我跟她提起，昨天晚上，我在一只小老鼠的协助下，花了几个小时的时间，总算把他们给干掉了，老姐肯定会将眉头皱得老高，难以置信地问道："跟只老鼠？这怎么可能？"

照顾大脑里秘密孕育的"宝宝"，对保加利亚人而言，既是种乐趣，更是种义务。在一边大嗑葵花子、一边嚼舌根子当中，不消几小时或几天，第一号剧本便会重新占据它原有的位置。最近这一阵子，那套剧本又变得更为重口味，简直可以说是前所未有地残酷、晦暗与阴谋重重。在这里，不禁要表扬一下我们勇敢的鲁门；尽管他是我们祖父、祖母家的邻居，从小到大一直在那种环境下耳濡目染，可是他却从未相信过那些连篇的鬼话。

当时的情况可以说是非常地紧张。只见特务们蹑手蹑脚地走进了位于乌姆林格街 14 号的小房子；他们是一对隐身的搭档（这里所提到的"隐身"，是指有人想象他们穿了什么伪装外套之类的）。他们先将花园的门打开，随即又轻轻地将它关上。接着，他们用三氯甲烷摆平了那只小腊肠狗，免去了一场恶斗。（由于我们并没有对那些亲戚们透露过，对于陌生人，我们家的狗其实都会以礼相待；任何傻瓜只要给它一根香肠，它都会摇着尾巴高兴地欢迎人家。可是，那些不明就里的亲戚

八百万个老爸在路上

们,竟然一味地将它想象成是一只龇牙咧嘴、逞凶斗狠的看门狗。)就在我们这些小孩儿浑然不知的情况下,特务们一声不响地顺着门口的楼梯摸到了楼上。当时我正在为刚装好的蓝白条纹遮阳篷欢呼,老姐则正在用一把有点松掉的网球拍对着一面墙击球。由于那时厨房的门是开着的,而外婆正在里头将方形的鸡蛋面疙瘩下锅。于是乎,这对搭档为了从她背后穿过走道,便凭着只有极少数人才有的特务身手,悄悄地打开房门,随即又无声无息地关上,然后越过了鞋柜与衣帽间,急急忙忙地从右侧楼梯上楼……

等一下,等一下,应该没有什么特务可以这般如入无人之境地穿越那只鞋柜吧;更遑论什么保加利亚的特务。为了要对付那只柜子,在必要的时候,他们或许也会把我们心爱的面疙瘩外婆给撂倒。

太不像话了!一思及此,我不禁捶了枕头好几拳,随即翻了个身。那些人真是特务机关派来的吗?倘若外婆亲切地请他们坐下,招待他们吃两盘鸡蛋面疙瘩与面包,在享用过那些餐点之后,即使是人世间最凶残的男人,从此也再不可能对这个女人下毒手。她的手艺是多么的精湛,她的为人是多么的慈祥!

嗯,那只鞋柜!是啊,那可会让我们那群亲戚们伤透脑筋,因为他们压根儿就没想到这一点。理由很简单,因为除了我们的保加利亚祖母以外,他们其他人谁也没见过那只柜子。祖母是 20 世纪 60 年代唯一一个获得了旅游许可,并前来我们位于乌姆林格街的家探望过一回的人。这位身高仅 149 厘米的干瘪老公主,浑身散发着妮维雅的香味,她完全不具备任何描述事物的天赋。来拜访我们的期间,她不是一直在忙着做自己的事,便是睁大那双充满激赏的眼,紧跟在她心爱的宝贝儿子后头。

我们那只柜子看起来一点也不像鞋柜,它倒像是奥匈帝国时期外交官所用的保险柜。它是由一个爱钻牛角尖儿的施瓦本人所发明,而且还取得了专利。从外面的一个把手一扭,便会现出八道截面的小门,这时若是转动一个带着制动阀的小轮子,并将操纵杆置入例如三号的凹槽,柜子内的供鞋机制便会应声启动;三号门里外婆那双擦得闪闪发亮、并且用鞋楦撑住的鞋,就会像张开嘴巴、吐出舌头那样,送到操作者的面前来。这只鞋柜是我们老爸的骄傲;不过,他当时却是乘人之危,从一个中产阶级的手里购得此物。那时正值战后不久,不少人把家里的旧家具拿出来变卖。在一张全新的矮桌子,跟几张带着钢铁蜘蛛脚的椅子旁,那只鞋柜就宛如一只大象矗立在那里。它的确是十分雄伟,放在门厅着实是太大了一点。

就随你们怎么想好了!我决定要这样告诉那群亲戚,那群正陶醉在索非亚的甜甜梦乡里的亲戚。正当老姐在隔壁酣睡时,那群人也许在大声地打鼾,也许在用他们发热的脑袋磨蹭汗湿的枕头。由于老姐深知我的习性,并且对此感到不以为然。为了怕我会惹事,她一定会举起手指暗示我:千万不要对亲戚们恶言相向!好吧,我不管了,你们爱怎么想就怎么想好了,你们这群顽固的保加利亚大嘴雀,就当你们的特务已经顺利上楼了吧……

楼梯,那是座完全无害的楼梯,是座顺着弧线而行的一通到底的楼梯,是座充满家庭鸟事的楼梯。它上头铺有红色的地毯(不过已经有点旧就是了），每周都会用吸尘器清理一次。如果我的手没有握住什么东西的话，我根本不敢爬那楼梯；尤其到了转弯处，我的手更会不由自主地到处乱抓。楼梯上有两根黄铜棒经常会从固定处脱落。此外，如果在爬的时候没跳过第四级与第九级，便会将楼梯踩得嘎嘎作响……

是啦，是啦，是啦，你们的特务可真的是好厉害哦！所以他们先把那两根黄铜棒推回了原处，接着又熟练地跳过那两级会嘎嘎作响的楼梯。而外婆什么也没听到，没听到，没听到，完完全全没听到他们是如何摸上二楼的，是如何偷袭正在有阳台的房间里晒日光浴的老爸，是如何捂住他的嘴，将他拖到浴室里，先放了水之后，再把他的头压进水里，接着又割断他的动脉，一直等到他失去意识，最后再蹑手蹑脚地循着来时的路线离开。而且，在千钧一发之际，他们还差点儿被买完东西刚回到家、正在车库里卸货的老妈逮个正着。

我亲爱的各位亲戚们，你们肯定已把剧本修改得完善到足以说明，为何这次的行动会以失败告终，甚至就连第二次也失手。然而，其实不用多说我也承认，这些特务第三次下手时，的确是容易多了。在一间别无他人的诊所里，要将他吊在一根暖气管上，着实是小菜一碟。

一个正宗的保加利亚人是不会去寻短见的！这便是你们最爱的理论。因为你们不愿相信，你们在固有的家族湿地里，培育出了一只腐化的怪兽，一只既懦弱又自私的软体动物，即便是日常生活中最微小的精神负荷，都足以让他吓得发抖。于是乎，你们索性就粗制滥造了另一套荒谬的剧本。你们可知道那个与洗手台有关的故事吗？那个关于诊所里的洗手台开始从墙上碎裂的故事吗？老妈发现了那点小损坏，不禁慌张

壁花

起来。她一方面赶紧将她的丈夫送去达沃斯滑雪,另一方面,则趁这段时间,赶紧偷偷地将洗手台给修好。因为,绝绝对对不能让他看到洗手台从墙上碎裂开来!

他在浴室里浑身血淋淋的场面,造就了他一双女儿的洁癖;真可谓是奇迹啊!在我们的浴室里,就算直接放在地板上、瓷砖上,或浴缸里,将那些饭菜吞下肚也完全没问题。我可以发誓,在我们的浴室里,绝对没有哪个地方沾有一滴保加利亚的血迹;更别提其他什么样的脏乱了。为了彻底地清洁浴室,我们还特地准备了阿塔去污粉、维明去污粉、多霸道清洁剂、塑料手套还有护目镜等工具。

如今,老爸过世都已有39年之久了。倘若我们该向他报仇,他或许会通知我们。

也许(不过,这个也许以及其他浮现在思绪里的东西,全是某种混乱;它们是极为犹豫,完全没有经过有逻辑地深思熟虑,比较像是在编织思想的草稿)……也许实情是,我跟老姐雇用了两位波兰籍的女清洁工。虽然我们会在她们离开之后再打扫一遍,其实我们对她们感到非常满意。我们会借助阿塔去污粉、维明去污粉、多霸道清洁剂以及塑料手套来清洁浴室;当然,别忘了还有护目镜。总之,会进行双倍的清洁,而且每回都是我们自己再偷偷地打扫一遍;因为,我们实在不想为难我们的女清洁工。也许实情是,这两位波兰女性,是我们分别从法兰克福与柏林雇来的,她们两位并没有任何的关联,甚至于,她们可能从未听说过有对方这个人。耐人寻味的是,在短短的五个月之后,她们俩竟然不约而同地相继自杀身亡!来自法兰克福的那位先死于法兰克福,来自柏林的那位则后死于克拉科夫。更有意思的是，她们俩的享年竟然像排序似的，随侍在老爸享年的两侧。在法兰克福往生的那位，享年42岁，比老爸少活了一岁；而在克拉科夫往生的那位，则是享年44岁，比老爸多活了一岁。也许，这场不可思议的巧合，其实意欲形成与老爸有关的某种提示……

是吗，那又怎样？

根本就是废话一堆！简直就是一堆一下子紧紧相连、一下子又四分五裂的蠢念头！现在是该睡了，而且要很快地入睡，要快到比打个上吊的结更快，如此一来，才能跟着已消失在墙里的老爸消失。

Bundesverdienstkreuz / 联邦十字勋章

凝视着窗外，却一点也不觉得有趣。街道是如此笔直，景观是如此单调，看久了，就连眼神也都跟着变傻了。坐在前座的人心情倒是好得有点过分。他们一会儿叽叽喳喳、一会儿哼哼唧唧、一会儿又咯咯咯地笑个不停。虽然偶尔会闪过"是在笑什么啊？"的念头，可是却没有一次真正引起我的兴趣。所有的一切，仿佛只是从远处轻轻地掠过我。

不想再担惊受怕，不想再自寻烦恼，不想再做任何事，不想再爬上山坡，也不想再走下山坡。我简直累得跟狗一样，摇头晃脑地昏睡在椅背上。眼前仿佛有一盏枝状吊灯，可是上头却只有一颗灯泡在发亮，那是对家人爱恨交织而永远燃烧着的光。然而，在这当下，那灯光因为电力不足只能勉强地微微发亮，在越来越昏昏欲睡的情况下，那最后一丝光亮恐怕很快也会消逝。

我真怀念塔巴科夫的礼车啊！我们曾搭乘它跨越了五个国家，真是部令人哈欠连连的神奇车辆。我或许可以像雷蒙·鲁塞尔[1]曾经做过的那样，乘着一部那样的车去环游世界。我会在车上打盹儿、做白日梦、倾听外头的喧闹声。然而，我连瞧都不会去瞧一眼，即便是开到我最爱逛的市场也一样。除非是到了好莱坞美好时期的老马拉喀什，我或许会翻个身，享受一下贩夫走卒们的嘈杂，随即又继续呼呼大睡。

然而，那个打着盹儿的鲁塞尔（只要他有钱，他可是个不折不扣的天才），自己独占了那整个别有流浪风味的复刻巢穴。不仅车里备有枕头与一床绸缎面的羽绒被，他还有个随侍到世界各地的服务团队：为他备妥干净的换洗衣物，为他备妥完美无瑕的餐具，为他备妥五颜六色的水果，甚至还为他备妥宛如珠宝般闪闪动人的鸡腿！我跟老姐呢，只能共享一辆豪华轿车，共吃一包果汁软糖；况且，大多数的时间，其实都是传去给桑科夫的双胞胎吃，至于塔巴科夫，则是偶尔也会来一点。无论如何，塔巴科夫的确不是个吝啬鬼，他不会让自己活得像个流浪汉。从一个站到另一个站，他总会在礼车的冰箱里，补满香槟以及各式高级饮料。桑科夫双胞胎兄弟着实很不客气地干掉不少香槟。可是，我却连一口也没去碰。我从来不喝香槟，正确地说，应该是，除了蛋制利口酒以外，我根本是滴酒不沾。只不过，塔巴科夫并不谙我这种非主流的习性，于是我这一路上只好不是喝水就是喝可乐。

基本上，鲁塞尔的想法是对的：在开车环游世界时，不但要将车里

---

[1] 雷蒙·鲁塞尔（Raymond Roussel，1877—1933），法国超现实主义作家、诗人、剧作家。其作品对20世纪包括超现实主义派、新小说派等文学群体影响深远。

的窗帘给拉上,而且千万别为了要参观什么东西而下车!这的确值得众人效法。只不过,我那代格洛赫的遗产与他相比,简直是阮囊羞涩;更别提,我的胆量,万万不及别人那不知天高地厚且傲视群伦的神气。

这部大发汽车不但丑陋,还一直愚蠢地铿铿锵锵吵个不停。此刻若是能来点亨德尔的歌剧,那是再好不过的了!亨德尔,能带人远走高飞到另一片景致,脱离那周而复始的哀伤。亨德尔,能让那些不识音律的手指,不由自主地随着音乐一起指挥起来。亨德尔,是顶级的伴游者。《尤利乌斯·凯撒在埃及》,是多么波澜壮阔,上百颗头颅同时在那儿摇晃着,提琴声忽上忽下轻快地盘旋着;像这种朝着喜悦微调的蟋蟀音乐,对我这样的腐朽脑袋,简直是再适合不过!

可是,看呐,那盏家人的小灯仍在隐隐地发光!一股对父亲有气无力的渴望,就在摇晃之中穿过了车辆。在中下阶层的车子里,毕竟无法容纳一座泛滥的舞台。然而,在外头,在那与远古的奥林匹亚时期同样宏伟、高耸、雷电交加的云台上(我仍然不会看),三厘米高的老爸即将被展示出来。他举起双手,站在那个地方,脖子上还挂着个医师的小道具,看起来十足地装模作样。尽管这个老爸十分微小,可是,在他身上,却还是存在着一件我们所没有的东西。那是一小本用潦草字迹写就的荷尔德林笔记,这时他正从胸前的口袋里掏出来。"那个冒失的、从巨人堆里走出来的家伙打听到,自己足以与天神分庭抗礼,他该如何在其巨大的痛苦中,凭借着逐渐衰弱的精神,在其他地方找到光明、尺度与真理呢?"

如何呢?该如何呢?老爸一会儿喘气、一会儿咳嗽、一会儿又蜷曲起身体。没多久,他恢复了正常,随即还用他那没有肺的笑声,放声大笑了起来。他的笑声之大,恐怕在天上的任何一个角落都能听见。即便比从蒂宾根出发还要近一些,奥林匹亚距此仍是很遥远。此外,宙斯是个喜欢开小差的神,就算通过声如洪钟的翻译,也无法吸引他做出轰然的响应。

我仿佛听见有人说,我们正通过许多巨型电力铁塔。站在电线上的那些鸟儿,似乎一点儿也不担心爪子下掠过的电流。

桑科夫双胞胎的其中之一,后来跑去搞清洁能源。由于我对这种人没有好印象,所以我并不想问得很详细。在我们姐妹俩都还没抵达代格洛赫的森林墓园时,桑科夫双胞胎就在那里打听起了我们。看他们的样子,似乎是有备而来;至少那个叫马尔科的是这样,就是那个搞清洁能源的。我们姐妹俩上了其中的一部礼车,坐在顺向的座位上。正当我们还在想着什么人会与我们同行之际,车门又突然被打开来。开门的是桑科夫兄弟里黑色的那一位,也就是马尔科。他先于他的兄弟挤进车里来。

"二加二等于四!"马尔科一边口里念念有词,一边就跌坐在我对面的位子上。那是一张可以翻转的座椅,能够通过电子式开关调整成各式各样的状态。他一坐上去,便显得像小孩子般好奇,随即七手八脚、煞有介事地摸索了起来。他先把椅背、扶手、座位高度以及脚踏板,全都调整成他所希望的状态。接着便扣上安全带,惬意地在那儿半躺半坐着。没过多久,他就像只怪物(是公的? 母的? 还是没有性别的呢?)张牙舞爪了起来。幸好有安全带与西装布料的阻止,否则他肯定会从椅子上跌下来。他那团毫无血色的肉体，仿佛被许多从衣领蹦出来的小丑给附了身。在那团肉体上，还长着一个不是很挺的小鼻子，而深陷的双眼，则必须出奇地用力，才能将目光从重重肥肉中送出来。

谢天谢地，这里竟然有位子！我只觉得，我怎么会这么命苦，上天为何要送来这么一个喋喋不休的混账东西。从现在起，他恐怕会整天如影随形地跟着我。

"谁能够料到呢……"他用他熟稔的施瓦本语不疾不徐地表示，在多年之后，我们大家竟还能在人生的旅途上重逢，这简直是不可思议的幸运！随后，对于在接下来的整整八天，我们将寸步不离地待在一起，他立刻流露出难掩的兴奋。

当我见到一个重达一百五十多公斤的男人，我脑海里第一个兴起的念头就是：该怎样处理一具这样的尸体呢？实在不解，为何宇宙的舵手跟他强大的天使团，会允许此等蔓生的肉体存在呢？

他总爱把他的咸猪手放到我的膝盖上，戏谑地将我当成他的阶下囚。一路上，我们只能乖乖地待在礼车里。可是，不出所料，老姐果然很享受。

所有被认为是理所当然的双胞胎研究成果，在他们兄弟俩身上都会沦为谎言。尽管他们俩是同卵双生，可是却一个肥、一个瘦。然而，若是仔细地瞧一瞧，还是可以在他们身上发现一些相似之处：例如，他们俩的头发都是暗金色的，在后脑勺也都有发旋儿，嘴巴都还蛮大的，左边鼻孔附近也都有个肉疣，此外，他们的手指也都短短的。沃尔菲看起来，就仿佛全身的脂肪层都崩落了一样，完全不同于他那个喜欢囤积脂肪的兄弟（恐怕他今后还是会乐此不疲）。也许历经了这么一阵漫长的舟车劳顿，又让沃尔菲从骨头里溶出了不少脂肪；不过，重点是，他必须要先有，可是，关于这一点，我们就不得而知了。他们兄弟俩，一个是隐身在扎扎实实的人肉堡垒里，一个则是试图捆绑住某个锋利、细瘦、尖锐的东西。沃尔菲那张神经兮兮的脸，看起来就像是被许多不愉快的念头所折磨。然而，似乎有股莫名的傲慢在禁止他，要他别将目光浪费在我们身上。在小的时候，他们兄弟俩其实都很瘦。

沃尔菲一向话不多，我们也很少听说什么与他有关的事。若不是他跟我们一起搭乘同一部礼车，先从斯图加特驶往苏黎世，再从那里驶向保加利亚，我们几乎不可能得知，在过去那些年里，他都做了些什么事。他完全不会给人一种自儿时起便一直惦念着我们的印象。他把那些扯闲篇、按手礼以及能够让我们感到安心的温情氛围，通通都交给他的兄弟担纲。也许，我们当时正一块儿处在同样的水深火热之中。

"你们的母亲是位富有传奇色彩的女性，她非常贤惠……"马尔科一边用他的手指挠着冰箱一边问道，"她是什么时候过世的？"

他在问这个问题时所发出的声音，宛如一种介于口哨声与啁啾声之间的恐怖音调；而且，在说话的当下，他嘴里还满是唾液。我不禁立刻联想到《沉默的羔羊》。霎时间，我仿佛见到我们老妈化成一颗棕色的夜蛾蛹，消失在一个既阴森又潮湿的嘴巴里！

老姐跟他说，老妈在 2001 年就过世了。老姐说完后，沃尔菲很快地瞧了她一眼，随即便又望向别处。这时马尔科也找到了香槟，一阵心醉神迷直扑他的脸庞。他先将瓶塞上的铁丝松开，接着让瓶塞轻轻地弹出，随后便在四只玻璃杯里斟满酒。他简直不敢相信，我竟然不喝香槟！

"什……什么？这绝不是真的！"

边说着，他还边想要把一只杯子硬塞到我手上。可是，我就像小时候那样，板着脸滑到后座旁。任凭他再怎么苦口婆心地劝解，说我这样会错失人世间绝佳的享受（他个人是这么以为），我就是不听。最后，他可能觉得，这么做无异于对牛弹琴，索性就把那杯原本要给我的酒当作备份，放到他自己的座位旁。

按下电动窗的按钮，我让车窗半开，此刻的我，迫切需要一点新鲜的空气；非得如此，就算是代格洛赫与埃希特丁根路段间的凛冽空气也好。

"车里的空调只在我们将车窗紧闭时才有效啊！"那个搞清洁能源的家伙一边说着，一边伸手去按他右手边的按钮，想把车窗再升上来。突然间，我感觉空气好像静止了，于是我的呼吸先是受到了压迫，随后又急促了起来。在密闭的空间里，空气仿佛与我有仇似的，以致我不得不担心我可能会窒息。老姐见状，很机灵地，在她那边的车窗为我偷偷地开了一点小缝。

马尔科并没有留心这点小手段；不过，沃尔菲倒是注意到了。

马尔科举起他的酒杯，对于没能将他的"小老鼠"一起带来，表达了强烈的遗憾。当下我们并不晓得，他指的究竟是谁？难道真有只玩具小老鼠跟这头大肥猪住在一起吗？

当然不是。马尔科拿起他的外套，从里头掏出一个塞得鼓鼓的皮夹来。那个皮夹设有多层可折叠的暗袋,轻轻一拉开,一长条信用卡就这么唰的一声落了下来。他从皮夹里取出一张照片。照片上是一个刘海盖满额头的娇小女人,她将头略为倾斜,对着镜头尴尬地笑着;那抹笑容似乎在诉说着歉意,不仅对于她生在人世间,还有对于浪费了我们几秒钟宝贵的光阴,她全都感到十分地过意不去。"她是胡安娜,我都叫她蒂塔。"马尔科为我们说明,"她是哥伦比亚人,由于到美国出差,我们才有缘认识。"

"很可爱,很漂亮,真没想到你会搞定一个哥伦比亚人!"我跟老姐一搭一唱地赞美着蒂塔。熟悉我们姐妹俩的人,大概都能听得出,我们对于这项难以置信的事实冷嘲热讽的弦外之音:就凭这只肥猪,居然也能找到女人!

马尔科说他很幸运,能够抓住这样一个对的人,像这样的一个好女人,可是打着灯笼也找不着,是可遇而不可求的!就在我听到不禁打盹儿的期间,赫妲,也就是桑科夫兄弟的妈,她那张不爽的脸,忽然闪过了我的脑海。她那嘶吼般、充满恨意的说话方式,在一阵渐趋微弱的女性七嘴八舌当中,显得格外地突出。她那种风格,有如千里传音,无处不回荡着她惊人的声响,任谁也不得安宁;更甭说她的儿子们了!

他的"小老鼠"什么都是第一,不论是在烹饪、烫衣服,或是在打扫与其他方面;可以这么说,倘若出国比赛,皆能赢得"金牌"!讲到这里,他不禁龇牙咧嘴得意地补充:"你们也知道的,反正她会的事全都能得到A!"

我们虽然半信半疑,但还是姑且听之。

"像你们两个,我就完全看不上眼。"马尔科边眨眼、边窃笑,还边用食指在我们面前摇晃地说,"你们太泼辣了,尤其是你!"(这下他还用食指指着我!)

接着,他又从皮夹里取出两张照片。照片上分别是两个圆乎乎的小孩儿,一个叫卡洛斯,一个叫纳吉娅。先是卡洛斯,然后是纳吉娅,他们都各自压在一只黑白斑点的狗身上。多美妙的一个生物啊!有一双好奇的眼睛,额头上还有两道任性的皱纹;这意味着,它还年幼。在它的左耳上,有许多向四面八方竖起的细毛,可是右耳的毛则显得弯曲。好一个装模作样、拿狗寻开心的家伙;它简直就可以去上威廉·韦格曼的节目。

对于这条狗沦落到这样一个丑陋的家庭,我们深深地为它感到遗憾!

我带点讽刺地说:"这条小狗真是好萌好可爱!它叫什么名字啊?"

"明蒂。"马尔科一边回答,一边将照片收了起来。

在此期间,沃尔菲仍是一语不发。他不断神情略带紧张地东张西望,尤其是当他的眼神扫过我们的时候,越发显得困窘。最后,老姐还是硬着头皮开口问:"沃尔菲是否也结婚了呢?"沃尔菲很迅速地看了老姐两眼,但终究还是由马尔科代为回答:"哈哈!他没有结婚啦。他要婚姻做什么呢?"

我当时真的不晓得,沃尔菲何时才会开口跟我们说话;在那当下,我有种感觉,这或许得花上好几天的时间。我们实在看不出来,他与他兄弟之间的感情究竟如何?他是敬重他、爱他、信任他,抑或是恨他、鄙视他呢？也许，这些感觉全在他身上错综复杂地搅成一团；也许，他其实根本无感。唯一可以确定的是：他把诸如聊天、准备东西等各种大小事情，通通丢给他的兄弟去处理；此外，当他的兄弟在跟我们讲述一些与他有关的事情时，他也不会制止。

在与马尔科闲扯一阵之后，我们大概知道了：沃尔菲先前曾经在海尔布隆当过体育老师与地理老师，可是如今他却放弃了原本的工作（我们不好意思追问到底是什么原因），跑去带一些老人做游船旅行。

"这家伙成天都在奔波！"马尔科告诉我们：他的兄弟得忍受一些老太太的虐待，他得24小时无微不至地照顾她们；当然喽，这必须以她们积攒了不少积蓄为前提。他目前以此为生，似乎也还过得不赖。

沃尔菲冷笑了一下。他那诉苦般的笑意，仿佛是在教鞭威逼之下才勉强挤出的表情。而我们一同流露出的无奈眼神，似乎也道尽了，我们都不再是彼此曾经熟悉的我们了。可是，转念一想，我不禁感到好奇，究竟是什么样的富婆，会心甘情愿地将钱花在一个一语不发的伴游身上呢？对于他兄弟语焉不详的陈述，沃尔菲似乎完全无意做任何评论，就这样自顾自地，迅速地再度退回那适合他的、讳莫如深的状态；就仿佛马尔科所描述的那个人，他压根儿不认识。

我不禁望向窗外，霎时间，满坑满谷无意义的画面与念头涌进我的脑海。许多男男女女，一个接一个迅速地浮现并消失在我眼前。在这当中，有胸毛鲜明可见的老桑科夫，还有那辆撞毁了的"卡曼·吉亚"。这下子，庸俗的心理学在我的脑袋里放肆地涂鸦起来，童言童语的胡扯也跟着搅和进来："桑科夫"，这个名字被拆解成"好口角者兼赌徒兼麻烦制造者"；小沃尔菲必须充当雏妓，服侍他那浑身挂满金链子的父亲；接着，我看到这对双胞胎不仅在地图上手淫，随后更抓起哑铃，朝他们母亲的头打下去，然后轮到父亲，就这么揍完母亲揍父亲地猛揍自己的父母——最后，就在哑铃往母亲头上招呼之中，结束了这场闹剧；而他的母亲，会不会就是让沃尔菲对女人兴趣全失的始作俑者呢？

仿佛从我思想洪流中钓起一尾最肥美的大鱼，这时马尔科突然开口说："我妈本想一起来的，可惜还是不克前来。"

听他这么说，我宛如被刺了一下，突然转过身来。

接着，我们从马尔科的说明中得知，他们母亲罹患了癌症，正在勇敢地接受治疗，如今头发几乎都掉光了。听到这里，我不禁放声大笑：嘻嘻、哈哈，头顶上只剩一根毛！我仿佛见到了，她的头发化为黄色的石膏，碎落得满地都是。这时候，我似乎感受到鼻子不自觉地冒出汗来，随即便默不作声。

然而，在我对面的，却依然是一派极为聚精会神的表情。对于我的失态，马尔科似乎完全不为所动。他接着冷静地说："你们的母亲似乎很受不了我妈；同样地，我妈也很受不了你们的母亲。这点着实令人遗憾。要不是这个缘故，在我们小的时候，也许还能更常见面。"

"我妈并不总是公平地对待赫姐。"老姐一边说，一边给了我一个充满训斥意味的眼色。我从小就很怕她这一招，每回她对我做出这样的举动，我都会深感愧疚。

由于老姐觉得自己似乎未能恪尽应尽的义务，于是便继续深入地探询，桑科夫兄弟的母亲现在的病情究竟如何。不仅如此，她甚至还请马尔科打个电话给他母亲,并且用充满感情的声音询问对方,治愈的概率有多少?

"联邦十字勋章!"沃尔菲突如其来地冒出了这一句。

他并没有多说些什么。不晓得我们是不是哪里招惹了他?随之而来的,是一阵沉默。老姐假装在整理她裙子上的毛球。而马尔科则是把原先为我准备的那杯香槟一饮而尽,随即便望向窗外。过了一会儿,他取出耳机,并将耳机戴到耳朵上,接着又把座位调成顺向,专心地听起音乐。他听的似乎是古典乐;在聆赏的同时,他还将右手不上不下地悬在半空,一派怡然自得地随着乐声摆动。

这下子,车子里突然安静下来,先前的激动宛如泄了气的皮球,霎时间瘫软下去。此刻在车子里只有隐隐传来的规律的汽车行进声,所有人都保持着葬礼该有的肃静。即使外头有卡车从我们身边呼啸而过,也只有些微的噪音溜进车厢里。

前往苏黎世的这一路上,我跟老姐都一直在寻思着,沃尔菲所说的那句话到底是什么意思呢?当然喽,我们是暗中在琢磨那句话,而且我们完全不期待,沃尔菲会开始跟我交谈。我们的想法在许多相对的角落倏忽而过。这家伙究竟是头脑简单,还是城府深沉?究竟是个务实的,还是个天马行空的人?他究竟是聪明,还是愚蠢?我们简直难以想象,他可以像个牛郎那样,为了从那些富婆身上捞金,而陪她们打情骂俏。女人都想要人陪她们聊。或者,要是有个男的一直保持着沉默,她们也会想象,说不定有个深不可测的哲学天才,就住在那个男的的身体里。联邦十字勋章?这到底是什么意思啊?他是想要讲个笑话吗?还是说，他指的是纳粹时期的"母亲十字勋章"呢？基本上，沃尔菲并不是什么搞笑的人。他看起来既不健谈，也不像会去研究天马行空的哲学。他脸上似乎一直挂着些微的愤怒，仿佛是为了随时要发飙而做着准备；然而，他仿佛并不打算让它们爆发出来，只是任由它们在曲折、紧锁的皱纹网络里微微地颤抖着。不过，另一方面，他似乎完全充满自信；至少，从他的穿着上，便可以看得出来。他当时穿着一件柔软的橄榄绿衬衫，外头搭配一件褐色西装。西装的材质感觉相当的柔软，在不同的角度下，还会呈现淡黄或淡红的光泽。至于肩膀部分的剪裁，则是完美到令人无可挑剔。

比较特别的是，当他在看老姐的时候，眼中总会闪烁着些许反感。至于他对我也同样没有好感，这一点倒是不足为奇；大部分的男人都会对我敬而远之，这种待遇我早就习以为常了。然而，换作是老姐，情况可就完全不同。她虽然有点被动，但并非麻木不仁，可以说是很有弹性的一种个性。即使没有一眼就爱上她，男人们还是会不自觉地被她吸引。她那矜持的态度、优雅的形象、既白皙又姣好的脸蛋、完全不带一丝挑衅的神情，这些条件无一没有奇效。更不用说，老姐还挺聪慧的，倘若她想卖弄，她也很清楚该如何准确地运用她的武器。此外，她更蓄积了满满一缸子对男性的赞誉。以下便是她所擅长的、既体贴又投其所好地吹捧男性们的招数：她只消扬一扬她那闪烁着、燃烧着绿色斑点的双眸、她那睁得都快凸出来的细眼，再配合上她那引人坠入亲密耳语的醉人声音（老姐啊老姐，你是跟恶魔缔结了什么约，才得到这样的好声音？!）；只消顺从地、轻轻地、柔柔地，宛如伊甸园里的蛇那般嗫嚅地喘息、低语,自然便能将男性捧上了天。

即便被吹捧的人凭着余力力图不被攻陷,仍须等到事后几秒方才知晓,她的招数是如何地迂回。

突然之间,不仅原本睁大了的双眸转回细眼,而且还流露出格外陌生的目光;仿佛它们完全不晓得。

它们所见到的,究竟是谁?

嫉妒吗?

嗯。

因此觉得不爽吗?

也许吧!

然而,这一招用在沃尔菲身上,似乎是踢到铁板。他完全不会让人吹捧他。要怎样吹捧呢?难道她该因为他一直用指尖搓额头,就称赞他像个头痛发作的男人吗?也许沃尔菲看起来蠢得像把扫帚,可是在我仔细观察之后,我对他的评价却是逐渐地升高。这可以从我们在苏黎世的饭店下榻的头一晚说起:那天晚上,塔巴科夫趁着众人在聚餐时发表了一番讲话。

塔巴科夫表示:很荣幸地,我们大伙儿能够陪着他从前的这群伙伴,走完他们伟大的最后旅程。他很高兴,斯图加特的保加利亚之子们,能够如此踊跃地与他共襄盛举。此外,他也不讳言,他的妻子也与我们同行。而说到他美丽的妻子(讲到这里,塔巴科夫不禁伤心地啜泣了起来),他相信,在场的一些人应该对她还有一点印象;就他本人来说,他的妻子迄今一直鲜活地留存在他的记忆里。至于丧妻之痛,他也只能不断勉为其难地去克服。然而，他几乎无法说出他妻子的名字；就在哽咽与颤抖当中，最后，塔巴科夫终于恸哭失声。

面对这样的景象，我们一团人全都呆若木鸡地坐在位子上；因为大家其实都难以将塔巴科夫这样的商人跟崩溃联想在一起。在场唯一有反应的，竟然是沃尔菲！他从位子上起身走向塔巴科夫，张开他细瘦的双手诚恳地拥抱了他，接着又喂他喝下一小口的酒，最后还小心翼翼地抚摸了一下塔巴科夫的秃头。当塔巴科夫冷静下来之后，沃尔菲一声不响地回到他的座位上，仿佛刚才什么事情也未曾发生过。

Schumen

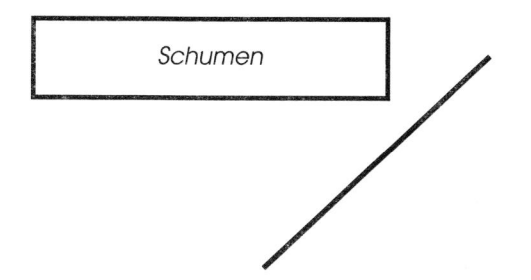

舒门

啊，舒门！

我完全没有注意到，我们已经驶进舒门的市中心了。这里的街道笔直，街头可见零零星星提着沉重提袋的行人，电线杆是用混凝土做成的，不少垃圾桶半脱落地勾在固定架上，四处尽是些纸屑随风飘扬。尽管这座城市执拗地逃避被人发现，不过它并非一座无人拜访的城市。除了像我们这种傻瓜会到此一游之外，那些死硬的东欧浪漫主义者，也就是，那些就连对于裂蚀的金属片也都会寄予诚挚的、学究般的感情的家伙，也会到这个地方来。

这里随处可见破旧的房屋。有些屋子的阳台甚至锈蚀到变形，表面还带有长条锈斑或霉斑。不少外露的水管也都松脱，看起来就宛如从墙上脱落的大挂钩。许多窗子的四周布满了水渍，感觉像是拭不尽的泪痕。这里的每个街廊，无一幸免地，全都感染了"建筑麻风病"！它们带着国家肿瘤与国家烂疮来到了这个世上。不仅如此，此间还有一个伟大的特点，那就是：几乎所有的房子全都相互黏成了一团！在打地基时，它们便以厚实的黏着隆起将彼此拧在一起。这些结构至今还保持着它们的原貌。美观？有什么用？！

我们顺着游行街行驶。那是一条布满咖啡店的商店街，它唯一的优点就是：在两个车道中间，种了满满一排发展迟缓的悬铃木。我们决定，正确地说来应该说是前座的人决定，我只能点头附和，我们决定先开到高地，鸟瞰一下这座城市的全貌。

从很远的地方，那个庞然大物便映入我们的眼帘。那是坐落在一座平坦山丘上的巨型混凝土块。这个庞然大物似乎有个遭击裂的头盖骨，仿佛有什么东西一直从上面流下来。我们沿着一条山路蜿蜒而上，路旁先是稀疏的针叶林，继而出现不少的山松。倘若我们探头到车窗外往上看，可以明显地感受到有东西从上往下的压迫感。

鲁门将车子停下。在这个大得宛如奥林匹克运动场的停车场里，就只有我们三个游客。停车场边缘有个小售票亭，亭子旁除了停放了一台轻型摩托车之外，还有一个放满发黄明信片的展示架，以及两条看起来昏昏欲睡的狗。山上的风刮得恣意而寒冷，我们完全摸不清，风是来自哪个方向。鲁门进到小售票亭里买了三张入场券，票券上写着"保加利亚的一千三百年"。

接着，我们走到了一个"保加利亚一千三百年纪念碑"[1]前。

......

---

[1] 保加利亚一千三百年纪念碑，指1981年，为庆祝保加利亚第一帝国建国1300年而建造的舒门（Shumen）纪念碑。

....

....

....

我说不出话。

一般的回避是没有用的。也许我们必须要会飞走才行。

垃圾、强迫的垃圾、权势的垃圾、民族的垃圾。这些可以想得到的词汇，似乎都不太适合。粗鄙、野蛮、犹如洪水猛兽……嗯，这还挺合适的。只不过，这些形容词同样也适合用在过去一百年里所立的各种纪念碑，无论是东方的还是西方的。其他所有的纪念碑，当然都是粗暴、庸俗并且毫无节制。然而，在生硬与丑陋方面，这个纪念碑却是更胜一筹。混乱、可憎、笨重，这些词汇虽然形容得句句真切，可惜还是不够贴切到底。粗鄙的垃圾、畸形的垃圾、阴险的垃圾、令人作呕的垃圾、勒索的垃圾……没错，没错，没错！可是，说到底，人们终究还是无法仅凭言语来焚毁这个庞然大物。

草帚！我们的外婆从前曾经用一种叫草帚的扫把清理过人行道。看样子，这里应该要用上一把天赐的草帚才是。这把草帚带了个一公里长的握柄，刷毛则是由精钢打造而成。它可以将这个高地扫个一干二净。如此一来，保加利亚人便能重获一个无拘无束的环绕视野。如此一来，保加利亚人便能从他们的被压迫史当中获得假期。如此一来，保加利亚人便不用再去看那些为了愚弄他们而制造出的人工艺术品。那些人工艺术品描绘他们的祖先，在铁蹄到来之前，便已生为愚人，是以所有的人被当成愚人惨遭虐杀。从此以后，此间将只有这些人物不灭的怒火。

为何他们不在那个裂开的塔上装置扩音设备，借此怒吼、尖叫、以剑击声与跺脚声来呵斥这个国家呢？也许盖一座血喷泉也不错！

这些混凝土墙之间的寂静，令人感到无比的压迫；这样的寂静，宛如身处于一个不存在的地方。即使是鸟儿，也都会避免飞过那个人工的大裂缝。

那里有的，不仅仅只是丑，更是恶。既偏离规范，而且恶。人们被逼进那个与生俱来的裂缝，被逼进那个破裂的头盖骨。保加利亚过往的英雄就在那当中——不，他们并非躺在岩石摇篮里安睡，然后舒舒服服地从石头里长成。他们其实是攻占了一大块混凝土，将那些犹如跳蚤般的小人物、那些围绕着他们脚趾的小人物、那些仿佛除此之外再无其他慰藉般痴痴地仰望着他们的小人物，通通踩在脚底下。他们坐在几匹巨大的骏马上，额头上还戴有盔饰。他们是用混凝土灌注而成，巨大且笨重得宛如板层房屋的楼层。

曾经有人说，纳粹时期的阿尔诺·布雷克尔[1]是位巨型雕塑大师。哈，什么，跟这个战斗沙皇及其部队相比，布雷克尔所做的，不过只是些侏儒般的玩意儿罢了；何况，他的作品也匀称许多。

该来一支草帚，一支用在最后一轮舞的巨型草帚。前提是：有朝一日，保加利亚人再度变好，他们的国家再度找回尺度，至于他们祖先的幽灵，则应该待在他们所属的归宿，也就是天堂。宁可欠缺理由地存在

---

1 阿尔诺·布雷克尔（Arno Breker，1900—1991），德国雕塑家。在纳粹德国时期，成为希特勒御用雕塑家、宣扬纳粹政治理念的工具，被讽刺为"希特勒的米开朗基罗"。

于历史里,也好过精雕细琢出一个烂透了的理由。

鲁门看来似乎有些激动。他仿佛要鼓动如簧之舌,滔滔不绝地吐出各式各样的解释。他的脸颊在颤抖着。他一会儿拨拨自己的头发,一会儿抽抽烟,一会儿甩一甩戴着手表的腕关节,一会儿快步地走过来,一会儿又快步地走过去。我的反驳,肯定早在鲁门的预料之中。可是老姐的倒戈(就连我,也都从未能够如此地极端),恐怕是鲁门始料未及的。那个他所仰慕的、彻底神秘的女人,如今施展出了她的绝招。她再也不在场了。那个身着一件褐色领子的深绿色灯芯绒外套、在我们面前游走的女人,再也不是原来的那个她了。她不但一语不发,更没有任何的手势。我们完全猜不透这个"东西"到底在想些什么。穿越这个庞然大物的,似乎不是某个"人",在她的全身上下,仿佛只有肩上那只兽皮棕的包包流露出一丝生气。出现在那里的,是具行尸走肉,什么也不要,什么也感受不到。并非没有在脖子上安装一颗具有视觉的脑袋,而是就这么静静地坐在石头上看着下面的城市(如果我们可以称那样的动作为"看"的话)。这时,她与我之间几乎没什么互动,与鲁门就更少了。我的老姐,不管她现在是什么,我们仿佛都不再认识她了。

鲁门徒劳无功地尝试与她有所互动,此举激起了我的同情。"我们是不是该更仔细地欣赏一下那些马赛克呢?""黄金吗?"由于人们重拾圣像的传统,并且进一步加以改造,就连圣餐礼服装的样式,也都在艺术上被人重新诠释。

为了让鲁门不要感到惶恐、更不要发飙,于是我仍以一如既往的态度去跟他抬杠；只不过，在语调上，我还是稍稍放软了一点。"这真是难看。世人应该一劳永逸地禁止保加利亚人从事马赛克工艺。他们在这方面就是不行！"

"说我们没概念啊！"鲁门的声音就跟他整个人一样，全都在发抖，他气得想指责我们。可是，无论如何，无论如何，有一件事却是值得注意的，或者甚至比值得注意还值得注意，那就是：在那当下，他竟然找不出一些适当的词汇。"因为这……"鲁门要我们知道，即便我们真的不在乎什么共产主义，可是就连我们也必须承认，在1981年！1300周年纪念！是前政权打造了这座用来纪念保加利亚历史的纪念碑。我们想用这座纪念碑来纪念保加利亚的历史，不仅仅是来普遍地纪念保加利亚前政权的历史，而是旨在纪念保加利亚的基督信仰史。是的，没错，正是为了纪念基督信仰的传教史，纪念西里尔与美多德这些重要的修士，纪念他们将基督教传入了保加利亚。此外，还要纪念沙皇鲍里斯一世，他是第一位受洗的保加利亚可汗。除了上述这些人以外，当然也少不了，那些为了争取自由而奋起抵抗奥斯曼土耳其的勇士们。他们全都聚集在此，代表着保加利亚的精神。"这不仅对于保加利亚人而言意义深远，况且，无论如何，这座纪念碑都是极其特殊的。此外……"说到这里，鲁门的声音突然不听使唤。此刻，他的声音听起来，完全不像是出自他本人，出自那个我们所熟悉的鲁门，倒像是出自一个很小很小的幼童鲁门：对于美学品味终究是没有什么好争论的。

鲁门看着我，眼中似乎泛着泪光。我虽然沉默不语了好半晌，可是却比往常更加率性地看着他，以此来向他表示，我并没有忘记还有他这个人。

相反地,老姐似乎再度回过神来。然而,能够帮助她找回生气的,却不再是鲁门精彩的解说了。她不再注意他,只是专心地在观察着一小撮绒毛;或者,正确地说来,应该是,一小根既非纯蓝、也非纯灰、更非纯白的羽毛。她偶然地从空中取得了这根小羽毛,如今正不放过任何细节地在观察着它。她将那根小羽毛放在左手的掌心,用右手的食指轻轻地从上面拂过,仿佛她必须安抚那根小羽毛似的。而为了要让羽毛能够真正地平静下来,她随即又着手进行了另一项研究计划。她先用拇指与食指抓住小羽毛的羽茎,接着便聚精会神地观察着,风是如何吹拂这一小团绒毛的某一侧,致使另外一侧微微隆起。

可怜的鲁门,不论是保加利亚的品德改造,还是他那童话般神奇的能力,到头来,终归是失落与出局。就在弹指之间,一个原本表现出犹如童话般神奇能力的男子,就这么沦落为一个既愚蠢又无聊的保加利亚人;没错,一个不折不扣既愚蠢又无聊的保加利亚人!

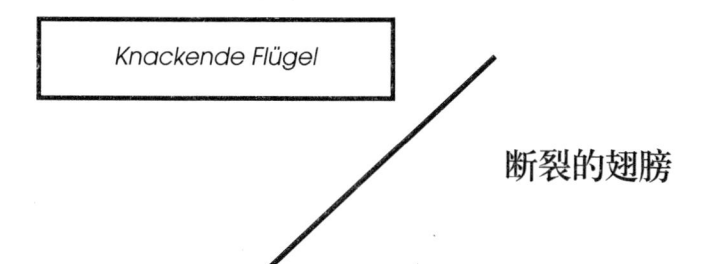

Knackende Flügel

断裂的翅膀

在众人默不作声当中,我们驶离了这座纪念碑。由于我们曾在来程的路上说好,回去时,要找家咖啡店坐坐,于是我们便依照原定计划,要去找家咖啡店。我们沿着山路蜿蜒向下,三个人只是一语不发地看着外头的死山松。就这么各以各的方式沉默,各以各的方式疏离。

此刻,我们正一同挤在一股哀戚的氛围中。我们共同的哀戚正在盛开,而那哀戚的结晶,就以我们额头上的汗珠的形式滋荣繁茂了起来。鲁门安静地抽着烟。我沉默地检视着自己的手,仿佛这些部位是属于别人的。老姐只是凑合着与我们待在一起,自顾自地看些无关紧要的东西。我们三个人谁也未曾将视线落在其他一人身上。

服务生为我们送来了用硬纸板做成的亮面菜单,大小就宛如给小朋友们阅读的图画书。菜单上的照片有点泛红;不过,所列出的菜色,在一旁竟都附有英文批注。比萨饼、鸡块,一页接一页,全是这些垃圾食物。然而,谢天谢地,我总算还是得救,这家店至少有我百吃不腻的羊奶酪沙拉。在这家店里,这道菜的特色似乎在于他们会用制面机把奶酪给压过；因为，从照片上看来，就好似在黄瓜与西红柿上头爬满了一团白色的小虫子。我跟鲁门点完餐之后，就看着老姐开口说："玛格丽特比萨饼！"

为了要证明她是个明白"人有义务要跟其他人交谈"这个道理的人，于是她立刻又再说一遍："玛格丽特比萨饼！"

距离我们不远处，有座门没关上的电话亭。里头有条电话线从电话箱上垂了下来，可是那条电话线的末端却不见话筒。附近有两个包着黑色头巾的老太太，她们身上带着像购物袋一般大小的袋子，小腿交错，平静地坐在一张长椅上。

由于我们三个人之间几乎没有交谈，感觉就好像在黑暗中进行着某种禁欲苦修。然而，我着实无法理解，诸如此类的苦修，要如何才能够达到一些大师们所描绘的心灵开阔的境界。根据他们的开示，这就宛如化为上千悬浮油滴的香膏油，每一滴都闪耀着上帝的恩典与荣宠，它们填满了宽阔的心灵，并且促成了温和的转变。

我在我的身上实在一点也感受不到什么温和或悬浮，所能感受到的只是灌到都快溢出来的混凝土。那些禁欲苦修的大师们还说，折断高傲的双角，是有效净空心灵的前提。

尽管我高傲的双角现已折断，可是在那断角之处，依然丝毫未曾出现什么上帝的恩宠。有的只是宛如混凝土的哀戚：从我的胃部开始，蔓延到全身上下。基本上，这样的分量，着实已经大到人体无法招架；也许，唯有大象才有能力承受这样的重量。这样的哀戚鲜少在日间对我发动突袭。一般说来，它几乎都是在半夜里展开攻击。尽管我始终提防着它,却总是被它包围。我仿佛陷入了一个不折不扣的哀戚诅咒里,它一直不厌其烦地提醒我:假如你没有出生,或许会比较好!

我们围着一张不太干净的塑料桌,懒洋洋地瘫坐在塑料椅上。头顶上还有一把大型的"芬达"伞。任谁见了我们,一定会认为:这真是一幅不怎么好看的画面,这几个家伙迷失了,他们失去了慰藉,个个懒洋洋、自顾自地瘫坐着,他们三个不但是活死人,而且还分居于不同的死亡楼层。

"在过去,人们会用兔皮胶来固定圣像的漆面,"我腼腆地开口,试图化解大伙儿的孤立状态,"你们有谁知道,现在还有没有在生产兔皮胶呢?"

鲁门仍是一语不发;也许他根本就不晓得什么是"兔皮胶"。而老姐则是一副事不关己的样子。不知从何而来的一小股勇气,促使我假装很有求知欲地喋喋不休。"鲍里斯一世皈信基督教的那一年(那从容不迫的学究样的声音是多么热心,那颗带着飞扬的头发、从面向一人继而面向另一人的脑袋是多么热心),保加利亚人称为'救赎年'(哈,什么,瞬间,有个词汇在我脑海里闪过:'灌木番茄'[1];对,人们应该称那一年为'灌木番茄年'才对),因为那一年是一切的开始,难道不是吗?""那究竟是什么时候的事啊?难道保加利亚人对于基督信仰其实反应并不迟钝吗?"(是啊,你个灌木番茄,由于这样的胡说八道,也

---

[1] 原文中,灌木番茄(Strauchtomate)与学究样的声音(Streberstimme)发音相似。同时,自1900年番茄被引入德国后,由于需要人工采摘,大量保加利亚人作为季节性帮工来到德国,其中一部分最终在德定居,"番茄"也成为对保加利亚裔德国人的固有印象之一。——编者注

许你该被赏个耳光。)

"1981 年减掉 1300 年。"

鲁门一边说着,一边弹一弹烟灰。

老姐抬起头,似乎恢复了对于声音的知觉。她甚至能够再度说出完整的句子;即使只是对着我说,而不是对着鲁门。"世人都知晓,鲍里斯一世将他的长子弄瞎;他的长子原本是要接掌他王位的王储。很骇人听闻,是吧?把自己的儿子弄瞎。"

"我个人虽然觉得很骇人听闻,"鲁门说(只对着我),"不过他的儿子想要破坏一切,企图改回异教信仰。异教信仰,就如同过去的一切那样。这一点是鲍里斯绝不容许的。亲生儿子想要捣毁老子的事业。况且,自古便有'小点儿的儿子会是好点儿的儿子'这种说法。比较小的儿子,比较好的儿子,这种说法早在《圣经》里便已出现过。我自己也是……小点儿的儿子。就王储而言,这样比较好。因此保加利亚最终得以保持基督信仰。"

他说起话来出现了罕有的不连贯;这代表着,他还不是那个以前的、平易近人的鲁门,而只是一个将其委屈藏在生硬的声音背后的男人。

突然间,我感到一阵莫名的幸福,有点想来卖弄一下。而就在女服务员将我们的餐点端过来之际,我又再次感受到一股倾诉的欲望;这股欲望甚至让我不安地来回挥舞着餐具。我开口说道:"你们知不知道,世人是怎样形容保加利亚的天空呢?(为了配合提问,我用餐叉的尖头往上比了一比。)在来的路上,我已经想过这个问题。你们把保加利亚的天空想象成，宛如一个从这个国家的地面疆界向上延伸到外层空间的大漏斗（我用餐刀在桌子上示意地胡乱涂鸦）。你们想象一下，你们往上飞升，飞升到很高、很高的地方，高到你们的双眼再也看不见这个国家的不堪。在那里，保加利亚再也无法被嗅出保加利亚的味道。在那里，再没有什么东西会唤醒你对狐臭的记忆；也许，在其中，还曾经夹杂着一些马桶芳香剂以及廉价化妆水的恶臭！无论如何，你们高升到纯净的空气中。（我不断地把头越抬越高，而在抬头的同时，则是紧闭起双眼并且深呼吸）——你们听到了那里的咔嚓声、嘎吱声了吗？不断咔嚓咔嚓、嘎吱嘎吱，因为生有大翅膀的天使们全都挤成了一团——整个天空都塞满了天使，有些站着合唱，有些坐着合唱，还有些因为唱到筋疲力尽而下去躺着休息。然而，他们的翅膀，却总是不断地陷于混乱的状态，不断地缠绕到一块儿。整个保加利亚的天空布满金光闪闪的翅膀，即便是在赞歌声中，世人们还是能够清楚地听到那些翅膀的擦撞声与碎裂声。当然喽，那些赞歌的声音同样也是永不停歇；因为，总是会有合唱团前仆后继地接着吟咏下去。"

我放下了餐具并且喝了一口水。

"也许你们也曾听说过，另外还有一个墨西哥的翅膀奇迹。基本上，当帝王蝶在谢拉马德雷过冬时，那里的情况看起来，其实就跟这里没什么两样。在许多地势较高的山谷里，挤满了数百万只蝴蝶，为数众多的布满黑色纹路的橘色翅膀。在那些蝴蝶的翅膀上，还分布有白色的小点；数百万颗的白色亮点，就这么轻轻柔柔地移动着。它们会密密麻麻地蛰伏于树枝、树干、长满苔藓的地面，或蕨类植物的叶子上。到了中午时分，当阳光唤醒了它们的活力，它们偶而会慵懒地翩翩飞翔。可是，为何保加利亚的天空会有那么多的天使呢？嗯，你们觉得呢？"

我稍微停顿了一会儿，就在停顿的期间，鲁门双眉紧锁地凝视着我。

"因为保加利亚人太过汲汲营营于传布基督信仰，致使天使大军一团接一团地驻扎在保加利亚的天上，好借此从上头支持这场奋战。这就好比一场合唱团歌手的会战。"

老姐开口说："好好地吃你的天使沙拉，并且安静一会儿吧！"

鲁门则是从头到尾一直盯着我看，感觉就好像，我是脑残似的。老姐一边切着她的比萨饼，一边跟鲁门解释我的状况。

"她每个星期至少会有一次像这样发作。不过这并不代表什么；只是，旁人必须要等待她的症状自然消退就是了。"

当下我显得很乖，好一会儿低头不语，只是反复地用叉子拨弄着沙拉。老姐对于我的状况所做的描述完全是正确的；可是，我会有如此举动的真正理由，她恐怕就不晓得了。我唯有去否认我周围的一切，才能让自己走出困窘的状态。而最简单的方法莫过于精神上的潜逃；也就是，立刻、径直地上升到天空。这时候，随便某个俯拾皆是的故事，都可以说是来得及时。我会抓住那首先被我遇到并且尚未被丑陋与肮脏污染的词汇，它正是我的救赎。我会紧紧地依靠着它，并且围绕着我的人生喋喋不休。

在我小的时候，每当我单独与老爸待在房里，看着他在我面前一副失魂落魄的样子蜷伏着，我全身上下的活动状态便会不自觉地加速起来。我会像疯了似的喋喋不休，像疯了似的引吭高歌，甚至会像疯了似的用单脚跳舞。所有这一切，仿佛都只是为了要在充满欢乐的秀兰·邓波儿才艺大赛中胜出。爸爸！爸爸！你快看，要怎样当一只青蛙！你快看，乌鸦是怎么飞的！而现在，今天，不再是那些青蛙或乌鸦了，取而代之的，是基督信仰的设计师。凭借他们的帮助，我潜逃到了一个前后一贯地全面组织起来的天空，一个施瓦本的工程师天空。这个天空既干干净净又井井有条，每个天使都待在自己的位子上。只不过，他们全都被狡诈地内建了混乱组件，如此一来，他们才不会变得令人乏味。由于这个天空被塞爆，因此，那些歌唱的、颂扬的、来回奔跑的天使总会被挤出来。

尽管我们已经比较和缓地一起在咖啡店里坐了下来，可是毕竟尚未全然地雨过天晴。于是我们三个人便决定，不如先暂时分开两个钟头，各自去探索一下这个城市。

去拜访一下通布尔清真寺[1]或许是最佳行程；在舒门这个城市中，它可能是唯一值得一看的建筑物。可是，转念一想，搞不好另外那两个人想的跟我一样。于是，我只好绕进那些令人沮丧的小巷道里。不是人行道被乱拆一通，就是完全无路可走；因为，这里根本就没人会去阻止那些车主们，要他们别挨着围墙停车。吐白华的混凝土、垃圾、铁锈、一堆无用的杂物，甚至还有一具猫咪的尸体；这一小堆肮脏、受人唾骂的皮毛，就这么无人理睬地躺在那里，它的身旁完全没有半点送葬的烛

---

[1] 通布尔清真寺（Tombul Mosque），位于舒门，兴建于1770—1774年，是保加利亚及巴尔干地区最大的清真寺。

光。后面的景象会不会好一点呢？无论如何，至少遇到了一个提着水桶、拿着拖把在打扫的人。尽管如此，我还是决定回头。不一会儿，我又回到大街上；那里的长椅上还有个位子空着。

有不少貌似贫穷的人聚集此处，他们愁眉不展、低头不语。男的多半身着人造皮材质的外套，带着一双既红又沉重的手。女的则多半身着黑色衣物，在腹部前面摆了个大包包。这些男男女女仿佛被下了咒，默不作声地在此担任普遍不幸的见证者。有个男子吐了痰，不过他倒是很有礼貌地将痰包在纸巾里。待在此间的我们，并非是在演出什么喜剧；这里完全没有什么可笑的事。这里所有的人看起来，仿佛全都把自己当成是搁了浅的人。他们的所有希望早已干瘪，青年时期泉涌般的热情也早已枯竭。回想当年，革命理想正如火如荼地蔓延，大伙儿还曾身着制服，趾高气昂地四处游行。

远处传来一些商家的叫卖声。然而，坐在这里的我们，却完全不为所动。这里的人并没有进一步打量我，他们只是默默地在心里头感到好奇。

有几个娇小的女孩从我们面前漫步而过。虽然当中有几位长相甜美，不过她们全都穿得很低俗；她们似乎是从一般的烂货当中，挑选出了那些穿起来最像妓女的衣服。而围绕在她们身边的那些男人，看起来则都像是摔角选手：他们多半有着油头与马尾，自下巴以下浑身都是文身。很显然地，此间的两性似乎各服膺着一个代码。女性似乎在呼叫着：我们是妓女！而男性则是：我们是野人！在整个旅途当中，我们尚未遇到过任何优雅的女性，也未遇到过身着剪裁良好的套装的男性。

在我对面坐着一对老夫妻，男的高大，女的娇小。他们很可能已经在一起一辈子了，彼此之间早已无话可说。他们的情况就跟我们的祖父祖母一样；只不过，在原本青灰色的头发整个儿翻白了之后，我们祖父比对面那位老先生看起来更帅气一点。此外，大男人与小女人的反差，也比对面那二位更为明显；也就是说，我们祖父的个头相当高大，祖母一站到他身旁，顿时便显得十分娇小。

我们是在20世纪60年代初期才认识我们的祖母，初次见面则是在我们位于代格洛赫家的花园门口。没有比这更糟糕的了。那时候，祖母因为年纪大被放行；不过，她的配偶并不被允许与她一道出国。这可是破天荒头一遭，有保加利亚的家人能够离开铁幕。也因此，当时我们全家人都相当地紧张，尤其是我们老爸。

那时的我，还只是个七岁大的小孩儿，但我却热切地期待着这位陌生贵客的到来。我期盼，前来我们家的，会是一个跟外婆一样棒的祖母；当然喽，她可能会带有一点异国风情，可是说不定会更迷人、更年轻！就连祖母的名字听起来也格外地诱人，"纳吉娅"，这是个给灵巧的、如丝绸般细语的创造物所起的充满魔力的名字。在祖母来访的好几个月之前，我便一直吵着要把我的本名改成她的名字；而且为了支付更名程序的手续费，我甚至还开始存钱。

简直太可怕了！祖母本人不但跟个小孩儿一样娇小，还穿着一件令人发噱的披风。在老爸帮助她下了车之后，她急忙地朝我走了过来。就在她尖锐的喊叫声直穿我的耳膜之际，她开始拥抱并亲吻我。最糟的是，她身上所散发出的气味：玫瑰油、樟脑、腐臭、俾格米植物！

就在那当下，我如风驰电掣般地意会到了一股实实在在的厌恶感；而这样的感觉，从此便鲜活地烙印在我心里。每回与祖母见面，这个烙印又会在我心里熊熊燃起；即便她总是用她那双又大又黑的眼睛诚恳地看着我，也无法对此有任何改变。尽管在后来的日子里，她身上的气味有所变化；不过，每当祖母来到我的附近，我总是会悄悄地逃跑。她后来养成了一个怪癖，身上随时带着一个蓝色的罐子，每隔半小时就会往身上擦一擦妮维雅。也因此，很快地，整间房子总是散发着妮维雅的味道；简直就像是在每个房间里都放了一磅的妮维雅。

对于这位新来的祖母，老姐跟我一样，都感到相当地受不了。然而，面对祖母的爱抚，她倒是不会直接就逃跑，顶多只是报以一张扭曲的臭脸。原本想要更名为"纳吉娅"的梦想，到头来，就只剩下我那一小笔积蓄。后来，索性就拿这笔钱去买了只青蛙。

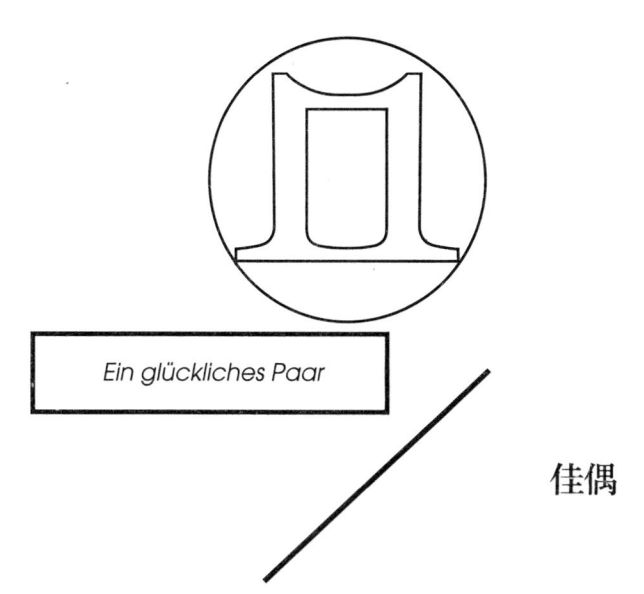

Ein glückliches Paar

佳偶

由我们的移灵团所护送的那批已经往生的保加利亚人，他们与今日的保加利亚人其实不尽相同；而相较于坐在这条长椅上的这些保加利亚人，则更是格格不入。同样的情况也出现在保加利亚司机们于旅途中所讲述的故事里那些人物身上。他们就像一大群蚊子，在我们移灵的路上，一直在我们的头顶上盘旋着。他们跟着我们从苏黎世到米兰、从米兰到安科纳、从安科纳过海到伊古迈尼察、最后再从伊古迈尼察循陆路到索非亚。

且让我们来大概估算一下。这40个活蹦乱跳的保加利亚司机，姑且不论是他们自己知道的，或者是从别人那里听来的，每个人的脑袋里，平均大概有15位亡灵在那儿打转；换句话说，大概有600名往生者，以某种"生机勃勃"的方式围绕在我们身边，充当着我们的伴游。这当中，大概有上百个幽魂，意志坚定地跟随着我们；而其余的，只是随兴地转个几圈，接着便很快地怎么来就怎么去了。

这群亡灵时而近、时而远，并且稍纵即逝。而构成记忆内容的背景剧场，总是十分地公式化。借一些用来修饰记忆的词汇之助，可以让这些记忆内容稍微维持久一点。基本上，所有的背景舞台，在经过归纳之后，大概只有三至四套不同的变化。

渔村。诸如渔网、小船、爬满藤蔓的天井等等，都属于这个剧场。蓝蓝的海水。由阳光、海洋、鲜鱼以及美酒所构成的、令人昏昏欲睡、安详的水世界。延伸至亲朋好友身上的身影。他们并非像现今的避暑者那样，半裸地躺在沙滩上，顶多就只是脱掉鞋袜并卷起衣袖而已。妇女们只能用膝盖夹住她们蓬得犹如气球的裙子，轻轻地用脚掌拍打水面；至于游泳，则完全不被允许。即便是男性，也不可以从事游泳这类活动。

乡下。这里很炎热。人们在辛苦劳动之余，会用白色的毛巾擦拭额头上的汗水；他们会将毛巾收在帽子或女性便帽底下。诸如玉米、向日葵、鸡、山羊、绵羊、驴子等等，都属于这个剧场。小朋友们匆忙地东奔西跑。西红柿大到几乎快要爆开。黑色的橄榄闪闪发亮，它们会被人们用刀尖刺穿。羊奶酪不会被弄碎，它们是平滑、湿润、带有微孔且新鲜的，不仅既不加盐、也不掺水，还会散发出如羔羊般纯洁的光芒。它们所拥有的超凡特质，是如今的羊奶酪所望尘莫及的。没错，在斯图加特的市场里，科廖·伍特芙他们的摊位所卖的羊奶酪，的确是当时联邦德国所能找到最好的羊奶酪；尽管如此，他们所卖的羊奶酪，仍是与传奇性的原汁原味差了一大截。

可别忘了，还有都市住宅这一套剧场。在夏日里，在一些用重重窗帘遮蔽住的住宅当中，有许多的男人蜷伏于重要的办公桌后面；他们是保加利亚某种存在的守护者。这些男人身着满是刺绣的天鹅绒上衣；其中少数完全忠于奥斯曼土耳其传统的人士，还会在头上戴顶附有流苏的锥状毡帽。门上装着天鹅绒材质的门帘，地上则铺着带有东方风情的地毯。有时候，某个家族的守护者会偷偷地溜进某个妓女家里，最终因此造成了丑闻。

接着，作为暴虐添加物的，则是发生在亚历山大·斯塔姆博利伊斯基[1]身上的恐怖故事。他是个不幸的总理，在1923年时，惨遭可能是由军人、共济会门徒以及马其顿人所组成的不明团体谋杀。他们把他的头砍下，将它装进一个饼干盒里送回索非亚。而他那双签下了丧权辱国的《尼什条约》的手，同样也被人砍了下来，并且被埋葬了起来。当然了，正当那个装有头颅的盒子被掀开之际，据说某人的一位（假想的）亲戚刚好就在现场；而那个在现场的人，就是伊万·内德夫斯基的叔公。伊万·内德夫斯基曾在斯图加特的奥尔格克从事汽车销售的工作。他身材略胖，人很和善。而他所贩卖的车辆，则都散发着柔和的粉红光，就宛如桃子的屁股一样。据说，他的叔公是位颇富传奇色彩的危险人物，脸上还留有传奇性的大胡子。

保加利亚人在自己的幻想当中总是十分地狂野。数百年来，他们总是希望，能比巴尔干半岛上所有其他民族加起来都更加狂野地奋斗。他们内建的幻想构造，全然罔顾实际的数值与可能性。倘若仔细地研究一

---

[1] 亚历山大·斯塔姆博利伊斯基（Aleksandar Stamboliyski, 1879—1923），保加利亚农民党领袖，1919年出任保加利亚总理。因试图与南斯拉夫建立联邦而签署《尼什条约》（Treaty of Niš），引发保加利亚国内民族主义者及军方不满，于1923年在军事政变中被马其顿内部革命组织（IMRO）抓获并处决。

下，不难发现，他们其实一直努力地在种植庄稼与经营贸易。(这使得别人对他们颇有好感；然而，也正是因为这些事情，让他们对于自己没有好感。)他们将近代历史发展的湍流全都挡在自己的幻想之外。

过去的七十年历史，似乎不太适合那些幻想的装饰。实际的保加利亚几乎不存在于保加利亚人的脑海里；被禁锢在里头的，只有他们的身体。

被践踏、被捣毁的保加利亚；这样的想法仿佛将我弄得终生瘫痪似的，使得我浑身无力地瘫坐在这张长椅上。我在这里究竟有何企求呢？吹拂过来的，依然总是既不冷又不暖、只是令人感到不舒服的风。一切都显得如此困难。似乎唯有保加利亚人的不幸是无可争辩的；因为，就连处在罕有的清醒时刻，保加利亚人仍是如同醉鬼一般，遍寻不着他们自己的幸福。

祖父母的幸福是一个多么让人目眩神迷的个案。

他们被视为幸福的一对。菲利门和巴乌希斯一起坐在博士公园的长椅上喂鸽子。咕咕、啾啾，快点来吃！世间所有不幸的怨偶们，快点过来瞧瞧，纳吉娅与洛博米尔是如何以欣赏麻雀的沙浴为乐。在他们头顶上的是足以与昏暗的省电灯泡媲美的白发苍苍。保加利亚的家人始终牢牢地依附在这个传奇上，他们一再公式化地强调："这是一对堪为表率的幸福佳偶！"

我们的祖父是鲁门的教父，他小的时候，就已经认识我们的祖父母。不仅如此，在他们家搬到另外一个城区之前，他还曾经陪伴他们度过无数个下午。我们应该要感谢他,因为他让我们看到了我们所不知道的另一面;当然,那些事情是他慢慢地、一点一滴地吐露出来,为此,他甚至做了一番挣扎。

也就是说,他们的情况其实是罕见的;即使是在一个虔诚的保加利亚人眼中,在一个基于敏感的民族情感而不愿对外国女人(尤其是像我这么小心眼的)透露某些事情的保加利亚人眼中。

不但是罕见,而且甚至可以说是非常的罕见。我们的祖父母当时住在索非亚列宁大道上的一个住宅区,这个住宅区是在20世纪60年代时才兴建的。他们居住的楼层是8楼。下面的六车道上,车子总是川流不息。而上面的屋顶下方,一到夏天,便会热得宛如烤箱一样。祖父跟祖母当时就窝在一个只有两个房间的小公寓里。周围的阳台上,除了一些蹦蹦跳跳的家兔以外,在祖父亲手钉的鸟笼里,还有许多鸽子在咕咕叫。此外,公寓里还有一间铺有瓷砖的小浴室,它可以说是这间公寓里的珍宝,因为会有热水从淋浴设备里流出,这可是相当奢华的一种享受!

邻居们(阿波斯托洛夫那时还是个小男孩)、部分的朋友们、祖母的姐妹以及她们的丈夫们、姑姑以及她的先生跟子女,经常都会跑来祖父母的小公寓里洗澡。

女婿淋浴完换两个外孙,两个外孙淋浴完又换小阿波斯托洛夫。这些时候,祖母也不会闲着,她不会乖乖地待在客厅里,而是会开始碎碎念,接着就去打开浴室的门,惊讶地看着那些男人或小男孩儿的裸体。当然喽,这样的举动,总是会引来女婿的斥责。她会马上退出去,并且宛如只是一阵风似的，轻轻关上浴室的门。然而，到了下个星期，她又会故态复萌，再度对众人展开奇袭！

总而言之一句话：她根本就是得了失心疯！她会不断地喃喃自语，还会持续地画着十字。即使是在完全没有丧失心智的状态下，她也会把亲人的名字搞混。时不时，她还会在家附近心神不宁地不断来回游走；严重时，甚至会去拉扯路人，搞得大家都不得安宁。即便如此，祖父跟祖母却仍是人人称羡的幸福佳偶！

他，道貌岸然。老是想着要教训年轻人。是个书写狂，写起字来就像个疯子一样。

她，很讨厌他写东西。

他，为了保持良好体态，每天早上都会利用哑铃做做运动。

她，在他躺在地板上举哑铃时，会对他喋喋不休。

他，在他做运动的时候，很讨厌她来干扰。

她，喜爱圣像，并且热情地追随着东正教的教会。

他，藐视宗教，认为宗教根本就是一种迷信、落后的精神状态。极度地厌恶圣像。

她，步子快得像小鸟在飞，可是很快就会感到疲惫。

他，迈着较大的步伐，走上一整天也不会累。

她，很讨厌他离家出走。这样的事情当然是鲜少发生。不过，万一不幸发生了这种事，她的表演天分正好就能派上用场。突然之间，不知名的怪病就在她身上蔓延开来，她不但心悸得很厉害，病情甚至还严重到令她呼吸困难，必须马上送往医院急诊。当然喽，在徒劳地胡乱医治了三天之后,她又安然无恙地回到家里头。

他,很喜欢借读者投稿来抒发一肚子的不满。他会写信去给集邮团体、研究世界语的团体甚至是家兔养殖团体,对他们破口大骂。当然喽,在日记里发飙,则是最基本的。

她,很讨厌他写东西。

他经常会大骂那些耽溺于享乐的运动;至于那些腐化人心的流行歌手,他自然也不会放过。而不论是哪种形式的大众消费,他都看不过去;对他来说,消费主义简直就是瘟疫是招致腐败的陷阱,说穿了,根本就是西方国家的阴谋!他的担忧简直离奇到令人觉得他或许从来就不是什么共产主义者,而是个极端的托尔斯泰门徒。他所追求的是一种简单、合理的田园生活,一种既没有暴力、更没有宗教的生活,至少没有像教会那样的组织。正常的需求止于何处?使人变得娇弱的奢华又是始于何处?他总是不厌其烦地琢磨着这样的问题。

这对夫妻的情况,大致上就是这样;只不过,这些内容皆是讲述者所透露的,几乎完全没有我个人的经历在里头。在我九岁的时候,我第一次被带往保加利亚,也就是在那个时候,我认识了我们的祖父。当时,一位完美的祖父,就现身于一栋名为"未来的胜利"的楼房里。他看起来很庄重,身形修长,身体也一直保持着挺拔,感觉像是个沉着、拘谨且和善的人。

这些日子以来,我一直将鲁门交给我们的一个活页夹带在身上。这里头除了有些祖父过去的手稿(鲁门还为我们翻译了),另外还有一沓亲戚们留给我们的照片。

这风可真是令人讨厌！为了不让纸片飞走，得牢牢地将它们给握住。此刻为时尚早，还能去喝杯咖啡。斜对面就有一家，还有个凸出的遮阳篷。这家咖啡店不但几乎没有客人，而且跟其他的店家不一样，他们居然也没有放音乐。

祖父所用的那些纸，可以算是贫穷的见证。它们内含木浆，如今已开始分解。此外，由于物质缺乏，所有的纸，不论正面还是反面，全都被写得密密麻麻，一点也不浪费地获得充分的利用。

像个伐木工。生着浓眉的伯特·兰卡斯特。

年轻时的祖父，应该是个脾气火爆又爱逞凶斗狠的小霸王，是个会使用暴力拐带女友私奔的无政府主义者。活页夹里祖父的那些照片给人一种印象：他是个既狂野又强壮的帅哥。

就连祖母当时看起来，也是散发着无限的魅力。在其中一张相当吸引眼球的照片里可以看到，在一张粉白的默片脸孔上，除了有一双水汪汪的大眼睛，还有一个不会大过柳橙脐的小嘴。这个年轻女子有些忸怩作态；人们或许可以从中看出，她绝不会踩着笔直、稳定的步伐走过这个世界，而是会一直碎步奔走。

祖父祖母年轻时的故事，以及他们后来相互煎熬数十年的困窘，这两者简直完全不一致。他们两个都很长寿：祖母活到 95 岁时先走一步，不久之后，祖父在 98 岁高龄时往生。

祖母出身于普罗夫迪夫的某个富商之家，她是她们家四个女儿当中最小的。祖父则是在他母亲严格的教养下长大的。他的母亲是位既果决又充满权力欲望的女性。她也很长寿，一直活到 109 岁才寿终正寝。她

佳偶

不但撰写过一些教科书，在 19 世纪、20 世纪更迭之际，她还曾经参与建立保加利亚的小学体系。祖父的父亲曾经在莱比锡与维也纳读了几个学期的哲学。我从他们那里继承来的一个小型图书馆，便是他曾经留学过的证明。如今那些平装书全都泛着铁锈色与青绿色的斑点，而在每一页的空白处，曾祖父都写满眉批；他是用尽可能削尖的铅笔来书写，上头所写的则是正确无误的拉丁字母。

祖父拐带走他的新娘时，几乎是身无分文。他先是放弃学业，并且展开一段如混混般的冒险生活。可是，渐渐地，他便又洗心革面，重新开始奋而向上。他先是去修马路，接着成了高级专员，后来还当上某家合作银行的经理，他还因此在故乡帕扎尔吉克坐上了副市长的宝座。一直到前政权取得政权，这一路的顺遂才画下句号。他先是遭到逮捕，接着又被送到采石场进行劳改。在那里历经数年艰苦的重体力劳动之后，最终，他被分配到一个适合他的会计员职位。在那之后，他领了 30 年的养老金；不过，由于他的养老金实在是太过微薄，还得靠子女与女婿们的接济。

祖父究竟是如何从一个逞凶斗狠的小伙子，变成一个道貌岸然、愤世嫉俗、梦想着托尔斯泰式田园生活的会计员呢？我们未曾从任何地方得知过当中的心路历程。连那些跟祖父感情比较好的亲戚们，对于祖父的转变，也全都说不上来。就这样，祖父的一生有很大一部分成了谜团。在我看来，祖父在精神上那种变得狭隘、偏执、如收银员般彻底萎缩，多多少少反映了保加利亚的沧桑史。

祖父就在担任某个收银箱的监护人时过世；那个收银箱是由他一手

打造的巧妙装置。他担任这个职位已经超过 25 年了。在他所住的公寓里有一座电梯,那部电梯的运转与维修,一直是他会去关心的事。为了筹措足够的电梯保养经费,他制作了一个小收银箱,将它安装在电梯的门把手上。只有在投币后,人们才能将电梯门打开,进而使用电梯。对此,祖父也做了详细的记录。在一份冗长的清单里,不但清楚地记录了所有的收费情况,就连历年来维修电梯所需的各种支出,也都仔仔细细地罗列了出来。自从祖父撒手人寰之后,就再也没有人出面筹措电梯的保养经费;也因此,那部电梯,最终就这么年久失修到再也无法使用。

在祖母身上发生的变化,其悬疑性并不会亚于祖父。她原是个娇生惯养的富家千金,不仅没读过书,更没有当过任何学徒。后来祖母不幸沦落为一个担惊受怕、四处逃窜的女奴;她不但害怕她丈夫发飙,之后因为被迫搬去婆家生活,她更恐惧她婆婆。

在她的婆家,发号施令的是她的婆婆。然而,很不幸地,她的婆婆十分地讨厌这个少女。她的婆婆觉得她是个没用的东西,是个只会拖累别人的蠢货;她在那个家里唯一的用处,就是当个出气桶!一些亲戚们坚称,曾祖母在年纪很大的时候,偶尔还会用剑斩鸡头!这话我是不太相信。用"剑"斩鸡头?这行得通吗?虽然我认为这个故事有点太夸张;不过,对于这位统治着一间小房子(这间小房子具备了回廊、厨房、五个房间,以及一个带有储藏室、猪圈与菜圃的庭院)的女主人的冷酷性格,我可是一点儿也不怀疑。

Jackie

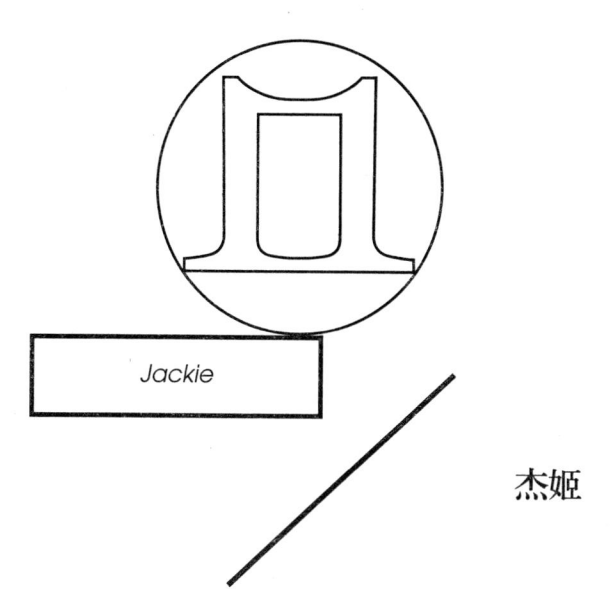

杰姬

女服务员长得很迷人,是个身材苗条的妙龄女郎。她有一对杏眼,睫毛虽然很长,却是如假包换。她似乎有些腼腆,也正因为如此,她的动作显得有点不太熟练,以至于杯子里的咖啡有少量溢到了咖啡碟里。这样的情况,让她变得愁眉不展。于是我试着用英文安抚她,她则回报我一个微笑;而她的笑容也让我产生了改变——

我心中突然引爆一阵狂喜。哦,保加利亚人真是世间罕有地美、世间罕有地好,如果能用他们的语言和他们交谈,一定宛如与天使对话一般。

然而,蜜月期总是昙花一现。这咖啡不但非常难喝,我还得担心咖啡会从杯子上滴下来弄脏我的活页夹。

这是个蛮特别的活页夹;或者,正确说来,应该说是个小活页夹。它原本应该是白色的,如今已然变成了灰色。这个活页夹上头除了印有"Kolektanto"(收集)字样,还印有其他一些排列成圆形封印的文字:"Amica Rondo - Klubo de la Esperantistoj – Filatelistoj"(女朋友圆舞曲 – 世界语同好俱乐部－集邮同好）；这些文字围绕着一个地球，地球里则有一把火炬。这是我们祖父最钟爱的点子，把集邮者和世界语爱好者串联起来，将他们共同置于托尔斯泰的学说底下。而为了实现这样的目标，祖父甚至还编了一份学报。这份学报上的文章，泰半都出自他的手笔，就连印刷也是祖父自掏腰包。尽管他自己根本拿不出足够的邮费，不过他还是会想办法，每年分成六次定期地将学报寄给读者。将学报寄出之后，他便会满心期待地等候读者们的响应；只不过，很遗憾地，若是偶有一两封来函，也都是姗姗来迟。

在索非亚的某个存放打扫用具的储藏室里，还留有满满一堆祖父当年编辑学报的文件。在那些文件当中，还有一些当年用世界语写成的通讯记录。除了寄自世界各地的来信以外，还有祖父回信的打字复本；这些复本至今仍是相当的整洁，而纸张上所有可以书写的空间，则是穷尽机器所允许的宽度全都被充分地利用。倘若稍微比较一下读者们的来函与祖父的回信，不难发现：来函总是很短，而回信却都至少超过一页。

在回信的原件上，祖父宛如小虫般的字体，密密麻麻地爬满了整张纸，细看之下，还真会让人感到有些恐慌！不过，这一切都只是在做白工而已。然而，这些纸张所要传达的真正信息，其实说不定就是：所有密密麻麻的文字，不过是徒劳无功罢了！

我很绝望。我活在自己的劣质获得众人的肯定之中。我对自己说：洛博米尔，你为何要用你的书信与请愿书把我搞得如此可笑呢？难道你完全没有察觉到，就连那些与你最铁的哥们儿，如今也都不再写信给你了；诸如博尔科·利亚乔夫、格奥尔基·佩内夫、科廖·根特夫等人。还有那位你最寄予厚望的坎塔耶夫医生，就连他，也都对你的"哲学"感到了厌倦；对于你长篇大论的"答复"，他仅以三言两语来敷衍。而斯托扬·巴塔克里耶夫则是只挂心他老婆的风湿病，对于你的提问，他总是避而不答。弗拉多·富切洛夫则是直截了当地让你明白，针对社会道德与政治这类主题交换意见，会令他感到多么的不自在。然而，你看看，这位柴姆·A. 伊斯拉埃尔，我曾经因为他所写的与儿童性教育有关的文章写信给他，如今他回信给我，说我们俩的观点真是英雄所见略同。我感觉得到了恭维。这意味着，我并未完全失败，至少在今天并没有失败。

这是一种监狱里的工作。囚徒日复一日地向全世界发信，收信人从赞同读到厌恶，最后干脆眼不见为净。只有那些负责枯燥的审查工作的审查员，才会睁一只眼、闭一只眼地去读那些信件；然而，总有一天，就连他们，也都会懒得再去浪费时间！

这些许的片段（这是鲁门从无数的日记、回信、申请书、抗议信以及专业杂志里的附录与短文当中为我们选译的一小部分），见证了一个人是如何走入绝境。他将所有的心力全都耗在一些可笑的小事上，而旁人难以理解的轻忽态度则让他抓狂。他处在一个众人皆醉的世界里，到处都是令他不得不发飙的背信弃义。

他曾与索非亚家兔养殖者中央协会杠上，原因是：在一场展览会里，"毛丝鼠属混种"的标识被误植为"毛丝鼠属"，而对于"蓝色维也纳兔"与"银色安哥拉兔"也未能正确地识别。他还写道："入口处所展示的样品笼，简直是瑕疵重重。不但喂食用的白铁碗十分地不实用，就连受孕箱的尺寸也太小；倘若按照笼里的陈设，母兔根本就不可能进得了它的巢。"

接着则是宛如巨兽般的一本日记。祖父就这么写啊写、写啊写。1000页？2000页？恐怕5000页都不止吧？他在1965年暂时中止了这个习惯；而最后的一句话则是结束在纸张的中间："表面上的解脱与真正的解脱，这两者的区别是。"

接下去则是空白。

在祖父64岁的时候，他收到了在德国的长子令人震惊的死讯。从那时起，原本每天至少动用两次刮胡刀、把胡子刮得干干净净的他，很不寻常地开始留起了胡子。在严守了40天的一般守丧期之后，他又再度将胡子剃掉。本是个顽固的无神论者的他，甚至还为他的爱子做了安魂弥撒。

其后在他还必须活下去的多年岁月里，每逢他儿子的忌日，他便会这么过：一大早便醒过来，跟着就在哀伤之中颤抖着；他既不进食，也不说话，就这么一个人静悄悄地走出家门；他会在外头狠狠地步行一整天，接近傍晚时分才会拖着疲惫的身躯回家；接着又是沉默不语、滴食未进地直接倒在床上。

到了1968年，祖父又开始写起了日记。而这回的第一句则是这么写的："那些不可能的事，在一个美国女人的身上全都变得可能。"他所指的美国女人，其实就是杰奎琳·肯尼迪，当时她与船王奥纳西斯的婚礼闹得满城风雨。祖父对杰姬是又爱又恨。虽然祖父从未公开承认杰姬这一型是他的菜；然而，娇小、柔顺、大眼睛，这些其实都与祖母的特质相去不远。杰姬的提包、剪裁合身的服装、发型、太阳眼镜、鞋子，甚至生活风格等等，无一不受祖父关注，也无一不受祖父所指摘。当杰奎琳·奥纳西斯身着比基尼、脚踩高跟鞋，在他的日记本里摇曳生姿地走来走去，这位作者便会大为光火，进而使劲儿地吹响巨大的道德号角。很显然，这个女人没有一丁点儿的妇德，恶形恶状倒是满坑满谷。

她挥金如土。位于斯科派洛斯岛上的别墅，只值九亿六千万瑞士法郎；对于奥纳西斯的新老婆的需求而言，这根本就太廉价了。她每天要是不花个一百万，便会神经衰弱。她拥有 657 双鞋；然而，当中没有任何一双，人在穿了它们之后能好好地走路。她的珠宝盒全都满了出来，可是却不拿出钱来救济穷人。她大老远飞去伦敦，就只是为了要逛逛那里的珠宝店。尽管总是有一大堆人在她身边前呼后拥，可是她却始终感到既寒冷又孤单。就算是请来的专业提琴手整晚在游艇上拼了命地拉琴，她仍是蜷伏起自己瘦弱的躯体，抱着双膝，独自一人在床上啜泣。她并不爱自己的子女；她既没有给予他们关怀，也没有给予他们负责任的教养。她是个沉沦的女人。唉，祖父认为，基本上，关于这个令人痛心的案例，其实还有很多可以写的。不过，他决定就此保持沉默；因为，这个女人之所以沉沦在自己的腐化当中，完全是咎由自取。

仔细想一想，为了翻译这些东西，鲁门到底花了多少的功夫，同情与自责的心情便油然而生。他做这一切，完全是出于自愿；他想把这些翻译好当成礼物送给我们。祖父或许会盛赞鲁门：既仔细又完美地将这件差事给办好！然而，我却感受到双重的内疚。一来是因为，我不但几乎没有当着他的面赞许过他所付出的努力，就连他辛苦地带着我们四处游走，并且细心地照顾我们的饮食起居，我也全都视之无物。

二来则是因为……该死的，又来了！良知勾画出一个男人的轮廓：高大、瘦可见骨、生着浓密的双眉。就在对面，他就站在对面的水泥电线杆旁；或者该说，"疑似"站在对面的水泥电线杆旁，因为他其实只是由少许的线条所构成。

他平和的眼神令我无与伦比地内疚。

倘若可以的话，他或许会离开我们。"离开"，这个字眼显然很合对面那位的意；仿佛还因此出现了掌声。从对面，从他所在的那个地方，传来了微弱的掌声；这当中还夹杂了川流而过的货车摩擦柏油路面所发出的杂音。接着，掌声自他那双萎缩、无骨的手上退去；那是因为，在对面的他，此刻又开始挥舞着他的右手。那双手所发出的掌声，其实意味着有失尊严；而在他的自尊心完全燃烧殆尽的情况下，我们当中任何一个在这边为你们张罗肉身与腿的人，谁也不许继续活下去，谁也不许有那样的念头。

离开，也许亡者们彼此之间也会这么做吧？还是说，倘若他们被持续地关爱，并且只是不安地相互飘离，对他们而言，这样的离开，是否其实意味着不情愿呢？

不论是儿子写给父亲，或是父亲写给儿子，这样的书信，连一封也没有。不晓得是他们从来就不曾写过信给对方，或是那些信件全都遗失了？或者，他们其实曾经想过要写信给对方，可是，每每才刚写下日期，他们的手便会不由自主地开始痉挛。

从我耳后传来一阵声音，似乎有什么人想要诓我。他告诉我，如今，他是个得到解脱的儿子，可以随心所欲地作为与不作为。他甚至还说，在上头的儿子们，组成了一支纪律严明的军队，准备要跟老子军队一决雌雄。

我问："那你呢，你难道不也是个父亲吗？"

老爸说："女儿不算。更何况，你们又还没死。因此，我在这上头仍只是个儿子。"

"这是什么荒谬的论调！死者才是最老的，他们会被一举抛进不可逆转的老年。无论他们死的时候是婴儿、儿子、鳏夫还是祖父，这些全都无关紧要；重点是，他们总是会变得比世间曾经有过最长寿的人瑞更老！""那么，他们的家庭关系呢？""可以忽略。跟在上头的你们每个人相比，我不但年轻，而且还是非常的年轻！"

时间到了，该走了。女服务生笑着来帮我结账。她的表情是如此地腼腆，令我也不由得笑逐颜开。

两位同行者早已守候在车子旁。他们所表现出的戏剧性的泰然自若，仿佛有个重要的主管机关出面劝解了他们：和平相处会比较好！我觉得这样很好，如此一来，我便可以安心地坐在后座，继续我的胡思乱想。在我上车的同时，他们两个正弯着腰，努力地研究着放在引擎盖上的地图，并且还用手指画出通往黑海的路。

鲁门就像以往那样懒洋洋地边抽烟边开车。原本顺畅的行车突然被鲁门的急刹车给打断;那是因为坐在前座的两位后来决定,我们不要直接前往海边,而要先绕去马达拉那个考古保留区。

为何不呢?考古保留区、印第安保留区、保加利亚民俗保留区、日夫科夫保留区;不管什么样的保留区,通通都很合我的意。很快地,我们便远离了城市。车子一直往上开,不久之后,我们必须把车子停放在一个岩石斜坡上。

这时,马达拉的天际只有三三两两轻薄的云朵。从远处望去,那个骑士的身影已模糊可见。那是一幅刻在岩石上的浮雕,看起来十分雄伟;只不过,相较于我们先前所见过的一些巨型雕像,它显得有些娇小与素朴。就如同在观赏一幅画中藏有对象的谜图那样,乍看之下,还真看不太出来上头所雕的究竟是什么?不过,在一番细察之后,那些无关紧要的东西便会退回到背景中,而画面里的主题则会跟着清楚地浮现。浮雕里的骏马优雅地举起一条前腿,双耳飞扬的狗儿则在一旁跳跃。在长年的风吹雨打之下,浮雕里所刻画的对象,尤其是那头蹲下的狮子,早已被严重地侵蚀。在这幅浮雕当中,曾与希罗尼穆斯[1]共居一室的猛兽,遭到了人类的猎杀,而非为人类所驯养。也许,这个地方的人并不晓得驯养狮子的好处。一头被驯化的狮子,不仅不会伤害人畜,还会在例如研习圣典时担任护法。在丢勒[2]的画里,狮子便是安详地睡在小狗

---

[1] 希罗尼穆斯(Hieronymus,约340—420),即圣哲罗姆(Saint Jerome),在早期的拉丁教会被尊为四位西方教会圣师之一,以研究《圣经》和注释经文闻名。

[2] 丢勒(Albrecht Dürer,1471—1528),德国文艺复兴时期著名油画家、版画家。此处指丢勒的《书斋里的圣哲罗姆》(Saint Jerome in His Study,1514)。

旁边。猎杀狮子是异教君主的特权，实际上，那应该是很残酷的画面；然而，在这个多孔、褪色、沙土色的背景呈现之下，竟变得一点儿也不血腥。

一头被驯化的狮子，究竟能取得怎样独特的智慧呢？在这方面，许多圣徒与哲学家都信任狮子。为何汉斯·布卢门贝格[1]是位撼动人心的哲学家呢？那是因为，他是位狮子哲学家。每天晚上，他都让一头温驯的狮子躺在他的书桌旁；当然喽，他这么做，也不是完全没有任何风险。布卢门贝格曾陪着他的狮子一块儿长大；跟一头狮子相处久了，即便是我，也会对它产生信任。在它毛皮上还散发着的、由于先前的残杀行为所遗留下的气味，从它口中所流出的、强而有力的呼吸，这些全都给了我一些例如关于老爸的想法。既狂野，又温和。一头狮子不会去清算，它完全不会计算。老爸呢？狮子或许会打哈欠，并且将头背向令它厌烦的事。绳索呢？狮子或许会用它尾巴上的"流苏"拍拍地上，权当一劳永逸地解决了这件事。

这幅刻在岩壁上的浮雕，是中世纪时的作品。我们在四周跟跟跄跄地逛了一会儿，并且俯瞰了一下大地。接着，我们又上了车，继续往海的方向前进。

---

[1] 汉斯·布卢门贝格（Hans Blumenberg，1920—1996），20世纪德国最重要哲学家之一。其研究主要通过解读神话、《圣经》文学文本，重构西方思想史。本书作者对布卢门贝格相当推崇，2011年出版的小说即以其名字命名。

Ans Meer

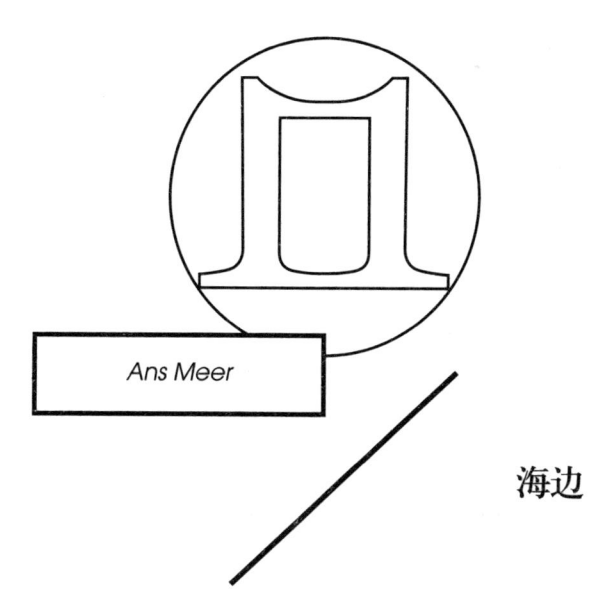

海边

往黑海的方向我曾经去过一回，只不过，那已是陈年往事了。我第一次到保加利亚旅行时，身旁没有家人作陪。当时是莉洛邀请我，于是，我便与她以及她女儿，三个人结伴同行。由于老姐那时正在瑞士山区的某个儿童营度假，所以此行并没有与我们一道前往。

我们是乘坐莉洛所驾驶的灰蓝色奔驰敞篷车前往保加利亚。到索非亚的这一路上，大多数的时间，我们都把车篷给敞开，沿途风光十分秀丽。莉洛会围上一条蔷薇色的围巾，双手则会戴上一副有孔的手套；此外，她还会搭配一副相当时尚的太阳眼镜。在从萨格勒布到贝尔格莱德那尘土飞扬的公路上，不管是沿途所遇到的工人，或是卡车司机，他们全都会情不自禁地多看莉洛两眼；莉洛简直就是他们的女神。当我们行经边界检查哨的时候，海关人员原先还一本正经地板着脸；可是，没三两下工夫，他们的傲骨便被莉洛给彻底地软化了。他们很高兴，能够有机会跟这位女士多接触一会儿；因为，仔细地检查这辆灰蓝色奔驰车，正是他们的职责。他们先是打开引擎盖与后车厢，接着还请我们将猪皮行李箱打开,以供他们查验;对于这位迷人女性的开锁动作,他们简直是百看不厌。行李箱中,除了丝质内衣以及有蕾丝花边的裤子之外,还有一只"新秀丽"的化妆箱。化妆箱一打开,仿佛揭开某个藏宝箱的盖子,眼前倏地闪现一阵金光;那是因为,在这只化妆箱里,除了有不少小瓶的指甲油以外,还有许许多多排列整齐的珠宝与首饰。这些小东西,让莉洛当场倍感骄傲!

她具有如驴子般的耐心,像这样的事情,总是能让她乐在其中;她不但不觉得这是在刁难,反倒觉得,这是一场与严肃的公务员在玩的冒险游戏。她在他们面前优雅地摘下了太阳眼镜,在卷发微微的抖动中,笑容满溢地露出迷人皓齿轻声细语:"是的""当然""很乐意""还需要护照与驾照吗?"……

这与我们父母所遭受的待遇,简直天差地别。他们两个所持的护照相当地可疑,每每在行经边境的检查哨时,总会被当成"无国籍的外国人"处理。这会让老爸气得脸色涨红,而老妈则是急得脸色发白。为何就连老妈也会荒谬地沦为"无国籍的外国人"呢?那是因为,他们两个早在1945年就已经结婚,由于当时新的公民权相关法规尚未上路,因此,倘若原本拥有德国籍的女性嫁给了外国人,那么她原本的国籍便会自动丧失。

在不幸的氛围与压抑的怒气笼罩下,他们就这么无奈地坐在雪铁龙的前座。总算通过检查站之后,由于那些不得不逆来顺受的羞辱,老爸往往会一连数个小时闷闷不乐,而老妈则是会激动到忘我,一路不停地咒骂这整个犹如法西斯一般的世界。与我们的父母同行,简直就像是在接受惩罚；然而，与莉洛一道通过边境，完全就是一种享乐。

在前往保加利亚的旅程中，我多半坐在后座（其实多数时间是躺着的）。我是出于自愿的；况且，从很久以前开始，后座便是我最喜欢的位子。当时我年仅九岁，不过，大概就是从那时候开始，我渐渐地能体会嫉妒的痛苦。人们最好对嫉妒敬而远之，别去挑衅它才是明智之举。莉洛的女儿比我小三岁，可是她天生便极端地善妒；只要她发现有任何莉洛宠爱我的蛛丝马迹，她便会因此大发雷霆。是以，想要亲近她的妈妈，或是想要坐到只有女儿才有资格坐的位子，这些通通都是不允许的。再说，我也不是很有兴趣欣赏前方的街景，躺在后座我反倒比较自在；况且，后座还有个相当舒适的枕头呢！倘若风吹得太强，我便会瑟缩地蜷在毯子底下。要是阳光太过刺眼，我则有一副儿童用的太阳眼镜。为了不让头发被吹得乱七八糟，我还会在头上绑一条头巾。

在车子行进中，我喜欢躺着仰望天空。由于我的眼睛与天空之间完全没有车顶的阻碍，我可以在双重动感中尽情地享受云端上的舞台。虽然南斯拉夫的天空呈现出暗沉的深蓝，可是同时却也泛着某种特殊的光；在太阳眼镜的过滤下，或许还减低了些光亮。

柔软而苍白的云散布在天上。有拖着长长尾巴的云朵，有靠脐带相连的云朵，还有许多有着鼓涨的脑袋再度抱成一团的云朵；在它们之间，更有飞机的凝结尾迹轻轻地划过。这些云朵有太阳这个对手，它总是用它炽热的阳光瞄准它们，将它们尽数驱走。接下来便轮到它在天际耀武扬威；直到新的云团成形、壮大，它们才会再次展开下一回合的交手。

天际上演的搏斗，总是能让人看得热血沸腾。举目所及的一切，仿佛全是为我度身定做的各种消遣。莉洛、莉洛身上飘扬的围巾、奔驰车、淡黄色的皮垫、在我们头上飞舞的小鸟、引人入胜的天空图。这是个多么自由、流畅、灵动的世界。老爸老妈走了，老姐走了，呜呼！所有的一切全都是为了我而动，而且动得如此的顺畅。全都是为了我而轰轰隆隆为了我而叽叽喳喳。它们让完美的活塞在完美的节奏中运行。它们赐给我梦想，扶我轻轻地倚在靠背上，让我在此体会到前所未有的安全感。我必定是个重要的创造物，上天才会耗费这么多心力，为我一劳永逸地赶走不幸。

此刻的我是幸福的。

然而，到了索非亚之后，一切便结束了。人们将我遗弃了！莉洛还不如把我丢进森林里算了；因为，在祖父母那既破败又拥挤的公寓里，我陷入一种既崭新同时却又古老的不幸。我呆坐在一张高椅背的黑色椅子上。这些椅子是一整组的，是过去他们曾经有过的好日子里留下来的家具。椅子上罩有橄榄绿的天鹅绒布套，布套上则有带着巨大叶片的葡萄藤交相缠绕。

这些椅子鲜少有空闲的时候。为了欢迎我，许多、许多的亲戚陆续到来。有时来的人实在太多，不少人根本就没有地方可以坐，搞得大家都不知如何是好。在这一大堆人当中，我觉得只有祖父是个理性的人。他总是怡然自得地坐在桌子首端，一语不发和蔼地看着我。

祖母我则是早已认识；一如既往，我还是会尽量地躲开她。在全体表决通过的情况下,他们拿了一小盘"Sladko"[1]来招待我。某种水果干,就如同被封在琥珀里那般,封在一团超黏稠的糖浆里,整体看起来,呈现出褐色的外貌。而最恐怖的,则莫过于它的味道:这东西吃起来,简直甜到令人痛楚!

我将碟子推到一旁。然而,此时的我,根本就无处可逃。我只能呆坐着,默默地接受许多激动的亲戚们爱的亲亲,以及一大堆陌生人口沫横飞的闲聊。

祖母的姐妹们可真是让我印象深刻。祖母的大姐当时已经很老了,她只能拄着拐杖勉强地行走。我原本还以为她是个静谧、恬淡的人,完全没想到她竟然那么爱出风头。她会突然间如火山爆发般使劲儿地清理自己的嗓子,就仿佛她胸腔里有一大块的痰等待着自己的发言时间。

茨韦塔姨婆俨然是这群三姑六婆的头儿。她是个烟不离手的交际花。我看着她的嘴巴,不禁想到外婆曾经跟我提过的一个词,"巴比伦荡妇!"那张嘴,只有巴比伦荡妇才会有这样的一张嘴。由于她的嘴唇天生就薄,于是乎,她不仅只是将口红涂出唇线外,甚至可以说是溢出四周边缘许多,简直就快超过一半的脸颊。也因此她就这么涂鸦出一张一半像恶魔、一半像小丑的血盆大口。好一张被笑容撕开的、多动的、一刻不得闲的嘴!不仅如此,在这张嘴后面的一口烂牙,同样也让我感到莫名的害怕;那是因为我实在很担心,不知在何时,也会被这张嘴给亲上一口。谢天谢地,幸好这样的惨剧没有在人间上演!

---

[1] 意即"甜心",是一种保加利亚的甜品。

我铁定是最没幽默感的小孩儿。

茨韦塔姨婆是个滑稽的人;只不过,我当时不但完全不懂她的苦中作乐,更不明白,在那个仿佛人人都被强迫穿得像蚂蚁游行的压抑年代里,她所表现出的自信。她会用旧的窗帘布缝制既火红又带有大花图案的衣裳,因此在她的额头四周,或是在她的嘴部附近(那张闪亮的嘴,那张挑衅、嘲弄平均主义的嘴),普遍泛着绝望。

在其他方面,她也是个很有意思的人。她为了强调自己的堕落,因此烟不离手,并且以此来惹恼祖父。当时我完全听不懂她在说些什么,因为她只会说保加利亚语。有些亲戚会说很烂的德语,不过倒是有些亲戚说法语说得极为流利;尽管当时我还不会法语,可是在德语、法语交相使用的情况下,彼此之间倒也还能进行些简单的沟通。

姨婆不但很瘦,而且双腿还略为外曲,算不上是什么丽质天生的美女。不过,她的眼睛倒是蛮绿的,头发即使不能归为金色,也算得上极为闪亮。那时候,她把头发染成一种红金色,简直就是超级活泼跟招摇。在当时保加利亚人疯狂迷恋金发的氛围里,光凭她的眼睛与头发所呈现出的特殊颜色,便足以让她颠倒众生。后来我才知道,在茨韦塔姨婆的住处有一只巨大的箱子,里头除了有褪色的舞曲清单、压花、讣闻以及成堆附有红白流苏的贺年卡之外,还有数百封不同男性寄给她的情书。

一个褐红色的旧粉盒(上头还有一个当作盖子的柔软毛刷;若是将盖子打开,一股旧粉味便会扑鼻而来。这个产品的外形看起来,就犹如缩小版的图卢兹-洛特雷克那个时代的软垫凳)、一把玳瑁折扇、一条珊瑚项链、一个有刺绣的盥洗包，这些全是茨韦塔姨婆的遗物。在她过世多年之后，有一回，我曾将它们拿在我的手上。据说，有个深爱姨婆的男人曾为了她自杀。

我实在不清楚，附在我身上的、幼稚的摩尼教徒，为何会做出如此严格的区别呢？同样是打扮得花枝招展的女人，莉洛不管做什么，好像都是天经地义，可是换成我们家的人，那就万万不可。在我看来，茨韦塔姨婆就好比一幅描绘广受欢迎的失败者的滑稽画；正因为如此，她才会令我感到十分地诧异。此外，她也上了年纪；对于年长的女性而言，存在着另外一套规则。外婆和她的 11 个兄弟姐妹都奉行这一套规则。人们无须对他们的服装做很大的改变，他们便能够永远地化身为 18 世纪木版画上的人物。

他们个个看起来，都像是年高德劭的路德教派信徒：不但全都穿着黑色衣物，就连衣服最上面的那颗扣子，也全都扣得好好的；他们头部下方是坚挺的白领，全身除了脸部与手部以外，其他部位的肌肤从来不曾裸露；女性不施任何脂粉，完全保持素颜；他们的身上会散发出些许的肥皂味，偶尔顶多只擦一滴古龙水；至于女性的头发，则毫无例外地会扎个蝴蝶结。直到今天，这仍是我心目中年长女性唯一合宜的形象。我被形塑成一只宛如被康拉德·洛伦茨[1]以人工养殖方式带大的灰雁。

接着还有米拉姨婆。她完全是另一种典型。她给人第一眼的印象就

---

[1] 康拉德·洛伦茨（Konrad Lorenz, 1903—1989），奥地利动物学家、动物心理学家，现代动物行为学创立者之一，1973 年获诺贝尔生理学或医学奖。——编者注

是：一个心宽体胖的高大村姑。她不施脂粉，身上老是穿着一条围裙，大部分的时间都在厨房里忙进忙出；一会儿挥汗如雨地煮着饭，一会儿又忙着将菜肴端上桌，等大伙儿酒足饭饱之后，又得负责把碗盘收走。在那些姐妹当中，她总是会自告奋勇，仿佛有被虐倾向似的，欢欢喜喜地在那儿做着苦工。

我不晓得我到底得在索非亚待多久，三天吗？五天吗？还是更久呢？待在索非亚简直度日如年。有人带我去维托沙山脉郊游，还有人拖着我去洗土耳其浴。土耳其浴澡堂的女性专用区，简直就像迷宫一样。澡堂一直通到一个冒着蒸汽的巨型洞穴里，里头有一大堆一丝不挂的妇女；大伙儿就这么汗如雨下、无所事事地呆坐着，以此将皮肤上的污垢给清除掉。一旁还有几位身形略显肥胖的女性监督者，在那儿盯着众人的一举一动；不过，基本上不管有谁向她们提出任何请求，她们一概不予回应。在水雾当中，不论是搓澡的声音、毛巾拍打的声音，或者是女人们说话的声音，无一不是超级刺耳。

然而，最令我害怕的莫过于黑夜。祖父与祖母睡在客厅的一个角落，他们两个头对头地各自睡一张单人床；这两张床沿着墙壁呈直角排列，而在它们上方的两面墙壁上，则满满的全是圣像。我被安排睡在客厅另一个角落的沙发上。到了夜里，陌生的感觉油然而生；宛如我与完全陌生的人被囚禁在一起。白天里好不容易培养出的些许好感，一到夜里便全都销声匿迹。我很严重地沦为自我聆听者与气味防御者。那边会传来阵阵的打鼾声，我只能一动也不动安静地躺着，用我的两根手指把鼻子捏住，以此来防御从那边传来的气味；只不过，掠过手指的呼吸，同样化成长长的噪音。每个鼾声都会激起我一些念头。在一个房间里有三个会自己呼吸的人，然而，是什么在我身上呼吸得既压抑又响亮呢？

那时候，祖父跟祖母还没有完全显露老态。

在他们身上，前后对比的效果相当显著。后来，祖父放下了他的火爆脾气，变成了一个与世隔绝的怪老头儿。祖母则完全抛弃以往的羞怯，彻彻底底地表现出发号施令的权威。她将他年轻时对她所做的事，悉数报复在他身上。祖父开始逐渐失去听觉之后，祖母总是会故意更小声地跟他说话；借由这个小动作，让他必须更加吃力地，才能明白她在说什么。

在那些令我难以忍受的夜里，那场长期存在于他们之间的支持与反对圣像之争，祖母显然已经占了上风。尽管祖父对这些圣像恨之入骨，祖母还是依然故我地，将它们挂在他的脑袋、肚子还有双脚上方；祖父必须睡在先知以利亚[1]的下方。不过，那幅圣像因为曾经惨遭火吻，所以上头的一些色块早已脱落。之所以会发生这种事，是先前为了要带头做示范，某位住在帕扎尔吉克的老师，把一堆圣像全拿出来焚毁。那幅以利亚圣像所描绘的是，驾着金色马车向天上飞去的以利亚，被他抛下的披风，缓缓地从天而降。米拉姨婆将那幅圣像抢救下来，至少是部分地抢救下来。于是，后来祖父只好每天晚上都乖乖地睡在那个被烧到半毁的升天者底下。

---

[1] 以利亚（Elijah），生活于公元前9世纪，名字即意为"我的神是耶和华"，是《圣经·新约》中最重要且最常被提及的先知。

那幅圣像迄今还留存着，现在它则是挂在我们表妹阿塔纳西娅家的狭窄走廊上。它原本应该是很美的一幅画，可是，如今它的边缘全都变得乌黑。不仅如此，就连以利亚的脸、他的圣光、马匹的臀部以及马车等许多部分，也都因为惨遭火吻而泛着些许黑点。唯一完好无缺的部分，就是以利亚的蓝色披风。这件披风极为华丽，四周还附有以金线缝制的玫瑰色皮革边饰。在那幅圣像里，那件披风整件完好地缓缓从天而降，地面上还有许多啧啧称羡的目击者朝它的下端躬身前倾。

在表妹家的狭窄走廊上，还挂了另一幅我也知道的圣像。睡在它下面的祖父还在世的时候，它挂在祖父的膝盖上方。那是一幅以褐色为底的祝祷十字架。上头所描绘的耶稣基督，看起来不似平常所描绘的那般痛苦，不仅他的双足置于一块宽适的小木板上，就连手上与脚上渗出血丝的伤口，也全都只是轻描淡写。在他双手的右方与左方，也就是在横木的两个边上，可以见到有太阳与月亮；若是视力良好，或是睁大眼睛仔细地瞧，不难发现，在这位救世主的头顶上，其实还有一团如松饼般的星体。在他的脚底下，绘有一个中世纪的城市，整座城市的用色十分活泼。再往下，则是一块波浪状的岩石，岩石上头还有不少骷髅头张大嘴巴在那儿酣睡着。

张口，闭口。

多年之后，当老姐睡在同一张沙发时，同样也为她带来了一个可怕的夜晚。老姐当时已经17岁了，那一回是她的保加利亚处女行。那时候祖父跟祖母的身体状况已经大不如前。老姐待在那里期间，他们一大一小两把老骨头，小的围着大的，一直痛苦地在他们房里打转。

到了夜里，祖父的口腔总是会打开，并且鼾声大作。为此，祖母还曾在某个夜里突然将灯打开，气得坐到祖父的胸口上。在呼吸困难的情况下，祖父也不禁醒了过来；只见祖母用她的食指在他眼前用力挥舞，并且一直对他发出嘶嘶声！这真是"惊醒"的一种体现。在我们的旅途中，老姐将这件事说给鲁门听。听完之后，他深有同感地发出了会心一笑；因为，他小时候也曾去睡过那张沙发，同样也经历过类似的场面。那神秘的嘶嘶声究竟是怎么回事呢？瘦弱的祖母解开她的头发，宛如夜魔般蛰伏在祖父的胸口上，她其实只是想确定，他是不是还活着。

过了几天之后，随着夜晚的可怕逐渐被驱除，我开始对祖父稍微产生了一点信任。他既不会要求我做什么，也不会拖着我去哪里；只不过，他饲养家兔与鸽子的事，还是令我感到相当失望。当时我对托尔斯泰当然还一无所知，更遑论他那简单生活的理想。倘若那时候我能懂得这些事，那么，对于祖父想要在他的阳台上实现这样的理想，我或许会更觉得荒谬。那个延伸出两个房间转角的阳台，其实就只有毛巾那么宽。往下面看去是一条六车道的马路，正对面有个相当难看的住宅区，而斜对面则有个种着矮树丛、略显脏乱的公园。阳台上其实十分嘈杂，根本无法在那里谈话；不过，祖父反正是重听，所以这一点对他而言根本就没什么。若是祖父肯开口的话，他其实是所有亲戚当中德语说得最好的一个。

在紧邻列宁大道的阳台上，我不禁极度怀念起我们坐落在代格洛赫的花园。当时的我看来，那个花园相当大，不但是个自由、冒险的场地，还是个供儿童、猫儿、狗儿尽情奔跑的乐园。就连陌生的狗儿，我

196　　　　　　　　　　　　　　　　　八百万个老爸在路上

们也都很欢迎,尤其是那些我们父母的友人所带来的狗,它们当中有不少具有令人难忘的特质。可是鸽子跟家兔?尽管鸽子们见证祖父慈爱的画面相当可爱,不过我当时却始终不明白,为何一个老人会把全部的心力投注到这么无聊的生物上?那些鸽子经常会飞到祖父的肩上、头上甚至手上。接着,祖父便会宛如和平人士那般将双臂展开,并且尽可能地朝他那个破阳台的水泥护栏外延伸;就仿佛他邀请天空来参加一场庆典。也许,实情根本就不是这样,而是完全相反:他或许在请求天空,将他从手臂下架起,连同他与他的鸽子们全部掳去。

几天之后,莉洛和她女儿又回来接我。接着,我们便往海边的方向驶去。

Varna

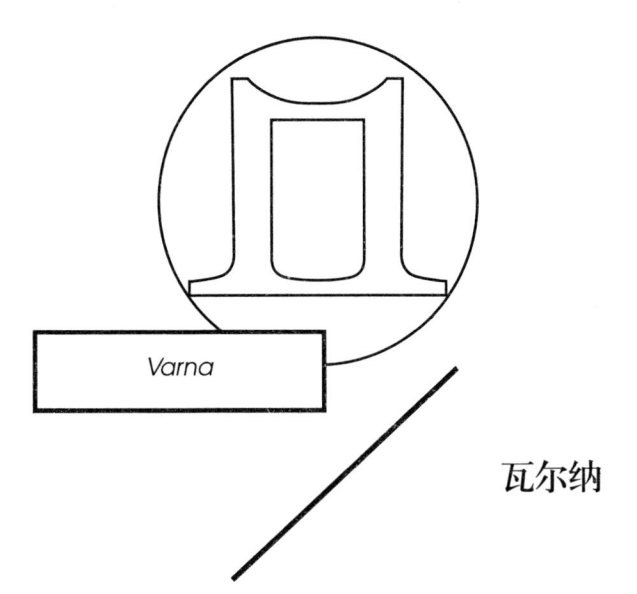

瓦尔纳

我们距离瓦尔纳已不远了。

在这座城市映入我们眼帘之前，倒是先在尘土飞扬的卡车公路旁见到不少的妓女。这些女人实在很值得同情；不过，说真的，我还从来没见过如此丑陋、如此可怜的妓女。她们身上捆着色彩鲜艳的塑料，脚下则蹬着靴子。从年幼的到徐娘半老的，各种年龄层都有。她们就站在满是垃圾的斜坡上，绝望地对着过往的司机们笑着。为了一点微薄的酬劳，她们错乱地希望能被某个男人带到后面的矮树丛，或是跳上某辆车前往最近的停车场。霎时间，但丁所描绘的那些地狱之苦，在我看来，根本什么也不算。那不过是些充满诗意的折磨，是些没有真正在燃烧的火，是些为了享受诗词之乐而化脓的溃疡。然而，在这里，在耀眼的阳光底下，一切是如此的鲜活：大大小小令人讨厌的东西、汗水、精液、尿液、脓疮、鲜血、嘶吼声、殴打、瘙痒、苍蝇、破酒瓶、塑料垃圾、荨麻、钻入皮肤里的无用之物。保加利亚站街女的命运，就如同数世纪之前那些麻风病人的命运，全是一样的残酷。然而，到处都看不到有什么基督传人的身影，可以来为她们疼痛的双脚涂上膏油，或者能够救赎她们当中的任何一个。

跟这里的妓女相比，那些由桑科夫介绍来老爸诊所看病的妓女们，过着简直如贵族般的生活。尽管这些女人为老爸带来了丰厚的收入，他似乎总是无法将他对于卖身妇女根深蒂固的鄙视完全抛弃。在老爸去世多年之后，有位曾经在他诊所里工作过的护士小姐向我透露：有一回，老爸很生气地对她发飙，原因就只是她帮一位这类女病患穿上大衣；当时，那位女病患其实病得很严重。我一听，立刻就认为确有其事。大多数与老爸有关的传言，总是把他描绘成神秘莫测、天纵英才的典型；然而，这个故事不同，它除了讲述一个未经修饰的反应，就再无其他。完全没有任何理由去怀疑这位女性陈述者；她不但为人和善，而且还曾忠心耿耿地跟在老爸身边工作了十一年。

瓦尔纳看起来比舒门还要漂亮。在驶进城里的路途上，这一点已再明显不过；至少，在这里的主要干道上，全都种植了棕榈树。在它们那慵懒地往东北方摇曳的凌乱叶片上，弥漫着一股浓浓的海洋印象。然而，对于一个位于水边的城市（它甚至是一座十分古老的城市）而言，这样的印象最终却令人感到无比地失望。这里一点也没有法国或意大利海滨城市的那种闪亮。放眼一处稍具特色的地方，四周竟然全是林立的大楼，整片区域全笼罩在它们愚蠢的压制力之下。我不得不将原本充满仰慕的眼光再投回叶片剥落的棕榈上，因为实在找不到更好的观览对象。

我们原以为此时并非旅游旺季，应该很容易能找到栖身之所。想不到一找起旅馆，居然四处碰壁。当然喽，那幢活像怪兽的大楼，那座本城最大的饭店，肯定会有空房。

哪怕这时外头忽然涌入载满游客的 20 辆游览车，饭店入口的大厅里仍会显得空荡荡的。大厅里铺了一张布满菱形花纹的地毯（有绿色、浅灰色、茄紫色；而在每一个大菱形里，则都带有两个古板的小菱形，充作头部的冠饰），它看起来，就宛如一个通往巨型脚气症状地狱的集结区。孤寂的工作人员待在一个仿佛远在数公里外的柜台后面，我们显然很难与他取得联系。倘若有位比较腼腆的人进来想询问些什么事情，真的会有人听得到他的声音吗？这家饭店给人一种经营不善、死气沉沉的感觉。尤其是它的气味，格外地令人难以忍受——刺鼻的清洁剂的味道；也许该说是，散发着清洁污垢的味道。在我看来，每天早上都有不少清洁污垢从水桶里溢到地毯上，接着，一小撮的霉菌便落到了含有肥皂油污的泥垢上，这些霉菌就通过它们勤奋的小手，以及不断开合的小嘴，将原本与它们为敌的化学物质，转变为对它们友好的养分。

这是一家适合喜欢铤而走险的人士入住的饭店。此外，从鲁门在广阔的大厅里慢慢地朝我们走回来时那低头不语的身影，大概就能猜得出，这肯定是一家会让顾客的荷包大失血的饭店。

在苦寻未果的情况下，最终我们只好投宿一间虽然小但倒也不会很丑陋的小旅馆。这家旅馆最后一回打扫窗户，恐怕已是多年之前。玻璃上结了一层灰色的薄膜，刺眼地反射着阳光。房间里弥漫着污浊的空气。将窗户一打开，对面工地嘈杂的机器声立刻猛力地冲了进来。我的偏头痛一心在期待着这样的下榻之处,一到了这里,它便立刻欢欣雀跃起来。有鉴于此,我遵循着佛家的训示,"让苦痛通过你的身体,别去理会它们",躺到床上,暗自决定,接下来的两个小时,无论发生什么事,我都要心如止水地躺在这张床上。

在一家蹩脚的旅馆里,想着那些可以让人带着愉悦心情过夜的精致饭店,这么做也许完全不符合佛家的法门;不过,对我倒是极有帮助。举例来说,在之前护灵的旅程中,塔巴科夫为我们安排旅馆的那份体贴与周到,简直令人赞不绝口。我们当时下榻的每一间饭店,虽说不一定是最奢华的,但铁定是当地顶级的饭店。光凭这一点,就足以让他令我倍感亲切。的确,他确实很用心地为我们张罗了一切。

在苏黎世,我们就在阳台的蓝白遮阳篷底下远眺大湖。苏黎世湖的空气散发着一种美梦般的喜悦。每天清晨,大湖总会蒸散出一件柔软、闪亮的织品。轻柔的甜茅属水生植物,安详地徜徉在湖面上。具有玫瑰色手指的曙光女神,先是轻轻地触碰那些水生植物,继而柔柔地抚向大湖所在之处,抚向它那泛起涟漪的表面,随后便从它的表面飞掠而去。在我那紧临湖畔的房间里,在被湖水洁净过的空气中,这个世界竟有几个小时是完美的!

我甚至会以调和的方式来设想我们的父亲。所有萦绕在我们四周的父亲当中,有一个上面的父亲,有一个下面的父亲,有一个在一旁的父亲,有一个饶舌的父亲,有一个沉默的父亲,特别是,还有一个高傲的父亲,以及一个谦卑的父亲。而掠过苏黎世湖并且在端详着这个房间的,则是一个完全不在意所有分类的快乐父亲。他会发出微弱的赞同声。他食指的阴影,曾经在一幅绘有几颗带着斑点的鸟蛋的油画上停留了一会儿。我甚至差一点就听到了他的歌声。

即便我们一点儿也不想知道,与父亲的好声音有关的任何事情;可是,与此有关的一切记忆,此刻却在蠢动不停。也许现在真的是时候,该为他说几句话了!

父亲有时也需要一个振作的方向。身为人父,不能总是倾向于毁灭。他有时也会过过有益且愉快的生活,有时也会显得轻松而开朗。是的,他也会振作,兴高采烈地向上振作起来。

"你一直在哼的歌,它的歌名是什么?"

"不晓得,就一首歌吧。"父亲说。

"受欢迎、富有、快乐,为什么这些不能永远维持呢?"我说。

"唯一的瞎忙就是责任心。"父亲说。

每当有什么事情让他极度高兴,他不但会被袭来的开朗心情拖着走,还会开始哼哼唱唱。完全不同于更为枯燥的施瓦本人,完全不同于那个他陷在其中、枯燥的蠕虫巢穴,他拥有轻松地翩然起舞的才能。此外,他还具有奢侈的性格;无须多想,随时都准备好,要将大把银钱花在这上头。他不会穿得很阔气或是很可笑,他具备了一种能从现实过渡到非现实的微妙审美观。关于这一点,从他所购入的一些画作,或是从他订制的西服,便可以看出来;他所选择的布料,可以说十分地绝妙,色泽总能呈现出宛如蝴蝶羽翼般的效果。

此外,鞋子的奇迹这件事,同样也为苏黎世的完美再添一笔。在未经我要求下,一早醒来我便发现,我的鞋子被人用棉纸仔细地包好置于我的房门口,而这两个小包裹甚至还用金色的纸封住。我不晓得,这里的工作人员所使用的鞋油,究竟是用什么东西做的。他们是不是曾经在瑞士的部队里受过训练;说不定,他们还会在鞋子上吐口水,好把鞋子擦得跟镜子一样亮。我的鞋子闪亮得简直就像准备要去参加阅兵一样。不仅如此,鞋子的气味也十分地美妙,在幽幽的皮革味之中,夹杂着些许杏仁油的淡淡清香。

到了晚上,两大张为我们所保留的长桌,供我们开怀畅饮。塔巴科夫的致辞原本搞得大伙儿手足无措;可是,过没几分钟之后,一切便雨过天晴,他又开始跟我们谈笑风生。这群施瓦本的保加利亚小集团,心情好得不得了。没人料想到塔巴科夫竟会如此慷慨,一阵信任的氛围就这么从童年时光吹拂而来;那是一种我们曾经熟悉的节庆氛围,当时,那些保加利亚人每年都会在圣诞假期里举办一次聚会。

东正教的圣诞节根据儒略历来计算,也就是在 1 月 6 日至 7 日间的夜晚。由于在斯图加特只有很少保加利亚人信教,因此,这个节日就像一个大型的家庭聚会,大家聚在一起跳舞。唯一能够提醒大家"我们的聚会其实是具有宗教背景"的事物,就是一根木头;在这根木头上,附着一顶带有金色纸星星的纸冠。当时的聚会,都是在市中心一家由保加利亚人所开的酒馆里举行。正因为如此,端上桌的几乎清一色全是保加利亚的菜肴:包有幸运银币的皮塔饼、萧波斯卡沙拉、巴尼察软心起司酥饼、填满馅儿的青椒或茄子、酸的葡萄槭肉卷、一种名字很难记的怪异红糊,还有一种用水果干制成的糖渍水果。酒馆里到处都用鲜花装饰着。小孩子们不是彼此共舞,就是排成一列围着桌子绕圈圈。大人们此时都不会来干涉；有些人品好的大人们，甚至还会基于好玩，要求小孩子们表演跳舞。整场聚会大概会持续半个夜晚，到了最后，我们会如绦虫般围着自己的轴翩翩起舞。在回家的路上，我们则会浑身发热且幸福地倒在后座上呼呼大睡。

这些聚会最吸引人的地方在于，所有与保加利亚有关的人都聚集在这里，不管他们的社会地位与职业如何。在环形的长椅上，一些身着深色西装的男人在那儿坐着；他们看起来，仿佛每天晚上都窝在那里，仿佛更接近家门口一般，并肩窝在他们保加利亚的偏远小城。电器专卖商旁边坐的是进出口贸易商，针织内衣代理商旁边坐的是汽车销售员，在菜市场摆摊的自豪小贩旁边坐的是医生，再旁边则是玫瑰花农。顶着烫过的金发的太太们，在她们不跳舞的时候，则会聚在一旁嚼舌根，彼此互相交流一下斯图加特最新的八卦。而酒馆的老板不但会随时注意让现场保持活力，而且还会热情地为大伙儿斟上他珍藏的法国葡萄酒（他们绝不喝保加利亚产的葡萄酒，因为就连保加利亚的爱国者们也都觉得，他们自己的酒很难喝）。

对了，东乔·吉青，那位玫瑰花农！我完全忘了这号人物。他还活着，他的太太显然也是。他们当时坐的是另一张桌子，在我们的斜对面。所以，塔巴科夫并非当初那个小团体迄今唯一还活着的成员。他踩着蹒跚的步履走向他的座位。稍早前，他还曾附在塔巴科夫耳边跟他说些事情；而由于他的身体十分虚弱，话说完后，他得要相当吃力地将身体略为往前弯曲才能起身。对于围绕在他四周的那些珍馐美馔，他一点也没有兴趣。就座之前，他还得先用手稍微摸一摸椅背。也许就是因为这样，我才会一直误以为他早已作古多年。

这位玫瑰花农，可谓是他们那个小团体里的"极品"。

他是个既瘦弱又不起眼的"小"男人，可以说正当青春年少的时候，他便已经枯萎了。他曾在斯图加特的政府机关工作，负责市区里垃圾桶的设置与维护。然而，培植玫瑰花才是他真正热衷的事。后来，他便在费尔巴赫的葡萄山上经营了一片花田。他不仅是位古典英国玫瑰的专家，还收集了许许多多不但花香浓郁且名声响亮的品种；只不过，他老是会用带着弹舌 R 的怪发音来念这些玫瑰的名字，例如：Cottage Rrrrose（雅居玫瑰）、Morrtimerr Sacklerr（莫蒂默·萨克勒）、Sisterr Charrrity（慈姑玫瑰）等等。他如数家珍地道出这些玫瑰花名的声音，也许是在我耳里与他有关的唯一记忆。这位玫瑰花农总是沉默寡言，除非事情已经到了非开口不行的地步，否则他绝不轻易吐出只言片语。他的一双兔眼，总是绝望地四周张望，仿佛遍寻不着什么似的，只听他轻轻地叹口气，接着才开口；或者该说，更常见的情况其实是一语不发。有些恶毒的小道谣传说，他太太曾经因为在某件小事情上惹他不高兴，结果他竟然就对他太太冷战了八年！事实上，他的太太不太可能会去惹恼别人——那群嫁给保加利亚人的太太当中，她或许是最和蔼可亲的一位，完全就给人一种与世无争的感觉。此外，她也不是那种好吃懒做的人；相反地，她可是既聪慧又勤奋，不但在一家建筑师事务所担任建筑绘图师，回到家还得教养三名子女。

吉青家后来培养出了一位固体物理学家，她的名字叫伊丽丝；为了这次的移灵之旅，她还特地远从辛辛那提飞回来。而她的两个兄弟，斯特凡与亚历山大,则是共同在阿尔高创办了一家展场搭建公司。在那天晚上,他们兄弟俩就如同两根柱子般坐在他们父母身旁。虽然吉青家并没有遗体要迁葬,不过塔巴科夫还是邀请了他们;而他们全家,则是一个不落地,全都来共襄盛举。

为什么塔巴科夫不直接取道贝尔格莱德,反倒选择先经过苏黎世与米兰,接着再过海到希腊,这么费事地绕一大圈呢?原因之一在于他喜欢海;这条他所择取的路线上,分布着许多他所钟情的饭店。另一个原因则是,他对塞尔维亚人着实相当地反感。

他之所以不喜欢塞尔维亚人,或多或少是与他那位拥有希腊血统的母亲有关。据说,他的母亲出身于充满传奇色彩的法纳尔家族[1]。他们从很久以前开始,就已经纵横于黑海一带。到了奥斯曼土耳其统治的时期,他们不但没有因此式微,反倒还提升了自己的地位。塔巴科夫的母亲应该与拜占庭帝国的坎塔库泽努斯家族有亲戚关系;只不过,应该是极为远房的亲戚就是了。

实在很难想象,他那身为某个历史望族直属后裔的母亲,竟然会没有闻到冷战的烧焦味儿,进而及时地逃出铁幕。

许多故事就这么从塔巴科夫的袖子里一一地抖搂出来。话锋一转,塔巴科夫接着又讲起阿卜杜勒-哈米德二世的故事。他是奥斯曼土耳其最后一位伟大的统治者,又被人称为"该死的""胆怯的"或"多疑的"。

---

[1] 法纳尔家族(Phanarioten),指居住于君士坦丁堡(即现在的伊斯坦布尔)境内法纳尔区(Fener)的希腊家族成员。法纳尔家族靠经商起家,在17世纪已经拥有巨大财富,18世纪作为政府文官进入奥斯曼土耳其帝国官僚体系,拥有很大势力。

我们这位在佛罗里达发大财的富商，完全不害怕跳进坟墓里，直接去对那位留着尖胡子、现已僵冷的君主建言，教他如何让他那个病入膏肓的金融体系起死回生。

"巴格达铁路！"塔巴科夫一边高呼着，一边讶异于我们对此竟一无所知。

"黑海本该是法纳尔家族的囊中之物。"塔巴科夫断然地呐喊出他的精华版历史，同时还紧握起拳头。

上饭后甜点的时候，我把座位换到他的附近。此时他已平静下来，又开始讲述起他母亲的事。他把他的母亲形容成一位既高大又充满自信的女性；尽管塔巴科夫并没有提到，不过我却隐约听到了，由头饰所发出的一阵叮叮当当的响声。不仅如此，这时我的脑海里甚至还浮现出一幅画面：塔巴科夫的母亲将黑海狠狠地握在手中，接着，就如同挤海绵那样，用力地将黑海给挤了下去，霎时间，黑海的水就这么流过她的下臂。一提到"母亲"与"海洋"这些关键词，塔巴科夫整个人便会不自觉地热血沸腾起来；这也使得他三不五时便要环抱一下自己的秃头，好让自己稍微冷静下来。

我们本来有幸分享更多塔巴科夫的海洋梦幻，只不过现在还不是时候。第二天所有的礼车整齐划一地驶出了车库，仿佛它们先前曾经做过预演。在戴着鸭舌帽的司机为我们将行李装上车之后，我们随即启程前往米兰。塔巴科夫究竟如何办到，让这长长一列黑色车队畅行无阻地穿越意大利的边境，对我来说，这件事迄今仍是个谜。我们所到之处，无不引人注目。在公路上，路人纷纷探出窗来（他们吃惊的表情让我留下了深刻的印象，就仿佛我用具有摄影功能的双眼，拍下了他们目瞪口呆的瞬间）。孩子们拼命向我们挥手，有些甚至忘我地将毛绒玩具抛向空中。为了观赏我们的车队，许多行人在街道旁伫立良久，一直到我们的车队在他们的眼帘中消失为止。

恐怕就连最挑剔的人也没有料到，在住过了苏黎世那美妙的饭店之后，我们居然还能更上层楼。

"萨沃亚王子。耶稣基督呀，这什么名字啊！"

要是我再这样亵渎他的名字，耶稣基督恐怕会用钢铁般的偏头痛来击倒我。

我们尴尬地杵在入口，多数的成员都神情紧张地忙着整理自己的服装仪容。在踏进饭店的时候，大伙儿不禁羞赧地东张西望，满脸狐疑地反问自己：自己真的配住进这样的皇宫吗？然而，马尔科与沃尔菲这对兄弟却不这么想；尤其是那个搞清洁能源的家伙，他居然一派轻松地站到那个壮观的新艺术风格圆顶底下，宛如是个童话故事里的胖老爷，理所当然地将这间房子当成自己的家。其他客人们从半睐的双眼里对他投以异样眼光，他不仅完全不受影响；相反地，仿佛这些异样眼光又弹回那些攻击者，在他们身上造成严重的创伤。

几分钟之后，正当我跟老姐要去试一下总统套房专属的游泳池之际，我们又再度遇到这对兄弟。那间总统套房是塔巴科夫自己要住的，不过他邀请我们去使用套房专属的游泳池。在我们去敲他的房门时，身着浴袍的他，一边在讲电话，一边漫不经心地为拿着行李不知该往哪里走的我们指路。

从两排窗户看出去，壮阔的美景让我们受宠若惊，我不由自主地抓住了老姐的手。柔和、微红的暮光洒了进来，使得整座泳池闪耀得犹如一颗土耳其蓝的巨型珠宝。池底有两条用黑色与白色碎石所砌成的海豚在戏水，它们头对尾、尾对头地围成了一个圆圈。一跃入这池水里，各种思绪便如流星雨般不断地闪现；无奈这时却又惊见那对双胞胎在这里出现。马尔科过来用他的双手拍打水面，仿佛是在进行某种跳水练习似的，把自己溅得浑身都是水。沃尔菲则宛如游泳纪录保持者一般，固定地游在他的水道上；他的头上还戴了一副带有黑色橡皮套环的精致蛙镜。他井然有序地将头往左、往右偏。老姐再一次让我感到钦佩，她是个很容易专注的人，可以就这么跳下水去，轻松地找到自己游泳的方式与节奏，不疾不徐地游着。我就不同了，我总是放不开，还经常会喝到水；而在这里，我还得在这兄弟俩之间闪来闪去。在这萨沃亚王子饭店的泳池里，我几乎游不出去。

第二天早上，当我们在温室里用早餐的时候（哦，他们的餐饮车以及里头所装满的珍馐美馔可真是美妙。谁来为你们无声揭起的银盖写首适合的赞美诗呢？），大家却见识到判若两人的塔巴科夫。他完全无视在那里来来去去的任何人，只是自顾自地看着报纸。任谁跟他打招呼，他是一概相应不理，就仿佛他再也不认识他的宾客了。

沃尔菲，这个在游泳时装作不认识我们的家伙，在早餐时又再度装作不认识我们；他也跟塔巴科夫一样，隐身于报纸背后。对于这对双胞胎兄弟充满戏剧性的演出，我真的是受够了。于是，我决定换去坐另一部礼车，改与吉青一家同行。

Roxy

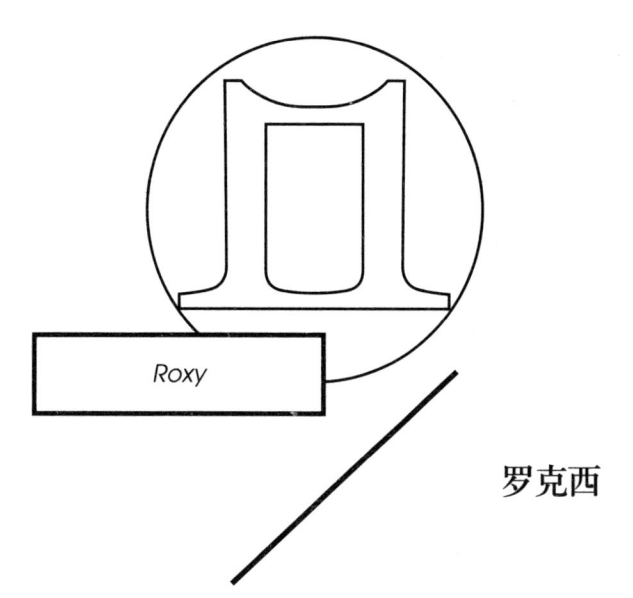

罗克西

鲁门带着些许担忧等待着夜晚的来临。早在几天前,他曾与目前住在瓦尔纳的一位老同学通过电话。不出所料,他的这位好友表示要招待我们;只不过,鲁门的这位同学,可不是一般的保加利亚人!也许他以前在学校里很平凡、很随和,甚至很幽默风趣;可如今,却再也不可同日而语了。眼下的萨济科·特伦达菲洛夫,已经贵为一位帮会老大;他在连番的地盘争夺战当中,已在令人垂涎的海滩地区巩固起自己的一方势力。这些你来我往的争夺战,可不是什么全无危险的儿戏,在无数的刺杀行动与枪战之中,前前后后至少已有上百人因此丧命。尽管由于地盘分配的局势目前已大致趋于底定,故而先前的腥风血雨如今已转为风平浪静;不过,一旦有什么新势力想要进来插旗,或是旧势力之间有人想要报复或挑衅,这里很快又会变成尸横遍野的修罗场。萨济科·特伦达菲洛夫已经摇身一变,成了一个危险人物。然而,更劲爆的是,他竟然娶了他以前老大的女人!据说,他以前的老大是被他亲手解决的;不过,这应该只是恶意的江湖传言罢了。

鲁门其实不太想跟他往来。他多半是以电影《滑稽人物》的角度，来跟我们讲述从前年少、彷徨的萨济科。据他所述，他们以前在考数学的时候，同学们总得用写满答案的纸团丢过去帮他。我们很好奇，他的势力到底有多大？鲁门只是笑而不答。如今我们不能回头了。我们很清楚，一旦陷入不得不然的情况，会让鲁门的处境变得多么为难；这可不是我用偏头痛当作借口就躲得了的。

鲁门看起来比任何时刻都要紧张。他不但不停地抽烟，还会没来由地笑，偶尔甚至会用外套袖子去擦拭额头上的汗珠。他换挡换得很不顺，让我坐得相当不舒服。我们循着山路蜿蜒而上，这座山立于市郊北方，路面似乎刚铺过柏油。我们沿着一堵墙开了很长一段距离，这堵墙似乎才刚整理过，上头还涂有砖红色的油漆。接着，我们在门前停了下来。

一个大门再加上安保人员，这是我们早已料想到的画面；当然喽，还有四周满布的监视系统。我们始料未及的是，这个大门竟然是一个四米高的金属结构，模仿城门的样式打造，除了两个扇面之外，门上还附有横木与凸出的钉头，看起来非常沉重。

尽管这个大门看起来了不起只有三岁大；不过，我仿佛听见它在说："打从有《圣经》的时候，就已经有我！"

鲁门下了车，先是对着一个对讲机讲了几句话，大门的一个扇面随后便缓缓地开启。这时出现在眼前的，是两名头戴电子通信器材的安保人员。由于他们宛如雕像般站在那里一动也不动，使得我们不知道该如何是好；就连鲁门也都显得有些困惑。鲁门只好坐回车里，先将引擎关闭。想不到就在这时,其中一位警卫居然招手要我们把车子开进去。在低速前进的情况下,我们沿着里头的一条路,缓缓地将车子开到宅院前。引道看起来不再像城堡的样式,而是像皇宫的样式。道路两翼还有两个亭子,它们并非镂空、法式迷你的那种,而是相当精实。这不禁让人想到很久以前普鲁士人所盖的警戒室,令人费解地弄成八角形。举目所及,这里的花全都开得十分狂野,就仿佛有人在花坛里打翻了香槟。主建筑延伸得很长,它有个原石砌成的基底,上头有褐色与深蓝色的分隔面,三楼还有呈拱形、突出的窗户结构。

一位身着白色衣裤、踩着稳健步伐的男子迎面向我们走来。诚如他自己所表明,他正是这里的主人。鲁门都还来不及下车,他便先用手指摸摸鲁门,接着探进车里亲吻他,并且用手捏捏他;这是如假包换的保加利亚礼仪。接着,彼此还得互相摩擦一下长满胸毛的胸部,用手拍拍对方的肩胛骨,再来一阵寒暄、抱怨及欢呼。一出知心好友失而复得的戏码,全都按照艺术的规则进行。

我悄悄地跟老姐说:"还是英国人比较讨人喜欢,他们顶多就只是跟别人握握手。"

特伦达菲洛夫先是给我们姐妹俩行了吻手礼,随即宛如击鼓似的用英语对我们说:"鲁门的朋友就是我的朋友!"

我们在找寻一些蛛丝马迹:研究一个干掉别人、然后从中获利的男人,着实是件相当刺激的事。

我们从他身上嗅到些许"自诩为万物的尺度"这样的气息。他不是个爱取乐的人,却还是很原始,原始到不会在乎自己生殖器的味道。对于一个保加利亚人来说，令人惊讶的是，他身上竟然没有飘出化妆水的气味。他把一头既乌黑又闪亮的长发往后梳。倘若他身上宽松的衬衫是黑色的话，教宗或许也能穿在身上吧。他既不胖也不瘦，既不高也不矮，可以说，全身上下没有一点特色。而他那头向后服帖的长发，简直就是不必要的赘饰。等等，毕竟还是有什么特殊之处。萨济科的牙齿咬合略为不正；不过，那顶多也只是在人们身上所可能发生的、最不危险的牙齿排列。不认识他的人也许会认为，他完全是个和蔼可亲的人。

这位主人领我们进入一个虽然低矮却十分宽敞的厅堂。厅堂里的地面选用天然石材，上头还铺有波斯地毯，看起来绝非劣品质。一旁陈设主人的珍藏，一部分保存在橱柜里，一部分则无拘无束地暴露在外。光照之下，这里简直就像一座人类学博物馆。许许多多的收藏品，是不同民族在他们奋斗的历史过程中发明的，后来它们不幸被埋入地下。有盔甲的残余部分，有五花八门的武器，还有各式各样的厨房器皿。

身为客人，我们有义务安静地欣赏一下主人的珍藏。萨济科很有耐心地一件接一件为鲁门介绍这些宝贝的来历。在那之后，我们从鲁门那里得知，原来这些古物出土于保加利亚，它们是自希腊、色雷斯、罗马相互争战的时代遗留下来的东西。

在一块石碑上，刻有狮子撕咬鹿的场景。有一颗用石头雕成的马头，它的马鬃宛如刷子一般直挺挺地竖起，张大的嘴巴仿佛在愤怒地嘶吼，鼻子附近偾张的血脉也都清晰可见。在一旁的立架上，几只大腹便便的古希腊双耳陶罐在等待解答：为何人们把它们做得这么大，却不让它们能够独自站立？一张带有龙爪的石桌，低矮得活像一张长椅。一个环绕着牡羊头的剑柄,一把顶端带有几颗鹿头装饰的木杖。一个头盔的上半部,上面还带有裂缝以及后头的一个尾巴;对于现今保加利亚人的颅骨而言,这个头盔的尺寸似乎是小了一点。此外,在一块黑色石碑的上方,悬浮着一个有孔洞的、镀银的护胫;据说,这个护胫可以治疗脚痛,因此它已跻身神器之列。

墙上挂着一对相互交错着的剑,一旁还挂了一件毛毡披风,披风上头则缀有大量的小金片。展示柜里摆放了许多的箭簇,它们被整齐地以扇形的排列方式缝在布上。一旁还有不少鱼形的双刃金属片,以及许许多多辔具与马鞍的残存碎片;更甭提,一大堆的古钱币、孢子、马嚼子等等。接着则是这些收藏当中最珍贵的宝贝之一:一尊令人陶醉的黄金骑士,他身上的衣物仿佛在飘动着。这位骑士原本应该是在重击某个东西,可惜的是,被他重击的对象如今已经损毁了。

也许人们为萨济科挖遍了所有山头,并且跪在他面前,将所发现的珍宝呈现给他。

听鲁门说,萨济科的父亲,曾与日夫科夫[1](已故保加利亚领导人)那位作风另类的爱女柳德米拉有过婚外情。柳德米拉是个身材丰满的能干女孩,说话的声音很小,她不但相信神石的疗效,以及各种保加利亚圣物的神力,而且更相信自己具有预言未来的本事。许多20世纪七八十年代通过大规模考古挖掘所发现的东西,最终都呈到她的面前;

---

[1] 托多尔·日夫科夫(Todor Zhivkov, 1911—1998),前保加利亚共产党第一书记(后称总书记),1954年至1989年执掌保加利亚政权。被迫辞职后,被判处7年监禁,1996年被宣布"无罪释放"。

她将这一切解读为预兆。她深信一个由保加利亚人所建立的奇迹国度就快要来临了。在历经一场意外事故之后，只要在公开场合亮相，她的头上都会包着一条头巾；也许，这么做是为了要掩饰，她的脑袋已经有些不太对劲。当时人们盛传她的头盖骨里被嵌入一块银片；这听起来就宛如约瑟夫·博伊斯[1]的毡靼银片神话。柳德米拉的脑袋始终不得安宁，一直到它呕心沥血地为柳德米拉想出一套谱系，才终于能稍稍获得喘息。这套谱系一直回溯到公元前324年，它为日夫科夫家族带来重要的根源。因为，他们的先祖，曾经是亚历山大大帝手下的一员猛将，曾经是色雷斯战士们的楷模。在上万名士兵与上万名波斯妇女大规模的通婚计划中，他们的先祖迎娶了他后来的妻子；那是一场由亚历山大大帝亲手促成的、极具象征意义的欧亚民族大融合。

这位穿得一身白的主人继续引领我们往前；就在此时，原本一声不吭静静地待在角落的"它"，突然站了起来。"它"是一只灰色的獒犬，可能是来自尼泊尔。在它起身之际，有一块唾沫从它脸上的皱褶里溅了出来，它随即便懒洋洋地跟在主人后头。它是一只相当平和的动物，很难令它激动起来。我立刻被它所吸引，不禁好奇地问特伦达菲洛夫，它叫什么名字？"罗克西！"哦，原来它是只母的。在我对着它呼喊它名字的时候，它还是乖乖地站着，并且慵懒地随处张望。

下一个房间同样也是既低矮又宽敞；不同的是它上头有一个浅浅的

---

[1] 约瑟夫·博伊斯（Joseph Beuys, 1921—1986），德国著名行为艺术家。1940年参军，1943年驾驶飞机轰炸苏联克里米亚地区时被击落，在颅骨、肋骨和四肢全部折断的情况下，被当地毡靼人救起，并最终恢复健康。——编者注

圆顶。这个圆顶的底是深蓝色的,上头除了有颗木制的太阳以外,四周还环绕着许多木制的星星。

这里头让人感觉有点冷。

这个房间的风格有点像中东的会客室、有钱农夫的客厅以及猎熊人的小屋,这三种不同类型的混合体。倘若同时有一大堆客人一起涌入,他们可以坐在环形的长沙发上,并且将脚伸到一些低矮的桌子底下。不过,再仔细地看一看,这个房间其实倒也蛮像神殿。有两个神殿的台阶通往位于窗户前、相互分开的许多拱门。在被抬高的座位四周,摆设了不少木雕作品。墙上则挂了许多毛绒绒又厚重的东西;除了熊皮以及带有流苏的纺织品之外,在它们中间还有一排附有沉重饰品的民族服装。

再往上走几阶并且通过一个走道之后,地上变成桃红色的瓷砖,四周的墙壁很平整,同样也是桃红色的;我们现在通过的是一个现代的房间。这里头除了摆了一些悬臂椅与安乐椅之外,还设有一个巨型的酒吧。数以百计的酒瓶,就在红色与金色的半圆柱之间整齐地排列着。而在它们前面的则是一个贴满方形金箔的吧台。倘若把那些酒全拿走,这里可以拿来当作某家巨星级美发沙龙的等候室;因为,这里还有一大堆封面闪闪发亮的杂志,可就是不见半本书。

还有……不会吧,我实在不敢相信,对面的墙上竟然有……杰姬!没错!那是安迪·沃霍尔"杰姬系列"里的杰姬。我立刻朝那儿走了过去。这显然是一个早期的系列,一旁如明信片般大小的牌子骄傲地公布着:安迪·沃霍尔,十六个杰姬,1964年。六个头戴药盒帽露出微笑的杰姬,十个身为寡妇的杰姬。不过,她们看起来却是比微笑的那些还美；黑色、正直，嘴部附近带着些微犹豫，当然，还有其他不一样的地方。正如美国诗人艾伦·金斯堡在幸运的"LSD"年代里吟唱的："神圣的杰姬，永恒里神圣的时间，时间里神圣的永恒。"

在博物馆里，我可能随便看一眼就离开；可是，在这里……我发觉到，内心的激动似乎唤起了头痛；一时之间我竟感到有些头晕目眩。这些事现在还不能跟老姐说，尽管在一连串空间更迭的参观过程中，她也同样感到相当惊奇；只不过，她迄今尚未读过祖父日记里的相关陈述。鲁门也明白这当中耐人寻味之处。对此，萨济科并没有说些什么，只是沉浸在淡淡的迷惑里，在一旁油腻地笑着。过了一会儿，他觉得这样也差不多了，于是便先走出去。

紧接着映入眼帘的，同样又是一个"旧识"：第二座游泳池。不过，这回的游泳池大了许多。那是座鳞光闪闪、富丽堂皇的巨型泳池，四周还环绕着种植于矮桶里的棕榈。有个女人坐在一把大型遮阳伞底下，一只吉娃娃从她的大腿上跳下来。这是小狗当中宛如泼妇骂街般最糟糕的那种，嘶哑、神经质，一点儿也不想停下来，就仿佛在对着鲁门的裤管破口大骂。鲁门每往前一步，它便在刺耳的狂吠声中随之倒退一步。最后，它又跳回那个女人的大腿上，并且继续在那儿嘀嘀咕咕地抱怨着。与此同时，那头真正的猛犬，却只是宛如雕像般纹丝不动地站在那儿，自顾自地看着海。

这幢房子的前面，宛如一道笔直的屏障，可是它的后面，却是一个呈半椭圆形还带有护栏的大型花园。我低声地对老姐说："前面文艺复兴风格，后面华盛顿风格。"只是，这么说并不完全贴切就是了。游泳池位于正中央，相当的醒目。草坪简直比绿还要绿：说不定，每隔三个小时，它们就得喷上一次染色剂。右边的远处，在夹竹桃丛后面，有一个用铁丝网围起的方形场地，看样子似乎是座网球场。

萨济科为我们引见他的太太。她就坐在位子上，漫不经心地伸伸手跟我们打招呼；这下子，那只吉娃娃又再度激动起来。一些座椅被摆出来。接着，有位仆人迅速地用一个托盘端了许多开胃酒。

很远处的下方便是大海，此刻看起来有点灰蒙蒙的，一动也不动。

她比她丈夫更会说英语，甚至就连法语也说得很流利。对于我们的造访，她似乎不那么欢迎。从几米外短暂地一瞥，她就像是一尊被装上深褐色卷发的小人像。不对。她的眼睛相当特别，是既深沉又浓密的蓝色，这不是一对飘忽的眼睛，它们带有令人望而生畏的精准。最让我感到讶异的是，她显然比萨济科年长了许多；也许，至少相差十来岁吧。就我们所知，这种女大男小的老少配，对保加利亚人来说，简直难以置信。无论如何，她看起来就像超过 50 岁但保养还算得宜的女人。萨济科与鲁门同龄，最多应该不会超过 45 岁；况且，他的眼皮上还带有一点婴儿肥。

如此不需要动用到脸部肌肉便能谈话，简直就是一门艺术。

我们要不要在吃饭前先游游泳呢？旁边的更衣室里，有准备好的泳衣和毛巾。我跟老姐考虑一下，最后还是婉拒主人的邀请。不过，鲁门就逃不了；萨济科这时已经握住他的上臂，拉着他到了旁边的更衣室换泳衣。过了不久，他们又走出来。男主人身上穿了一件酒红色的浴袍，浴袍上靠近心脏的位置还有一个徽记。鲁门的浴袍上则没有徽记，是件像水手服颜色的蓝白浴袍。他们将浴袍脱在躺椅上,二话不说,两人随即屈伸着双膝,臀部先下水地跳进池里。

罗克西自顾自地卧倒在一旁。我们三个女人则在池畔聊起来。女主人问我们觉得保加利亚怎么样?我们便以一些模式化的答案响应:很美的国度,这里的人很热情,不论走到哪儿外国人都同样受到欢迎。就是在这样的对话当中,我仿佛感觉到有不少虱子开始在我身上跳动。我摇晃着杯子里的冰块,喝了一口金巴利开胃酒。喝错了酒,顿时我便察觉到它并不适合我当下这个慌张的胃。此时大约是傍晚7点10分。

我让老姐负责跟人聊天——这显然是个错误之举。没过几分钟,这家的女主人就显得有些受不了我老姐了;不过,她倒是还能接受我。这是一种我们早已熟悉的经验。相较于老姐,那些麻烦的女人似乎跟我还比较合得来。她们会在老姐身上嗅出一些竞争者的味道;对她们来说,老姐就像是爱神的仆役,她虽然是在半梦半醒之间跟人闲聊,可是很容易便会被任何男人给唤醒。至于我,她们则完全不会把我想到那里去;当然喽,在这里也是一样。从这位女主人那里,我获得了她还能腾给一个女人的些许好感。

我把话题转向小狗,希望借此能够带我们脱离困境;我甚至还夸奖了她怀里的那条坏狗狗几句。那只小狗一直在发抖。她露出如丝线般浅浅的笑容说道:"罗克西与卡托是很好的朋友。"尽管我委实不明白,这头大约一米四或一米五高的獒犬,为何会跟那只歇斯底里的"小老鼠"是好朋友?不过,我当然没有加以反驳,只是向对方表示,它们的友谊很可爱。

卡托用它那对凸得都快掉出来的眼睛直盯着我。

我则是一直打哈哈,顾左右而言他。我在想她是一颗手榴弹,而他则是一个在残酷与生意方面受过严格训练的人。他是一个牙齿咬合不正、半开化的男人。她则是一个心狠手辣的女人。"罗克西!"我低声地叫着。卡托应了一声吠叫。罗克西则仍将它的口鼻贴于地上,只有额头的皱纹微微地上扬;是的,在短短的一瞬间,它的一只温和的褐红色眼睛曾瞅了我一下,这一下击中了我。

老姐自顾自地随意聊些她想聊的话题;我实在无法一直专心地参与。这幢房子里不见半本书。今天不是5月24日吗?是保加利亚的文学节、保加利亚的教育暨文化节——康士坦丁·西里尔节;也就是,那位哲学家以及他的兄弟美多德的节日吧?这个节日是纪念由他们所发明的字母吧?古保加利亚字母吧?(保加利亚人似乎宁愿忘记,这对兄弟其实从未到过保加利亚,而那些字母也是由他们的弟子所创。)

我的天啊,这幢房子里或许真的连半本书都没有!这是一种宣战,拒绝向死人学习。

那么,你自己呢?你学了什么?怎么学的?你到底想要些什么,什么呢?海面上覆盖着层层薄雾,一层叠着一层,看起来模糊不清。夕阳西沉。一阵刺痛。学了什么呢?跟谁学的?全是错的。我们是一个小矮人(homunculus)的子女。拉丁文"小矮人"的复数是"homunculi"吗?这下子轮到"敲击"[1]登场了,就是我的偏头痛,被这些字给敲了出

---

[1] 敲击(das hammert),此处指妹妹遗传自父亲的严重偏头痛。

来。错！全错！我们拥有正确的父母，但自己却是错误的子女。完全错误的子女。笨得跟猪一样的子女。乖巧、腼腆，可是却笨得跟猪一样的子女。令人作呕的子女。

在不晓得该如何祛除这阵敲击的情况下，我又喝了一口金巴利开胃酒；一大口，有一部分还因此从我的嘴角溢出。罗克西又瞅了我一下；多么善良的一瞥！罗克西，没有你我该怎么办呢？造孽：完全错误的子女，温驯、愚蠢的子女。我们的父母所需要的，或许是恐怖分子，而不是他们所得到的温驯、愚蠢的子女。在任何平静的时刻，也许我们都不该憎恨他们。我们或许该惹他们生气，该令他们恼怒，该让他们情绪高涨。最晚到四岁的时候，我们的行为举止，或许就该像个法西斯主义者。"Emporio-"，不对，"Empi-ri-o-kritizismus"（"经验批判主义"），12、14、18个字母。"Was tun"（"做什么"），太短了。"Über die Linie"（"越线"），也是太短了。"Das Übel an der Wurzel packen"（"追问一件事的原由"），太长了很难计算。相反地，我们却始终很平静，乖巧到简直令人想吐。好了，别再说了！可是，不，罗克西也很乖啊。哦，是啊，罗克西又乖又漂亮，漂亮到令人皱眉。还有，它是灰色的；不，不是烟灰色，是亮灰色。"Spe-he-zialglänzerfell"（"特别光彩夺目的毛皮"），20个字母。拥有极度温驯的性格，闪亮得就像……

得快点去趟"厕所"（Klo，3个字母）；在该死的一分钟之内，我一定得走到厕所。老姐帮我问路。我注意到了，罗克西也站了起来，一直跟着我走到门口。接着，有个仆人告诉我该怎么走。在这种时刻，正常的步行速度已不敷使用，我得悄悄地加快步伐；依然是在行走，还没有到奔跑的程度。就是这儿了，门，快关门。掀开马桶盖，吐。

敲击，刺耳的声响，我不禁一个趔趄。尽管如此，我却感到轻松许多。当然喽，我还乖乖地用沾湿了的卫生纸清洁了一下；只不过，正当我弯下腰之际，立刻又涌上来一阵不舒服。就在我欲将身体打直的时候，随即又来了一下；就仿佛我颅骨的细缝，就在那一瞬间，突然地爆裂。我赶紧用水冲冲脸，接着还漱了一下口。在回程的路上，我不禁自问：为何不干脆把它们全吐在桌子上算了？为何一直要等到12岁的时候，我才开始试着把老妈逼疯？老妈一直完全与世隔绝地活在自己的哀伤之中。她让自己沉迷在赚钱里；每天早上7点，她便提起药品销售代表的公文包，坐上她那辆大众汽车四处去推销。到了晚上，她整个人都累瘫了；对于我发起的有系统的挑衅，她完全没有兴趣。唯一让她感兴趣的，就只有公路地图。从魏林多夫到图特林根该怎么走；要怎样才能从维尔弗里德·普夫莱德雷尔医生那里开去阿希姆·梅茨格医生那里。我已经有很长一段时间不能再拿这个来向她抱怨了。

那个东西我也忽略了。往左，在斜坡的边缘，有一半是看不见的；那里似乎有一颗像是复活节岛雕像的大头颅，面朝海的方向。那件作品是用木头做的，肯定是保加利亚的现代雕塑，说不定，还是一根给罗克西咀嚼的大木棍，谁晓得呢！为了取悦罗克西，我也会把它放在我的花园里。这条狗在露台的出口等着我。接着，它便跟着我一道走回去。它一边深深地、恭顺地叹了一口气，就宛如只有训练有素的忧郁者才能发出的不平之鸣，一边陪在我身旁走下了石阶。

那两个男人还待在水里。这时却忽然响起电话铃声，还同时来两通。这会儿我才注意到,在游泳池的边缘,竟然有一个小型电话站,上头居然有六部电话;真的,六部!萨济科先将电话全部接了起来。他先对其中一部电话讲了几句,随即便将那部电话的话筒给放下,接着又拿起另一部电话的话筒继续讲;他就这么两部电话轮流地讲过来讲过去。对于这样子轮番用不同的电话在那儿喋喋不休,我在一旁看得啧啧称奇。这简直是现代版的"贯口",如同蜥蜴一般灵巧。我完全没这种本事。

鲁门正头朝下地探寻着水的宁静。我有提过吗,我们的鲁门,虽然穿着一条带有黄花纹饰的、柔软的大裤子,不过,看起来的确很不赖。尽管这个男人有点健壮,可是在他身上却没有农民先祖们的身影。他的胸肌很明显地隆起,并不会令我脸红心跳。然而,若是严格地从外观上来观察,这个男人的行为举止,仿佛在模仿我们的老爸;尽管是以一种有节制的方式,无论如何还是看得出来。相当不错,例如他抬起头并将水甩出头发时,就像是从我们老爸的头发里甩出来一样。

诚如萨济科的妻子透露,这所宅院当然也会寻求耶稣基督的赐福。他们不但盖了一间私人的小教堂,里头还陈设了一幅价值不菲的圣像;后来我们还必须去参观这间小教堂。对了,在这间小教堂行落成礼的时候,瓦尔纳的大主教还亲自前来主持仪式。每回萨济科将他的敌人"去势",他一定会来热情地亲吻他的"女向导";我的偏头痛竟忽然说:"睾丸之母"(这当然是在胡闹)!不,他所亲吻的,是一个身上围着披风、手里抱着小孩、神情十分肃穆的女向导。那是用圣徒路加的画笔,以人间罕有的精致,轻拂于木板上的。

这两个男人并排地游了过来。此时，一旁再度传来电话铃声；只不过，这回却是全部的电话先后都响了起来，仿佛在为这位杀手精湛的泳技喝彩。

Potpourri

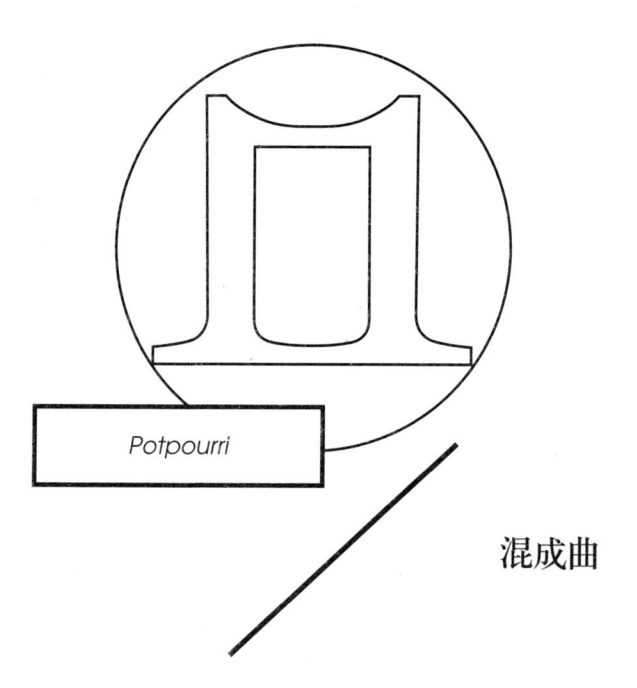

混成曲

渐渐地，海的朦胧也扩散到陆地。我们启程离开。鲁门活像个驾驶新手，战战兢兢地将小车驶出这幢宅院的大门。带着不平静的脑袋，我们无法直接上床就寝；索性将车子开往城市最热闹的地方。只不过兜了半天就是找不到一个合适的处所。突然间，鲁门居然在大马路中间停车。他随即下车，走向一个蹲在某栋建筑物门前的女人。鲁门给了她一些东西，很可能是施舍她一点钱。活力十足地关上车门后，鲁门继续开着车子走。

我们沿着沙滩漫步，希望能幸运地找到一家有露台的小店，这样一来，我们便能坐在那里欣赏大海。如此丑陋的沙滩，真是前所未见。到处都是又脏又破的小店家，店里还一直播放着吵死人的音乐；那是一种会引发内战的音乐！

我落在后面，还吐了一点东西在沙滩上；随即用脚拨些沙子，掩埋那点呕吐物。

鲁门显得相当兴奋，不但一直说个不停，偶尔还会把鞋子插进沙里；他希望老姐能明白他所说的一切。我还是感觉不太舒服，打算先回旅馆休息。回旅馆的路我是认得的；只不过，老姐还是得让鲁门相信，我确实找得到路，而且在这样的情况下，宁愿自己一个人独处。我们互相挥了挥手，就此分道扬镳。

沿着蓬乱的棕榈，我朝着下榻的旅馆漫步而行。此刻的街上还有些许车辆，不过行人却是几乎一个也没有。时不时还是会溢出少许胃液，但是量似乎越来越少；更确切地来说是有点随意。也许这就像小狗撒尿的惯性，我也得用仅剩的一点藐视，在瓦尔纳的街头做些记号。

在旅馆里，我感觉浑身乏力。这时候，无论我是侧躺还是直躺，都觉得很不舒服。我的脚后跟与大脑之间，仿佛有着令人讨厌的联机，在闭上的眼睑后面不停地制造出闪光，以及引起幻觉的波纹。塔巴科夫一掠而过；有着一颗醒目的秃头，既年长又和善的塔巴科夫。我也正在那里艰苦地爬过自己的大脑；尽管不似塔巴科夫那般清晰，是的，自己为自己所创造的图像总是很模糊，不过，那确实是我。我甚至还在那里滔滔不绝地细数我的疾病理论。自我仇恨理论、滑囊炎……对了，亚历山大·吉青跟我说过，他曾经得过滑囊炎。

老姐手脚之快，简直超乎我预期；她竟然已经先跟别人打过商量，而且还顺利找到新的座位。更让我讶异的是，就连马尔科，也都跟我们原本乘坐的车说再见。这下子，就只剩下沃尔菲。被叛逃的空位则改由亚历山大与伊丽丝来接手。

"滑囊炎……"亚历山大说道。

"那是什么鬼玩意儿?"我粗鲁地问。

亚历山大用手指着他的左上臂。

我说:"人们得远离疾病!不论人愿不愿意,疾病总会降临到人的身上。在病人身后,早有满坑满谷身着白袍的人挺身而出,逮捕那些疾病。倘若人们对某个病人寄予同情,这个病人将永远无法恢复健康。人们必须傲慢地对待病人,唯有如此,他们才会让自己脱离苦海;因为,在这种情况下,除了死与生,他们再无别的出路。"

听完之后,伊丽丝不禁哈哈大笑,而亚历山大则是感到有点自讨没趣。不过,看呐,沃尔菲的脸上,竟有一丝微弱的笑意缓缓地匍匐前进!在厌恶疾病这件事情上,我居然找到了一个意外的盟友。

这个理论当然是胡扯;我本人正是最好的反证。倘若根据我那藐视病人的论调,那我应该要超级健康才对。然而,它却找上了我:这个令人发指的偏头痛!它根本不管我在想什么,完全无视我地径自在那儿抽搐、施压、拧挤,甚至还从双眼后面重重地戳刺。难堪啊,真是令人难堪!因为,这个充满戏剧性的病痛,正是从我老爸那儿继承来的;他也有一个会偏头痛的脑叶。背后隐藏着报复的欲望,用钢条使劲地敲打,就这样造就了一颗扭曲的心灵。没一会儿工夫,一个人便会认为,人不过是虚假的东西。又没一会儿工夫,一个人便会认为,这个永远在追求享乐的我、我、我,有多么可怜。既然如此,就请打开我脑袋里的坟墓,终结掉这个牢骚满腹的可怜人,这个在床上打滚、啜泣、咬牙切齿的家伙。

"你说什么?"

"曾有过同情吗?"我听着呢。

没有。对于垂死的老妈没有,完全没有同情过任何人;顶多只是对于那些遭人遗弃的流浪狗,或是蓬头垢面的猫咪寄予同情。在庞大的恐惧下,我从来不曾触摸过老妈。她的脚趾甲是谁剪的呢?不是我,是老姐;也许正因为这样,她才能幸免于头痛。我可真是痛恨这个老姐,她拥有一颗光彩夺目的健康脑袋、一颗体贴的脑袋、一颗具备了所有我所欠缺的东西的脑袋。

伊丽丝(她后来嫁给了一位美国人,如今改名为伊丽丝·辛克莱)以及亚历山大,他们都是如父母所愿的子女。他们是幽默风趣、负责任、温良的子女。伊丽丝人见人爱,一股生气蓬勃的智慧仿佛穿过纽扣孔从她身上迸发出来。金红色的小卷发似乎充满了电。伊丽丝有很强的求知欲与实验精神。她有着既小又皱且一刻不得闲的手指。借由她的手指,在我们的礼车中,引发了一阵欢快的骚动;我也因此整个人开朗起来,完全不再寻思一个人打盹儿的旅程。就连沃尔菲也解了冻,开始和亚历山大聊起了展场搭建。亚历山大也刚好趁此机会,为我们解释他们公司到底在做什么。某种程度上,他对于自己的成功感到自豪;不过,没有一丝狂妄自大的味道。中规中矩地对待日常生活里的所有事物。亚历山大让我觉得,他简直就是施瓦本人的典范;只不过,他的肤色与发色,要比另外两位施瓦本人暗沉一点就是了。他让我感到很可靠,我甚至想拜托他,请他帮我管理财产、翻修房屋,甚至拟定生活计划,请他教教我,该何时工作、何时吃饭、何时散步、何时看电视、何时阅读。要是我能早一点跟亚历山大重逢,他或许就能提点我该如何理性地对待自己的父母。只要当时我们老妈还在世，我想，他的指导或许会奏效。

虽然……如今我是有些怀疑。好言相劝其实一点儿也不管用。充满自信的亚历山大真能从容地应付暴躁的老妈吗？对此，我是比怀疑还要怀疑。老妈并非如我一直以来幻想的那样，只是单纯地嘴里叼着根香烟在躺椅上过世；事实上，她是在一阵暴怒之后死去的。

她也是个愤恨"基督"的人；在她临终的卧榻上，还因而上演了精彩的一幕。当时她其实已经全身无力，连抬个头都很困难。不过，她的双眼倒是不得安宁地在那儿转来转去，眼神中流露出某种不信任，偶尔还会微微地斜视，仿佛在用一双调皮的少女之眼，偷偷地检视自己的铺盖。此外，她的嘴巴还会碎碎念，她会用嘟囔的语调一再地说"那么，现在怎么办"，或是"那么，现在来吃沙拉"。当时她年迈的手已变得十分瘦弱，细到简直宛如一根柴薪。突然间，她竟然举起手来，把她晚餐桌上的所有东西全给包了起来，用全身仅剩的一点气力，把那些盘子、杯子、药丸、汤匙、盒子，一块儿砸向墙上的一个耶稣受难像———击而中。整片墙被弄得湿漉漉的，而那个令人讨厌的东西则掉到了地上。我们的老妈就这么走了。

不，她所恨的，并非那位被钉上十字架的救赎者，而是那个她所嫁的、不配拥有这个名字的家伙。她的双唇从来不曾吐露过怨恨、诋毁或诅咒，就连那些能让她减少愤恨、获得喘息的无害谴责，她也从未说出口；至少在我们面前从来不曾有过。她无法容忍留在人世间的遗族们用言语来报复。这个女人其实深谙尖酸刻薄的言语，以及放荡不羁的恶毒手势；然而，偏偏她的行为举止竟是如此地温顺。她从来没有摆脱过她的丈夫。那时候她的丈夫应该还在脖子上打了一条高级领带，完整无缺地逗留着。在那段期间里，她简直被他折磨到了骨子里；她的所有感觉，仿佛直达筋骨地全被刮了下来。一直到晚年她还是经常会做割腕与上吊的噩梦；割腕与上吊，就算吞了再多、再多的安眠药，到头来仍是克服不了。她的生活就是冷酷、秩序、洁净、每天80支烟（随时都让空气保持清新，烟蒂也会立刻清除）、完美无瑕的账本以及对"基督"难以遏制的愤怒。

老妈的晚年就犹如一幅阴郁的静物写生。她夜复一夜地倚在被照亮的、挑高的窗户旁，静静地看着被分成一块一块的代格洛赫，看着代格洛赫那许许多多丑陋的屋顶。笼罩在代格洛赫的屋顶上的鲜血般的云雾、20世纪80年代冰冷的混凝土、映照在霓虹灯上的无情的月亮、加油站的气味、林立的小房子。邻居们说她就这么动也不动地站在窗边；这样的一幅画面仿佛持续了永恒之久。这一点，很耐人寻味；因为，我们老爸也是一个恐怖的窗边站立者。喉咙深深地埋入颈部，一语不发；这个怪异举动甚至曾搞得邀请朋友来家里玩的主人不知该如何是好。有一位女性友人住在基乐斯山，从她家的客厅就能鸟瞰斯图加特的市容。老爸就这么阴郁地站在那儿，半步也不曾离开窗边。斯图加特——山丘与灯火之城，坚毅劳动者的罪恶之城。他确实有能力做到如此认真的演出。那些不知所措的宾客们，则完全不晓得该如何面对这样的窘境；只能带着畏缩的眼神看着他，彼此吃力地说些话，想办法把时间给拖过去。这样的画面，就宛如有酸液在侵蚀这些孤寂的、为人父母的窗边站立者的大脑，致使他们带着犹如吸毒者的眼神，痴痴地凝固于夜晚。

我们老妈也曾是个买醉的老烟枪。老烟枪,这完完全全带着光荣的意味。因为,这就是她的特质,是她充分发挥的特质,她一点儿也不在乎世上其他人在做些什么。对她来说,电视根本可有可无。她从来不曾拥有过电视机,更不曾痴痴地守在那些盒子前面;即使是人类登月的那一刻也一样。然而,她同样也不会费事地刻意去拒斥电视;当她的朋友们被电视所吸引时,她也只是事不关己地坐在一旁,自顾自地抽着烟。对她而言,她们那个时代最重要的媒体根本就不存在;即便到了晚年,情况也是一样。她顶多翻翻《斯图加特报》,偶尔带着狗去魏达河谷走一走;当然喽,那只狗并不是我们先前所养的小腊肠狗,它早在多年之前便已经往生了。那是只身形高大、仪态雍容的伯恩山犬;老妈甚至还会带它上酒馆。在酒馆里,老妈只会随便吃点东西,大部分的时间都是在抽烟、喝着白酒混合饮料、看书。此外,老妈其实还挺会写作的;在目前保存着的书信当中,还留有她机智、流畅的文笔。她还有个与手指有关的怪癖。她的手是她个人最重要的配件,她花了不少功夫在这上头,也因此她的手总是受人瞩目。她的手指十分地修长,指甲上还会仔细地涂上指甲油;夹着香烟时,一方面看似漫不经心,另一方面却又明显地流露出优雅。

我们老妈是位手指哲学家,她通过看手指来识人。对她来说,老姐的手太软。不知为何,我的手似乎还比较合她的意;尽管她对我从来都没什么好话,不过,我的双手倒还"过得去"。无论如何,我从她那里遗传到如钢铁般坚硬的指甲;老姐的指甲则比较软。我们的老爸拥有"既富涵艺术气息,又强而有力的"手指;谢天谢地,诚如我想补充的,他的手指上没有毛。老妈的手指怪癖最令人感到奇怪的地方是：除了当作摆饰以外，她的双手其实从未被好好地使用过；至少没有用在什么细致的工作上头。每当要将线头穿过针孔时，老妈的那双手总会紧张地不停颤抖。

就在满是超级紧张的手指当中，伴随着从额叶缓缓落下的稻粒，以及在背景闪烁着的、越来越微弱的小火光，我终于沉入梦乡。

尽管洞开的窗户昭示着天气的炎热，我却是在如雪之女王般的欢愉中醒过来。我的头变得十分轻盈，仿佛里头灌满了令人亢奋的氢气，神采飞扬的心情从颈部往上不断地高涨。每当这颗脑袋满是疼痛时，它便会受挤压地龟缩在欲裂的颅骨里。这下子，似乎到处是空间、到处都充满了空气，对我的头、对手、对脚，空气、空气、空气。在突然间痛楚全消的情况下，这个身体带着与世无争的心情离开了（不，不是用走的，而是漫步）这个房间。放置早餐的角落看起来有点脏；哦，没有关系！我开心地先于两位同行者飞奔出门，想要找家咖啡店。外头并没有想象中温暖。

还有一件事也不太一样。当我看到坐在我对面的同行者所表现出的、微微脸红的羞赧模样，我不禁起了怀疑？

"感觉好些了吗？"

"很好。"

"耶稣基督，听到这些我很高兴。"老姐一边说，一边热情地感叹，"宛如耶稣基督在我身上行了拉撒路的奇迹！"恶劣的心绪已然远离，她又回复到平日早晨所表现出的安宁,此刻,修长的手指正揪着咖啡匙在空中来回地旋转。尤其当他们两人又如合唱团般和谐地有说有笑,事情再清楚不过了。

鲁门故作正经地说,今天一整天都要服膺我的愿望。他所面临的窘境迫使他把挽救自己这个官腔官调的怪物列为第一要务。他将支持我的愿望;不仅如此,他甚至还愿意把它们当成命令。

我不禁放声大笑。这对我心爱的人来说相当令人不安,因为他们完全无法想象,自己的幌子有多快便露出了破绽。老姐很美,她那圆润的魅力再度令她的脸恢复光滑;在过去几年里,她的魅力变得崩坏。她带着红润的双颊吃着某种东西;说是可颂却又强韧如橡皮,说是面包却又太过松软(正当我自己也在吃着一个类似的、可疑的东西,我才察觉到这一点)。只不过,我们愉快的心情还是别让差劲的保加利亚面包师傅给破坏才是。

"你们的愿望独裁者打算,今天沿着这个城市的海边兜兜风,随意地看看。"我说。

"好,非常好!"鲁门说,"我们就兜兜风,四处看一看。"

"这会再一次证明你有多正确,"老姐说,"瓦尔纳一点看头也没有。且让我们边走边瞧。"

半个小时之后,情况发展果然不出老姐所料。老姐还问我,想不想改坐前座,欣赏一下海边的景色呢?当然不要,我才不要,这下子说什么我都不要了。

在我们驶离瓦尔纳的途中,我在寻思着新局面。我已经好久不曾看到老姐陷入爱河了。如此容光焕发的状态，令我格外地喜欢她。至于鲁门呢，假如用我自己特异的情欲眼光来看，他其实是个不错的选择。

我并不反对老姐投入这段感情；事实上，我甚至认为她早该这么做了。只是这会让我的处境有点为难。我自己识相地悄悄走开，不再去打扰他们；这么做是行不通的。要是我说，我打算自己一个人从布尔加斯坐火车回索非亚，那肯定会吓到他们。他们绝不会允许我这么做，鲁门铁定会坚持开车送我回去；如此一来，我只会缩短他们一起在保加利亚共度的时间。另一方面，老姐现在可是紧紧地将我抓住，她很小心翼翼地想要维持着三个人的连接；因为他们两人之间松散的连接，现阶段还激烈地逆风飘荡，仿佛没有我他们便会撑不过去一样。

这个局面最困难的地方就在于：老姐跟我，我们从来没有一起聊过男人。我们会聊书或是其他任何事物，可是不曾聊过男人；除了在一些废话当中，偶尔会涉及某些我们共同认识的男人。这是个令人尴尬的领域。尽管我很想火力全开地畅抒己见，可是一进到此地，我却只能蜷缩在这个麻烦的防空洞里。因为有很多事只能闷在心里，更何况，我也说不出什么好听的话。因为我非但不想也不该祝福老姐跟这个或那个男人的恋情，偏偏我还会好好地假装，被祝福的人也同样以祝福做了回应。只要是关于老姐男人的事，我从来没有说过半句实话。

我们总是以不同的方式去扮演恋人的角色，早在高中时期，我们之间的差异，已是大到不能再大。我喜欢头脑高速运转的人，否则就要完全相反，要那种整个儿枯燥乏味、低速行进的男人。介于中间的类型，完全不吸引我。老姐则刚好相反。哦，天呐！老姐喜欢的是那种做人圆滑、让丈母娘越看越有趣的类型。她会跟那种会送花、送巧克力的男人交往。总之，她的男人保证会讨我们老妈欢心。至于跟我拍拖的男人，他们只会惹得老妈怒发冲冠。我曾经交往过一个"拉斯普京"[1]、一个索然无味的政治委员，还有一个重度依赖致幻剂的芬兰籍阿富汗司机——当老妈伸出手来要跟他握手时，他竟然视若无睹，就这么自顾自地从她身边摇晃过去，一屁股瘫坐在红色的沙发椅上。

老姐嫁的那个波斯人，就是个会讨丈母娘开心的家伙；她还为他生了两个小孩。他的外表看起来，就宛如淋上沙拉油的斯凯·杜蒙特；只不过，他稍微娇小一点，也比较波斯一点。他不是那种留着大胡子的什叶派教徒，比较像专业的"走路工"[2]；只不过，人们恐怕很难将他跟手里拿着鼓槌的形象联想在一起。在他的奔驰车里，他还特别为面纸盒设置一个支架，因为他随时随地都得把东西擦干净。丈夫不忠，其实也没有那么严重；因为人们总是毫无节制地高估忠诚。真正糟糕的，其实是他微甜的、柔软的、表面温顺的、城府极深的、完全是骗局一场的自私自利。"当今晨太阳升起时，我在想着你，亲爱的！"

倘若我们姐妹俩要来聊一聊男人，我肯定会问老姐：这句话你怎么看呢？为何那些与你紧密相伴的读物，对你的爱情生活只产生那么少的影响呢？我们还得要聊一聊，为何她会如此顽固地忍受我们老爸的八音

---

[1] 拉斯普京（Rasputin，1869—1916），俄罗斯帝国尼古拉斯二世时期神秘主义者、沙皇与皇后的宠臣。此处借用他代指"放荡的嬉皮士"。

[2] 此处借译，原文 Jubelperser，意为"欢呼的波斯人"，带有贬义，代指1967年伊朗沙阿穆罕默德·礼萨·巴列维（Mohammad Reza Pahlavi）到访柏林时，秘密警察雇佣的约150名伊朗人。这些伊朗特工高举支持巴列维的标语混入抗议人群中，并对现场示威者进行殴打。

盒所播出的音乐呢？因为，她的老公同样也是那种医生，那种多数时候都是跟女人打交道的医生；只不过，他是整形外科医生，对于那些六点档的连续剧来说，他或许还蛮适合去演个整容医生的角色。

要是我们可以轮流拷问对方，我一样也要坦白招供。老姐肯定会问：那骨瘦如柴的金发骷髅到底哪里好，你怎么会看上他呢？为了要逃避老爸，你自己又走了多少愚蠢的冤枉路呢？我或许可以这么为自己辩护：至少，在我身边的读物，都是我自己偏爱的，而那些我喜欢的男人，大家也都是你情我愿的。

倘若我们话锋一转，聊到孩子的话题上，场面铁定会很尴尬；也许会比尴尬还要尴尬。我们会聊到老姐那些娇生惯养、大不幸的子女。我们也会聊到为何我对小孩儿极度没有兴趣这个问题。

虽然当下我所感受到的轻松与自在，足以让我往好的方面想（我应该还是可以无忧无虑地看待老姐的家庭。或许，我可以把他们看成一个奇特的百合花家庭：法兰克福的百合花。他们活泼地绽放于贝多芬街，以自己的方式表现出迷人、可爱的一面）；然而，一旦跳脱百合花的画面，脑海里所浮现的，便绝无半桩美事。

我想到老姐在法兰克福的子女。我想到他们那东西塞爆的儿童房炼狱；他们的体型已经大到原来的房间容纳不下了。我想到由于他们每年四次被大人拖到世界上的某些地方，以至于对于这个世界兴趣全失。如今，他们已是半个成人了。老姐的儿子总是喋喋不休，他是只爱慕虚荣的可怜虫。先前他曾弄坏过17辆比赛用自行车，现在他则是开一部敞篷车（无论如何，他眼里只有钱；这是一种明明白白的热情，即便是一种冷血的热情)。而老姐的女儿则是个沮丧、百无聊赖的女孩。从她身上完全看不出一丝她对任何事物感兴趣的迹象；更甭提她会些什么事了。

为何像老姐这么亲切、好学的人，竟然未曾在她的子女身上唤起体贴与好奇呢？这是我第一次对他们寄予同情。在我看来，他们仿佛受到诅咒，他们被"假如世界……"所误导，而那比我们曾必须经历过的事还要糟糕；他们从来就不曾被赠予过悲剧！

Mohnaugen

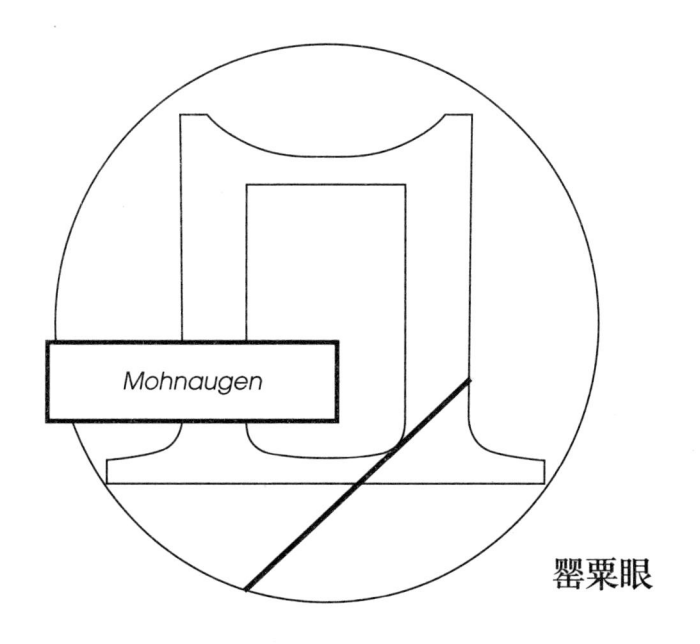

罌粟眼

虽然一路上的不幸来来去去，可是不管什么样的事，今天我全都能轻松以对。前座的两位，一直忙着互相指引、提示，快看这儿、快看那儿！看着他们轮流借用彼此的双眼去发现新事物，我不禁感到十分欣慰。他们就像一对共犯。老姐已经熟知鲁门会把香烟塞到哪儿，她很快就找到烟，随即为鲁门点了一根。老姐自适应的速度之快，往往让我吓一跳。在他们位于贝多芬街的宅邸里，倘若客人要抽烟的话，必须要到外头的露台才能解解瘾；那个波斯人绝不允许烟灰或烟草弄污他那宝贝的孟菲斯家具或是四处摆放着的牛皮躺椅。

我们老爸摆荡在放纵与禁欲之间，他会在抽烟、喝酒、暴饮暴食之后，突然什么都不要。他很喜欢上菜市场，是菜市场里的大买家；还能借此跟他的保加利亚旧识们聚一聚。不仅如此，他还认识所有在那里摆摊的希腊人、意大利人以及南斯拉夫人。他会跟这些菜贩们闲扯，会如同行家一般有模有样地检视蔬果，他还会为他们做医学方面的咨询，甚至会带药给他们。我曾跟老爸一起上过几次市场，那几回的经验深深地让我觉得，老爸简直是这世上最受欢迎的人物！有些人会伸出双手跟他握手致意，有些人会拥抱他，有些人甚至会跟他勾肩搭背；这些不同的表达方式，仿佛都在证明着，他似乎是个达官显要。每当他抱着装满东西、沙沙作响的纸袋从菜市场回来，总是显得神情愉悦。他会很骄傲地将战利品逐一摆进冰箱里，厨艺精湛的外婆则会在一旁大加称许。他们两人会说说笑笑地彼此讨教。兴高采烈的小腊肠狗则会摇着尾巴在他们身边围绕；这时老爸便会赏它半根香肠。

我们沿着这个肮脏不堪的海岸不停、不停、不停地开。举目所及，尽是些工地、垃圾堆、被凿开的土层、来来往往的卡车；不过，有种在这个国家内陆极少见到的东西，却在这里出现，那就是驴车。过去斯大林时代的笨建筑，以及后继者们以较温和的野蛮风格所兴建的房屋，如今都被充满迪士尼风味的建筑物包围。这里到处都是些圆圆胖胖、十分幼稚的东西，让人不禁联想到粉红色的杏仁蛋糕。身体涨满气的塑料怪物飘扬在空中，龇牙咧嘴地向人们打着恶劣的招呼。除了粉红色以外，这里第二受欢迎的颜色则是冰淇淋黄。

我注意到了，老爸在盯着我们。怎么样盯着我们呢？我不晓得。只不过，老爸的眼睛是张开的。老爸似乎半睡半醒，停留在地平线的边缘。他在地平线上的眼睛，正在看着我们及海岸，看着他心爱的黑海海岸；每回跟我们提到黑海海岸，老爸总是掩不住喜悦。

老姐仿佛会读心术，这时她竟然转过头来问我："你还记得吗，老爸是怎么描述那些渔夫的？"

哦，是的，我还记得！那么，是怎么描述的呢？就力量、勇气与技巧而言，没有任何人、事、物可以比得上保加利亚的渔夫。在老爸心目中，那些渔夫简直就是英雄。日出之前，他们往土耳其的海域起航。晨曦中，海面上泛着点点金红色的光；那是一片微笑着的、诱惑人的大海。不过，接踵而至的，居然是一片黑暗！我们的老爸一下子就让黑海变得巨浪滔天、怒海翻腾。说时迟，那时快，一些渔夫也因此应声落海。幸好，英勇的同伴及时将他们救了回来。在网绳忽地变为不听使唤的巨蟒时，即便冒着手上皮肤被磨破的危险与痛楚，他们仍然使尽全力拼命地拉扯。金光闪闪的鱼身挤满了整艘船。谢天谢地，终于，原本发狂的大海又再度平静下来。渔夫满载而归，他们的辛苦也获得应有的报偿。老爸还说到那些渴望丈夫平安归来的渔夫妻子们，说到渔夫们所享用的美好鲜鱼与水果，说到世上所有其他的风景皆不能超越这个海岸的狂野之美。当他为了让我们快点入睡而去将灯给关上时，他会接着跟我们述说这片海域充满传奇的海底世界，述说头上顶着个小灯笼、在暗如黑夜的水里游来游去的灯笼鱼，述说那些闪闪发光的浮游生物；倘若在夜间跳进海里游泳，它们便会如发光的面纱一般，从双手之间掠过。他还跟我们说了有关会放电的鱼的事，那些鱼会藏身在一些洞里，它们可以发出致命的恐怖电击。此外，他还跟我们提到过水母。当它们成堆地暴毙在沙滩上，简直是丑得要死；然而一到海里，它们的美就连人鱼也望尘莫及，它们以一种无与伦比的优雅，漂浮在自己生存的空间里。

　　我不晓得，对于黑海的动物生态，老爸是否真的那么熟悉？我看多半不是。他得意的时候很喜欢夸大其词。举例来说，他曾经很郑重地表示，唯有渔夫才是真正的哲学家，凡是没有长时间在海上待过，并且未曾通过修补渔网来培养耐心的人,都不配称为哲学家!

我后来必然会发现,这个说法与老爸根本不谙哲学的事实之间,存在明显的反差。除了尼采与叔本华以外,老爸可能没读过别的哲学家;在保加利亚念高中的时候,他或许曾读过一点点的柏拉图。尽管如此,他却认为,哲学家是最值得敬重的;诗人则仅次于哲学家。在我学会写字之前,我就已经晓得,在所有存在的人当中,哲学家是最美妙的一种人;他们不但超越所有其他的人,甚至比我们老爸还要高高在上。多年之后,当我听说黑格尔不但是位世界知名的哲学家,而且他还是施瓦本人,我简直不敢相信!因为,按照老爸的说法,黑格尔并没有受到海的熏陶;如此一来,他要怎样才能成为一位哲学家呢?

在夜里我偶尔会这么想:代格洛赫铁定是个特别无聊的地方。你甚至都无法从我们所住的地方看到不起眼的小山丘,单调的、运河化的内卡河。这里不但没有灯笼鱼、没有作为哲学学校的海洋、没有印第安人,举目所及,更没有半个从事危险工作的人。

"爸,你可曾想过,你所钟爱的海岸,有朝一日竟会丑陋至此?"

"从很远的地方望过去,看起来完全不一样。"

是啊,可是那一定得从非常远的地方才行。从很高的高空往下看,黑海或许只会变成一个蓝色小点。顺道一提,它其实既不蓝也不黑,其实是灰蒙蒙一片;它简直就是一片完全不起眼的海,更别说落寞了。此时此刻,也别说它的美丽,就连它的奸险,我是半分也感受不到。

我很想知道,老爸当时是怎样看待代格洛赫的呢?如同现在我看黑海所感觉到这般的落寞吗?

老爸说："不晓得，那是很久以前的事了，况且我也不是很在意。"

也许，死人比我们活人还要健忘。也许他们根本没有足够的力气，完全无法唤起自己身上与爱、恨有关的记忆。死人比一根满是皱纹的麻绳还要无力；然而唯有充满生命力，才能够有爱或恨。

我们老爸应该没有恨过代格洛赫。可是他爱过吗？历经大战之后，代格洛赫几乎没有遭受任何的破坏；在那段期间，它简直是在打瞌睡。这个地方被分成两个部分：一个是往森林方向，那里是有钱人聚集的地方，举目所及，尽是些华丽的宅邸；另一个则是过了埃普街、往酸菜田方向，住在这里的全是些普通的小老百姓。后来，这里拉进一条高速公路，旧的村落中心因而遭到冲击。短短的几年之中，代格洛赫最具保加利亚风格的部分，看起来就跟菲尔德地区所有的村落一样，很恐怖地糊成了一团。这里有变质的建筑物，有笔直的马路，有一小块带有车库与装饰性树丛的建设用地，有以鹅卵石为装饰、用来收藏垃圾桶的混凝土小屋。

代格洛赫从未自兴建道路的创伤中复原。对我来说，倘若现在得住在那里，肯定是件相当痛苦的事。老爸在世的时候，代格洛赫看起来还没那么糟。

"对吧？那时候有这么糟吗？"

老爸沉默不语。如果他的眼睛还是张开的，此刻应该在望着海。也许现在的他会是个仇视施瓦本的人；尽管他与施瓦本人之间，一开始十分友好。

有关他光荣地来到施瓦本地区的传奇是这么流传的：1943 年时，为了拜访他的同学，老爸来到了蒂宾根。当时由于天气转暖，加上他的冬季大衣有点重，于是老爸便将大衣寄放在火车站。等到他要回来拿衣服的时候，火车站的站长竟然请他稍等。原因是他见那件大衣的纽扣掉了，便请他太太帮忙把扣子缝好，并且顺便把大衣上其他破损的部分一并修补；那件大衣现在还在他太太手上。如此善行深深地打动了老爸的心。于是，他便下定决心要留在蒂宾根念书。

不久之后，他再度遇到一位跟那个站长同样亲切的好人，也就是他未来妻子的母亲。

"老爸会跟老妈结婚，仅仅是因为外婆？"我问老姐。

"你哪儿来这种疯狂的想法？"

老姐快速地扫视一下附近的景观之后，同意了我的想法。无论如何，这个原因肯定曾经影响老爸结婚的决定。在大战与战后的那段期间，对于那些经历饥馑的年轻男子来说，外婆肯定是个理想的岳母，她不仅聪明伶俐，为人又慷慨。

突然间，我看到了外婆，而且还是前所未有地清晰。盘起的银发，布满纽扣的黑衣，衣服上方镂空的白领子，领子中间装饰用的别针。

外婆全身都裹得紧紧的。

我跟老姐都已经长得太高，再也无法像从前那样坐在外婆的大腿上。外婆试图劝我们想开一点，好好地接受我们父亲已经走了的这个事实。**你们的父亲已经飞到天堂去了，他在天上很好。**

我早已忘了，她当初究竟是根据什么，说老爸飞上天去了。恐怖的麻痹。在心烦意乱之中，一切全都收缩起来，什么也进不来。在这种情况下，愿意的都能来，在这种情况下，想说的都能说。身为外婆调教的孩子，我自动地听她劝告，自动地接受她的安慰，任凭她温良的双手做它们总在做的事，吸入我平常所喜欢的纯净气息。尽管如此，在我身上天堂起了作用；并不是立即，而是在接下来的几天，或是几个月之后。老姐那时已经大到不会买这种故事的账，她只是专注地凝视着地面。

当中有一点是外婆未曾料想到的。她说老爸并非坟墓里的腐烂尸体，而是飞到天上去了，这种说法固然能够使人平静；然而，它的缺点是，如此一来，我总觉得我在被观察着。外婆还在世的时候，一切都还可以维持正常；她扮演着天堂保证人的角色，用歌唱与祈祷书遏止那些令人害怕的事。她很清楚，摩西、使徒们以及耶稣基督，各自坐在天堂里的什么地方。而我们老爸所坐的地方很遥远，他正专心地跟在耶稣基督身旁学习。由于他是天堂里的新手，必须要等待与学习。可是，要等多久呢？外婆说，她也不清楚；不过，她认为，凭老爸的努力与资质，应该不需要太久。只要等待期间一过，届时他就能得到自由，在我们有困难的时候，他便可以回来帮助我们。

老爸过世几个月之后，外婆也跟着撒手人寰。之后，举目所及，再也没有任何天堂中间人了。我读了《奥德赛》，里面的天堂完全是另一种模样。我又读了其他的书；里头的天堂若非只有些色彩，便是到处布满轰炸机。后来老姐交了她生平第一个男朋友，就这么弃我而去。我的身边就只剩下小腊肠狗陪着我。从此以后，每当处于最深的哀伤之中，就只有动物能够转移我的注意力。

在代格洛赫的天上，并没有什么平静、良善的老爸在那儿打盹儿；

更甭说在我陷入困难的时刻,他会醒过来对我伸出援手。他有一只恶毒、冒火的眼睛在盯着我;而那只眼睛的开合,完全遵照他的规则。那是一只对我进行惩罚的眼睛。14岁的时候,我第一次尝试致幻剂;因为这只布满血丝的惩罚之眼,笼罩在整个斯图加特的上空,驱使我从基乐斯山往下跳。我发抖地坐在驶往代格洛赫的6路有轨电车上,看着老爸的目光钻透有轨电车的车顶。从没出现过某种意识形态能躲避它的轰炸或者对抗它;譬如,具有强烈攻击力的混凝土列宁主义,长久以来,它徒然将我的思想封闭起来。人会在他们的坟墓里腐烂。结束,完成。革命英雄会继续存活着;只不过,是活在人们的记忆里。宗教是人民的鸦片。

然而,我所需要的不过是吸点大麻,或是服用些致幻剂;可是,紧接着,基督的雷雨便在我头顶上轰然作响。天梯、挥动着翅膀的老爸、天堂的合唱团、正在指着什么东西的食指、诸如"血肠剧场"这样的词汇、外婆的气味;她的手里正拿着一块海绵,在上头清理乱七八糟的天堂。她将老爸的眼睛合上,把一切都整理得井井有条;偶尔,她还会表现出极度的陶醉或是充满喜悦的无忧无虑。

你瞎了,我亲爱的上帝,就这样,我总算摆脱你了。

我不得不去使用在这种骚乱中既有的词汇;那是出自一部小说。一个如耶稣基督般的人物,他有一双闪闪发亮的罂粟眼。他从一个被掀起的水沟盖缓缓而升,随即启程前往南美。不似从前的耶稣基督那样,有渔船、使徒以及水上行走,这个人其实更像是吸血鬼。他的党羽所到之处,无不掀起革命与屠杀。在厄瓜多尔、在圣萨尔瓦多、在……忘了还有哪里了。而他的化名就是"穆勒·梅耶·M"。

老妈发现了这些东西，令她十分地震惊；不过，更糟的是她居然不直接找我谈，反而把"穆勒·梅耶·M"偷偷地拿给她的一位朋友。那位友人曾经任职于"博克豪斯出版社"，是个博学多闻的年长的同性恋者。在他身上仿佛装饰了一个由女性仰慕者们馈赠的花环（他则是以轻松幽默的口吻告诉她们：她们其实一无所知！）。他坐着，我站着。他很傲慢地坐在沙发椅上，招手示意要我过去。接着，他便开始对我晓以大义，说写作其实是门艺术。他不但自己一直在那儿津津有味地引述许多格外无聊的文章段落，从头到尾还不断地称呼我为"左轮手枪·M"。当时要激起我对老妈的恨，其实并不困难；这个家伙显然找到一个绝对有效的方法。

这段不愉快的回忆，今天反倒成了一则令我捧腹的笑话。"左轮手枪·M"确实击中要害；只不过，时间点不对。

手指剧场！

这时我注意到了，这家伙居然有跟我们老妈一样的手指怪癖！他同样生有一双修长的手指。尽管他的指甲没有涂上指甲油，不过同样修得十分漂亮。此外，他的手指上还戴了一枚十分醒目的封印戒指。当他坐在沙发上跟我说话的时候，上演了一场相当杰出的手指与香烟的舞台剧。那是一场十分简单的表演，内容只有几缕轻烟、夸张的吞云吐雾以及旁若无人的沉思。我真笨，为何过了这么久以后，才察觉到个中的诙谐。今天我会欣然接受这样一种傲慢；不过，前提是它得要带有那么多华丽的演出。当时的我，只是一个正处于青春期、不近人情的小女孩，一个浑身充满报复心与愤怒的小女孩。

Nessebar 内塞伯尔

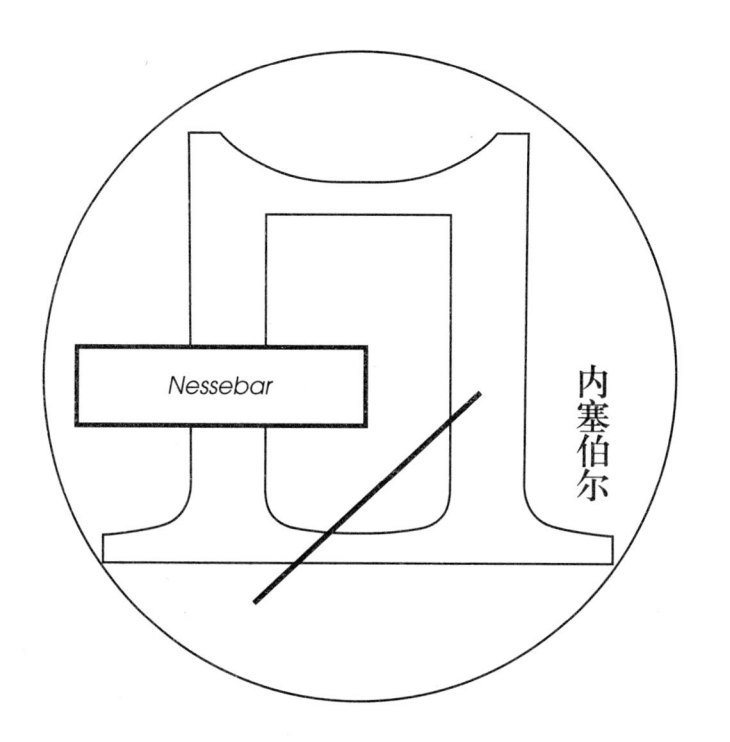

我们畅行无阻地驶往那里;虽说那个地区不会更加吸引人。相反地,这个过度开发的地方,其实涌入不少人。举目所及,净是些小赌场;确切地来说,应该说,净是些混凝土小屋,上头还装了扑克牌样式的霓虹灯或是夸张的灯柱,以此来招揽赌客上门。唯有鲁门的驾驶风格称得上是平顺。没有任何卡车可以让他抓狂,他会让其他的驾驶人轻松地切进他开的车道,刹车时,总是既小心翼翼又准确,加速时,则是保持着温和。

内塞伯尔,这个有名的渔村,从前我应该跟莉洛以及她女儿来过。如今我却是一点儿也认不出来,就连那座立于半岛入口旁的风车,我也毫无印象。不过,这也没什么好说的;因为对于地点的记忆,我本就发育不全。我只记得有艘挂着海盗旗的木船,是一艘老式的高大船只;而为了吸引观光客,当时还有一只小毛驴,它就乖乖地站在那儿,让游客们抚摸它那毛茸茸的头。

我们将车子停在海边附近的一间小房子前面,这间房子的门口还有个庭院。也许鲁门察觉到了，对于风流韵事，我似乎不会采取反对的态度。也许，我的友好也让他受宠若惊。爱的波涛、爱的责任、爱的心慌意乱，这些事情总是来来去去；人们所能做的，就只有等待。鲁门充满热情地打开车门，随即彬彬有礼地伸出手来迎接我下车。他戏剧性十足地皱起眉头，接着愉悦地尝试用施瓦本语的语调说："现在，就让我们一同来见识一下保加利亚旅馆的惨况吧！"

这家旅馆由一个希腊家庭经营。老板娘身材丰满却不肥胖、孔武有力却不粗鲁，浑身散发出一种漫不经心的干练。房间很大，充满着希腊的光秃秃风格；然而，这却是我们三人结伴而行以来，遇到最好的一家旅馆。这里不但有个可以看海的露台，顺着蜿蜒的梯子往下，底下还有个显然受到主人细心呵护的小花园。许多柔弱的小植物固定在杆子上，至于那些较为强壮的植物，则在周围堆满鹅卵石作为装饰。我们用各种不同的语言盛赞这家旅馆，并且因此赢得老板娘对我们的好感。为了欢迎我们的造访，她还特地煮咖啡招待我们。

分配房间的时候，我不禁想着：何必装腔作势呢，你们不是应该一起住一间双人房吗？他们终究还是没有开口。对于别人的感情，还是尽量少插手。

我们没有取道海边，而是从交错的小路往渔村漫步；沿途还经过了一座连接陆地与小岛的小桥。在岩岸边的城墙上方，层层叠叠地搭建许多带有露台的木屋。诸如信天翁之类的大型海鸟，或许可以把那里当作它们落脚或筑巢的地方；只不过在黑海边似乎看不到信天翁。

"这是欧洲最古老的聚落之一,原先由色雷斯人[1]所建立,后来沦为希腊人的殖民地。希腊人不但在这里打造了祭祀阿波罗的神殿,更兴建许多的防御工事。在那之后则是教堂、教堂、到处林立的教堂。在繁华的贸易据点与平淡的小渔村之间,历经了一段崛起与陨落的沧桑史……"鲁门热情地解说着;他又再度披上导游的外衣。只不过这回可不同了,就连原本在一旁的一小团德国游客,都不由自主地凑到我们身边。

可是,突然间他不仅恶狠狠地盯着那些新加入的游客们,还指着他们鼻子言辞激烈地说:"由于一些愚蠢的开发计划,致使这里要从联合国教科文组织的世界文化遗产名单上被剔除。其实这里已经被愚蠢地过度开发了!"听了鲁门的抱怨之后,这一小团游客不禁惊慌失措地散去。

他对我眨了眨眼,仿佛在暗示我:这就是保加利亚一切悲惨的缩影!

往上走一会儿之后,老姐说:"这样就能看到全景了。"

她蹦蹦跳跳地往上走,有时还会一次走两阶;掩不住的兴奋,全写在她的灵活上。打从小时候起,她便是那个更好动的人,不但跑得快,而且还很喜欢游泳跟体操。至于我则是个运动白痴,只喜欢懒洋洋地呆坐着。乒乓球是唯一一项能够吸引我的运动,在这方面,老姐甚至不是

---

[1] 色雷斯(Thrace),古代色雷斯人以善战著称,其部落范围包括如今的保加利亚西南部、希腊北部和土耳其的欧洲部分。

我的对手（也许因为我很爱击打东西）。

在石阶上有几个英国人朝我们走来，这里实在很难不受干扰地欣赏风景。坐落在上面的那些房子，是典型的黑海式建筑：它们的一楼是用石头砌成，上层的建筑则是深色的木造结构。这些房子除了装饰有各式各样的花纹以外，每一间都带有阳台、凸角台以及十分有看头的横脚线。举目所及尽是带有露台与阳台的餐厅。红色的桌布、装饰用的罐子、钉在外墙上的酒囊、大酒桶、旧的马车车轮、摆设于入口旁闪闪动人的天竺葵。

我们在一个木造阳台上找到了位子，从这里远眺大海。这里的美景能让人平静，是个适合定居的好地方。然而四周回荡的音乐声，就吵得令人抓狂；要说享受，可真是想都甭想。鲁门尝试跟一位服务员交涉，看能不能将音量放低一点；然而他的请求显然未被接受。尽管我这时的状态还算平静，不过，对于这恼人的噪声，我是真的受不了！老姐已率先溜之大吉。我们随即又到下一家以及下下家探探情况，结果都是一样。几经查访，我们总算找到一间声音稍微小一点的店。我们先去看看阳台，随即开始讨论，看是要选择离扬声器最远的两张桌子当中的哪一张。

我们点了东西。然而，连服务员都尚未走远，店里的音乐声顿时大了起来；这下子鲁门跟我即将体验一场让我们吓出一身汗的好戏！此时，老姐的脸孔整个儿扭曲起来，接着将两肩及头部转向噪声源。突然间，她开始用双拳重击木桌（她的两只手都很细，根本不是什么打架的料），印有孔雀翎斑纹的烟灰缸应声震飞，随即摔落在地上。接下来，她展开了怒吼——真的哦，我老姐竟然怒吼！这样还不够，这阵怒吼不过只是前菜。随后，她抓起一张椅子往扬声器的方向砸过去；只可惜，未能一举中的。那张椅子是一张仿制的农民椅，相当地笨重，不过显然十分坚固，在被重重地摔击之下，依然完好无损。老姐就这么低着头站在那儿，就在此时，有个貌似流行歌手的女人，歇斯底里地朝她放声大笑。

鲁门跟我，一动也不敢动地并肩坐着。这是我头一回体验到什么叫"风水轮流转"！通常我是那个制造混乱的人，而不是她。老姐凝视着地上，双手又再度握拳。她转过身来，踏着沉重的步伐，走过一排桌子。整间店的客人早就在等着看，接下来究竟还会发生什么事？的确，这场戏真的尚未结束。她站在通往内堂的蝴蝶弹簧门前，对着里头大吼大叫。究竟都吼叫了些什么呢？我不晓得；我只知道，有出现诸如"屁眼""大便"这类的字眼，而且还重复了好几次。相较于砸椅子对我所造成的惊吓，这一连串飙骂所引起的震撼，简直不遑多让。基本上，正如她的发型、她的包包、她的精美手表，坚持不讲脏话，其实才是老姐真正的性格。

现场这时乱成了一团。服务员和老板全都跑了出来。客人们有的站了起来，有的则伸长了脖子。老姐转过身，在众目睽睽之下，全身僵硬地顺着阶梯走到了下面的露台。这一路上，她还是紧握着拳头，而口中仍是念念有词地持续咒骂着；听起来，就像是发出了一些被嘶嘶声中断的"啊……啊……"声。

她完全忘了自己的外套跟包包。正当鲁门忙着跟老板交涉，我去拿

八百万个老爸在路上

我们的东西。然而,鲁门非但不能摆平,场面还被他越弄越僵;不仅如此,所有的客人也全都开始在底下窃窃私语。为了抑制鲁门,我扯了一下他的西装;这样显然还不行,我必须使尽气力才能将他拖走。此举当然令他不太高兴(这不禁让我想起小腊肠狗。每当它急欲逞凶斗狠却遭到制止的时候,它会一直发出呼噜声,或是伸长嘴巴做出撕咬状)。我好不容易才将他拖到楼梯口。为了避免失足,鲁门必须转过身来;就这样,一场无谓的斗殴,也随之化解。

我们既没有胜利者的欢欣,也没有失败者的落寞,单纯地离开了那家店。老姐已经先走了一大段路。我们俩尾随着她,下山往海边走去。在一堵墙边我们赶上了她;她正轻松地靠着墙,自在地望着天空。此时在陆地与海洋之上,悬着一道浓密的灰色。

老姐说:"你们现在好点了吗?"

接着,她转头用一种罕见的眼神看着我们。尽管我从未见过,从昏厥中苏醒看起来会是怎样;不过,我想从昏厥中苏醒的人,看起来应该就像老姐现在这样。这样的表情包含了某些新鲜、缥缈的东西在里头,仿佛处在某些神秘光源的照耀下。要对着这样一张脸孔去追问刚刚到底发生了什么事情?还真是让人问不出口。

"我们要不要去村子里瞧一瞧?"老姐离开那堵墙。看来爆发的火山是完全平息了。我把她的外套跟包包递给她。"天呐,这正是我所需要的!"老姐一边说,一边貌似依赖地握着我的手。

"每个人一年都能发一次飙。"听了之后,鲁门带着科学论断的口吻高兴地说,"不过我一年会发飙两次。"

谁、何时、如何、多久发一次飙,这真是个有趣的题目。在我们沿着蜿蜒的道路穿行于内塞伯尔的同时,我们彻彻底底地将这个题目给讨论了一遍。然而,由于小巷里的游客实在太多,嘈杂到我们不得不暂时停止交谈。无疑,这些房子很美;或者更确切地说,它们过去很美。倘若只欣赏上面的木造结构,人们或许会对它们一见钟情。然而,我们平视所及的部分,简直宛如噩梦一场。

每个一楼、每个地下室,全都变成了贩卖纪念品的商家。这些楼层从前是作为冷藏室之用,门口则会摆上几只大木桶或小水槽,里头会有眼睛睁得大大的鱼儿在那儿游来游去。如今,这里的一楼全都被淹没,全都从门口溢出一大堆难以用笔墨形容的烂货。这些店主们不但把商品堆得比人还高;更糟的是,他们每个人还都让如失心疯一般的噪声在街道里回荡着。这里简直就是一个耳朵的炼狱!这就好比有根胆管爆裂,里头的噪声突然宣泄而出。这与意大利、巴西、埃及等地那些令人喜悦的噪声大异其趣。此间的生命并非单纯只是有力且响亮地脉动着,它其实是陷入了一种碾磨的风暴中。扭曲、抛击、轰鸣、碰撞。满载着国际性歇斯底里的货车,不幸翻覆在这里的街道上;想要绕道而行,却是完全不可能。这是一场由人所刮起的、既迟缓又黏稠的风暴。而臀宽总计超过一米的人群,则完全阻断了逃亡之路。

为了所有的,教堂、珍宝、艺术之美……

带着一双惨遭百般折磨的双耳,根本什么也无法看见。圣斯特凡教堂,圣天使教堂,就在那对面;看起来像是"全能者"的教堂[1]。这座教堂很有名,也许它的著名确实有其原因;不过,同样可以确定的是,它那以砖头与原石交错而成、仿佛在闪闪发光的纹饰细带,相当激动人心。原本我还很想仔细地参观一下嵌在上头的陶钵;陶钵,听起来挺有意思的,我曾在某本旅游书上阅读过相关的介绍。然而,在当下饱受侵扰的惨状下,我什么也不想看,什么也看不了。

很不幸地,肚子居然饿了起来。于是我们索性走远一点,走到有些昏暗的地带。光线不足其实也有它的好处,如此一来,便无法过度仔细地去研究食物——那是一份添加超多润滑油的朱色烂泥。我们背向内塞伯尔,取道海边,往下榻旅馆的方向走去。

这个时节还太冷,不大适合游泳。只见零零星星几名钢铁般的泳将,在远处的海面上载浮载沉;沙滩上则留有他们搁下的浴巾。在我看来,此时正是告别当电灯泡的好时机。我托词说想往回走,从下面的角度欣赏一下内塞伯尔。这对相爱的人无异议地接受了。

我先做做样子,往回闲晃了百来步,直到他们两个看起来只剩几厘米高才停下脚步。接着,我找到一张有点生锈的旧椅子,这张椅子已有大约一半埋进沙里。我索性坐下去,将两条腿往前伸开。

地平线附近退去了灰色的薄纱,夕阳正缓缓地穿过。此刻的气温算是宜人的温暖,坐在这张半沉式椅子上的我,感觉相当舒适。成堆的游客突然涌入沙滩;谢天谢地,他们只是沿着海的边缘穿行而过,并没有

---

[1] 此处指潘托克拉特教堂(Pantokrator),意译为"全能的主"。——编者注

徘徊在我的双膝前叽叽喳喳。许多海鸟在上空盘旋,它们在地平线附近叫喊着。这时的海面十分平静,只有薄薄的波浪不断地溢入沙滩。

几天之前,情况完全不是这样!在我们搭乘邮轮横渡亚得里亚海期间,不幸遇上了这片海域的勃然大怒。刚开始的时候,一切都显得风平浪静,一片既乖巧又听话的傍晚海面,热情地迎接着我们。当我们的礼车队循着伸出的钢板驶进船腹时,同船的其他旅客无不啧啧称奇;而我们则是在礼车驶进船舱前便先下了车。一旁有两对年迈的夫妻在那儿窃窃私语;他们认为,这肯定是某个国家的总统带着他的随扈出巡。出于虚荣心,我用手指指向某部礼车,并且宣称:那部带有华丽饰顶的礼车,正是我的君王座车。然而,此举只是换来了充满狐疑的讶异与眼神,以及从这当中所流露出的失望。那些眼光判定了我的弄巧成拙;就仿佛,我是我们老爸的污点中的污点。

我们一行人约好,在参观过下榻的船舱之后,全体前往甲板集合。舱里装有黄白条纹的窗帘,窗帘上除了有船锚纹饰,还用跳跃的鱼形图案当作缝边。床罩同样也是黄白条纹;一切都铺排得十分得宜,可以让人度过一个安稳的夜。作为睡前点心,一旁还放有用金属纸包装着的夹心巧克力;它的外观不禁让人联想到海军的勋章。船腹里不时传来一阵阵令人安心的机械声;我们的渡轮此时正缓缓地滑离岸边。刚开始的时候,我们一点儿也感觉不出这艘船的快速;也许部分原因是这艘船在行进时,比起其他船只来得安静许多。

紧接着,有一顿丰盛的晚餐等着我们。就在晚餐的过程中,我们已然察觉到,一些团员们似乎开始不对劲!伊丽丝突然跳得老高,兴高采烈地说:"哦耶,哦耶,我想……我有点不太舒服!"接下来,便再也见不到她的踪影了。于是有人开始讲起晕船的笑话。接着就看到团员们一个接着一个地陆续跑回船舱休息;就连老姐也很早就退席。我们的头儿倒是相当沉着地留下来陪伴剩余的团员,他将一只手放到玫瑰花农的椅背上。尽管这艘邮轮看起来既大又稳,不过上下摆动的力道却很强,侧边略为抖动的振荡更是让人受不了。虽然其他方面可说一无是处,但我倒很能适应海。外头似乎在发生一些了不得的事,我并不想错失良机,决定要好好地瞧一瞧这场难得的骚动。

尽管我们被警告,此时最好不要到外面去;不过,倒也没有被直接地禁止。事实上,要跌到海里还不太容易;密布于四周的栅栏,足以防止任何失去平衡的人意外坠海。只不过,在外面这种情况下,还是有可能会滑倒或意外受伤。的确,倘若没有强固的支撑,或是穿着皮底的鞋子,实在不应该跑到甲板上去闲晃。

在船首(不是在最外面的那一点,而是为了保护最上层建筑而往后移的部分),有一张用螺丝固定住的长椅。尽管上头已被水给溅湿,可是,若想观赏这个不平静的夜,此处倒不失为一个安全的位子。从上面看出去,正在奔跑、嬉闹着的海浪,呈现出完全不同的模样。冒泡、沸腾、喷洒着顶端发亮的黑浪,尽管并非完全直扑长椅而来,但屡屡都差点就要波及护栏。

月亮在迅速的更迭间忽隐忽现,乌云总是一而再、再而三地将它遮掩。稍纵即逝的星光,宛如针头般在天际间颤抖着。仿佛在下坠的船身、饱满的噼啪声、水声、随之而来如小雨般的喷溅,所有的一切,无不令我感到神奇。

没多久,我的身边竟然多了一位客人;是沃尔菲。他原本在下面的餐厅里点了根烟,没想到被人赶了出来;为了把烟给抽完,他不知不觉地就晃到这里。一开始对于任何企图分享我座位的家伙,我都觉得很讨厌。然而,这动荡不安的海,似乎有种神秘的力量;我们彼此间的新关系,居然就在这样的情况下建立起来。

"可以吗?"沃尔菲一边问,一边径自坐了下来。

"你跟大海很投缘,这是我俩的共同点。"

长长地吐出一口烟之后,他说了这句话。那些烟随即被吹向了后方。

对于这个突如其来的开场,我竟然惊讶到不知该如何响应才好。在这个尴尬的时刻,沃尔菲随即又开口表示,他要下去帮我们拿点喝的东西上来;适时地化解了这个进退维谷的窘境。接着,他便叼着香烟左摇右晃地离开。过了一段时间,他又摇摇晃晃地走了回来。这时他的嘴里已没了香烟,不过胸前倒是多了一杯啤酒与一杯可乐;因为他生怕饮料会被晃掉,所以各以一只手将它们护在胸前。沃尔菲显然注意到,我是滴酒不沾的。在可乐里,还漂浮着四分之一片的柠檬。我很感动地向他道谢。

"这里正适合观看到底发生了什么事。我们占据了一个绝佳的瞭望塔!"

"没错!"沃尔菲说,"这样的一个夜晚,正是我所期盼的。"

"别的呢?旅行呢?"

"我的兄弟是个白痴,超过人类忍受极限!我们好几年才会见上一面,而且都是在万不得已的情况下才会见面。"沃尔菲说。

"他是个不折不扣的大白痴!"我满怀恶意地说,"可是,你们的兄弟情到哪儿去了?双胞胎的兄弟情呢?他那么肥,你这么瘦,怎么会变成这样呢?"

沃尔菲听了,不禁哈哈大笑起来。比起先前的任何时刻,这回他笑得可算是毫无保留。不仅如此,接下来他甚至讲了长长一段话;这或许是我从他那里听过最长的一段话。

"青春期的时候我也很胖。偏偏从那时起我兄弟的'规模'却是挡不住地越来越大!早自15岁起,他那套'小老鼠经'便已惹得我抓狂。起先只是我的兄弟跟他的'小老鼠',后来又加入了他那令人'退避三舍'的子女。小孩儿、家庭,一切宛如出自肥皂剧的鸡毛蒜皮。他死都不想承认,那些事情其实会令我不寒而栗(说到这里,沃尔菲向我投以一个安抚的手势);即使到了今天,对于那些事,我依然是毫无兴趣。天下本无事,庸人自扰之。这个白痴完全不想承认。话说回来,你老姐也是个白痴,她是个优雅的白痴典范,什么都没能领悟!"

"不对!"我说,"这你就错了!"

"小时候,我很羡慕你们。我总觉得,你们的处境比较好,你们的母亲有不少优点。"

我注意到了,在为老姐辩护的时候,我的态度似乎不太坚决。"她嘛,嗯……她太……太……太有责任感了,遇上困窘的情况时,虽然偶尔会有一点虚情假意。不过,你可别误会,我老姐的脑袋可是完全正常的。"

沃尔菲举起他金色的玻璃杯祝福月亮。那一瞬间,它正完完整整、毫无阻碍地照耀着我们。我们一直聊一直聊,不但痛鞭了我们的兄弟姐妹,就连这个由保加利亚人与施瓦本人所组成的小圈子也完全不放过。谈话的过程中隐约可以感觉到,沃尔菲对保加利亚人比较高抬贵手,我则是对施瓦本人稍有偏袒。我们不但是乐在其中,而且遣词用字还相当恶毒,无限上纲地恶毒。沃尔菲着实是百无禁忌;从引发湿疹的肥肉皱褶,一直到坏死的毛囊,他简直把他们家形容成了一间恐怖屋。更有意思的是,他居然还是天生的模仿达人,这一点我真是万万没想到。无论是赫姐、莉洛,还是我们老妈,他全都模仿得惟妙惟肖。尤其是莉洛,对于她说话的语调,他确实听得十分仔细:她会带着"O"与"A"的双连音,先往下、再往上地说:"Taba-ko-off(塔巴科夫),Appara-at(电话)!"

"为何你会辞去教职呢?"

"那不关你的事!"他恶狠狠地回答。过了一会儿,他又接着说,"我爱上了一个17岁的小男生,而他也爱我。这下满意了吧?"

"嗯。怎么说呢……假如你所说的年龄是对的,我会觉得,这件事并没有什么。即使你所说的年龄并非完全正确,那么,我也不会觉得有什么。"

"你真好。我们就别再提这件事了。"

那个好斗的少年、那个难以相处的少年,仿佛又回到了他的身上。

月亮还是一直努力地照耀着,被扯碎了的云朵若隐若现地将它掩过。我们沉默了半晌。

"你知道吗,我们的老爸曾经一起在监狱里蹲过?"

"什么?在哪儿?"

"当然是在索非亚啊,还能在哪儿?!难道你不知道这件事吗?"

"不知道,完全不晓得。"

"在1946年的时候,为了省亲,你们父亲回过保加利亚一趟。在那之后有一段时间,他曾经下落不明。"

"对于那段历史我记得不是很清楚。"

"他们把他扣了起来。我们老爸当时刚好也被捕,只不过是因为别的罪名。也许是非法交易,谁晓得呢?"

沃尔菲将他知道的一切和盘托出,尽管他所知不多,我的心却因为这些许的线索不禁悸动起来。根据沃尔菲所述,回到索非亚之后,我们老爸并不是住在他的父母那儿,而是住到他的阿姨家;当时他有两位阿姨一起住在市中心一间较大的房子里(她们两个想必就是米拉与茨韦塔)。在苏联军队开进保加利亚的时候,她们在前廊发现一名受伤的年轻德国士兵;她们便将他藏在一间储藏室里。后来窝藏逃犯的事情曝了光,所有住在这间房子里的人,通通都遭到逮捕。两位姨婆被送到劳改营。至于我们老爸,可没这么简单了事;由于过去几年他曾经在德国待过,因此他被当成间谍关进监狱。

沃尔菲的老爸跟我们老爸应该就是在监狱里结识的。桑科夫显然人面较广,还帮了老爸不少忙。过了整整一年,在被迫同意帮特务单位工作的情况下，他们两个总算都获得释放。后来他们结伴返回斯图加特；确切地来说，应该只有我们老爸是"返回"，因为桑科夫之前根本没去过德国。偷渡还是合法出境呢？他们是怎样离开边境的呢？使用的又是什么样的证件呢？对于这些问题，沃尔菲一个也答不上来。他同样也不晓得那些特务们后来有没有对他们穷追不舍，他们在保加利亚的家人们有没有因此受到牵连？

"我曾经拿这些问题去问过塔巴科夫。"沃尔菲说，"他肯定知道一些内情，但就是不愿意透露。"

在我脑海里不禁浮现出"打小报告"这个字眼。

"你们父亲是个亲切的人。"沃尔菲说，"只不过，稍嫌软弱了点。"

我们继续在长椅上坐了许久，直到两人冷得不断地打哆嗦，才结束这场意外的对话。在剩余的旅程当中，我们还是保持友好；只不过，当初那个夜晚的推心置腹却再不复见。我觉得，对沃尔菲还是要小心为上，因为他不是那种真的可以跟别人交心的人。那天晚上的事我没有对老姐提起，也许因为百无禁忌地去评论她，让我对她感到很内疚。

夜幕低垂，这里慢慢地开始变冷。我逐渐地感觉到这张椅子的铁锈正钻进我的骨头里。这时沙滩上只剩下随意漫步着的少许人。塑料罐丢得到处都是，偶尔还可见到废轮胎、玩具沙铲、搁浅的水母，甚至还有一只头部已经埋进沙堆里、死了有一段时间的海鸥。海面风平浪静，它既没有挟带什么东西上岸，也没有从陆地上将什么东西卷走。一路走来，并没有见到任何会引人俯拾的漂亮贝壳。旅馆那座经打扫、清洗、整平过的小花园，给人亲切的一瞥。我在露台上遇见了老板与老板娘，他们取来一些奶酪和面包给我。我们用英语闲聊几句，我便回房去了。

今天我打算来个阅读之夜。我把阳台的落地窗打开，躺在床上读着有关斯大林的书。我读到对于英国左翼政党（马丁·埃米斯的父亲也是其中一员）竟能长期笃信斯大林这件事，马丁·埃米斯是如何地感触良深。我还读到1937年2月至3月期间所召开的中央委员会会议里，必然弥漫着极度的疯狂。所有重炮轰击发言者所使用的词汇，无不来自以肮脏手段暗中进行破坏的托洛茨基谋反。台底下不时地出现叫嚣、挥拳、暂停，当然也少不了喝彩。所有人全都红了眼，唯独斯大林那双眉头深锁的眼睛还保持清醒。紧接着登场的，则是最令人感到荒诞不经的"有害事物清单"：例如，那些看起来有点奇怪的词汇，人们并不晓得，一旦惯于使用它们，将会造成何种后果。比方说，"两面派"（Doppelzüngler），这是一个漂亮的词汇，它源自毒蛇在蜷曲的状态下，用它的蛇信振颤着（Zünge）对这个世界发出嘶嘶的声音。然而，光是因为这个词，没有上千也有数百名的党员干部遭到非法囚禁或枪决。至于其他数百万名死难者，则是在一些别的词汇底下牺牲。埃米斯很有技巧地将这一切整合起来，让读者们在面对这些词汇时，不由自主地感到不寒而栗。陶醉在随之而来的屠杀里，这些同志们，肯定陷入了某种严重的集体偏执中。那不是一种热血的陶醉，而是冷血的。那是一种伪理性的陶醉：当中每个人都背叛每个人，所有的人彼此看起来都像是凶手。某个国家的整个领导阶层之精神状态，似乎病态地完全摆脱理智；它真是让人越看越古怪，越深入其中就越能揭开更多面纱下的细节。

深海。霎时间，我不禁联想到那些苍白的生物。不久之前，在太平洋的马里亚纳海沟深处，一些摄影机器人在裂缝与间隙当中，发现这样一些生物。在我看来，比起 1937 年的一些人，这些生物似乎更可以为人所理解；更讨人喜欢，自然是不在话下。

带着享受恐惧的心情，我就这么一直、一直地阅读下去。也许是因为我从对斯拉夫语的憎恶中获得了强化。其实我自己也曾经信奉过列宁、托洛茨基四年。然而，时至今日，我已无法再与这段过往取得联系；对我来说，那些由布尔什维克 – 列宁主义者所组成的斯巴达克斯联盟之成员，如今已形同陌路。这绝不是因为当时我太年幼；开始与他们分道扬镳，大约是在我 13 岁的时候。就在同一年，我开始陶醉在詹姆斯·恩索尔[1]的画作里。清醒、火热、欢唱般地陶醉；这股陶醉就这么不断、不断地持续着。甚至，在某间博物馆里，当我见到他那忙碌的耶稣基督，或是那令人诧异的面具时，这股陶醉竟汇集成幸福的洪流。在那之后，鲍勃·迪伦的声音也长驻在我的耳朵里；这个小伙子总喜欢唱他自己想唱的歌。这两种狂热以及其他两三种甚至更多种的狂热，都已交织成我心灵的 DNA。

为何那时候会沉溺于布莱希特舞台剧那样乏味的典型混乱呢？为何是托洛茨基呢？是因为冰锥吗？还是因为他扮演着的角色呢？抑或是因

---

1 詹姆斯·恩索尔（James Ensor，1860—1949），比利时画家、版画家。作品色彩艳丽，以对资本主义社会无情的抨击而独树一帜，代表作《1889 年基督进入布鲁塞尔》因内容过于怪诞，被比利时新艺术运动团体"二十人社"联展拒之门外，画家本人也因此被开除社籍。

为，如同当时大部分受到左派激励的人那样，我也在找寻一位犹太籍养父，而且我也看不懂阿多诺的书呢?

Weiter! 继续

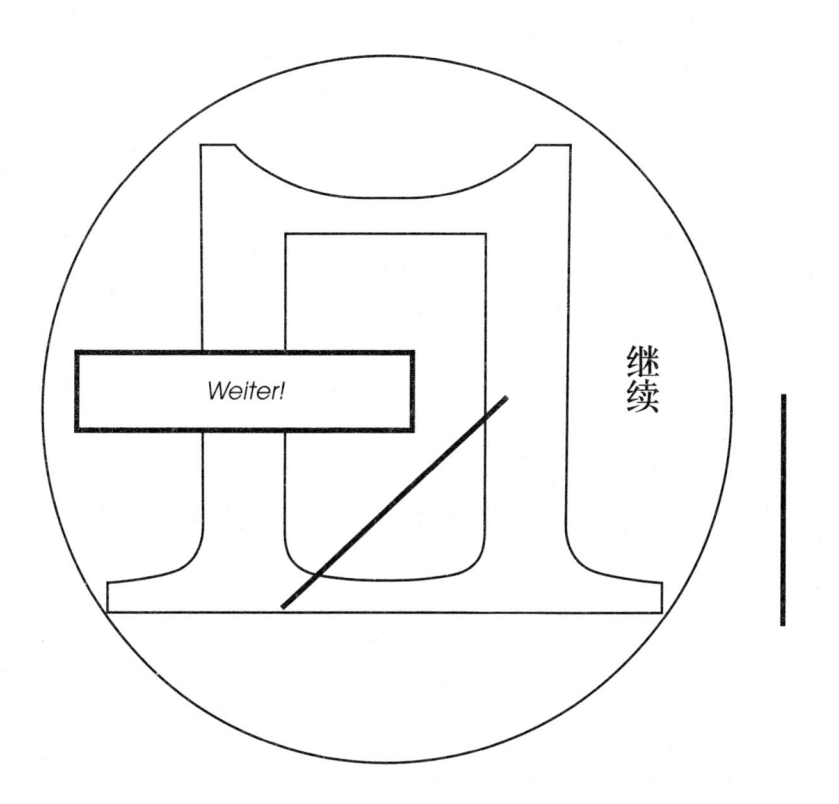

在露台上的早餐，备有超越一般等级的好咖啡。不仅如此，这里的桌子也不是用塑料做的，而是略显斑驳的淡白色风化木桌。桌子的触感很柔滑，它的纹理更会令人不由自主地举起手指随波纹起舞。两位同行者的头发梳理得相当整齐，仿佛用毛刷刷洗过一般。在他们的表情当中，我察觉到愠怒的线索。也许，他们先前有过什么口角。也许，我根本就搞错了；他们或许早就像一对夫妻那样，老练地共同生活。老姐今早所穿的这件轻薄的布质小外套，看起来略显童真。

"今天还蛮冷的。"

"鲁门很期待冬天。"老姐说，"因为到时候，这里会变得超级冷，而他就有机会证明自己是个冬季英雄。"

鲁门无言以对。在我看来，他似乎是个相当怕冷的家伙，理应当个夏日英雄才对。他将眼皮一沉，抚摸了一下正用头在他腿上磨蹭的一只母猫。

我们带着真挚、有感的谢忱向老板与老板娘道别。

老姐正在啃一个苹果。我则自顾自地在后座打盹儿；由于昨天晚上看书看到很晚，相关的回忆依稀在脑海盘旋。突然间，一句格言从这些关联里闪现："性得到了应得的承认。"我们正开车经过一些卖花的小贩，他们试图将货物从车窗递进来。今天有些潮湿，既不冷，也不热。太阳离开了它的藏匿处，照亮四处弥漫着的灰白。

过去的压力是如此的巨大。

那些苏维埃同志们之所以失败得如此惨烈，或许是因为他们拒绝接受超越人间的官员们所组成的国度之帮助；他们拆除教堂，融化钟声，枪杀神职人员。我觉得每个人间的官员背后，必定有一位辅助天使，否则国家便会因此堕落；只不过，我没有能够在紧急情况下提出来辩护的理由就是了。我认为倘若欠缺天使的暗中帮助，鱼会煮不熟，肉排也不会好吃。此外，也许这些天使们会一边轻轻拍动着他们的翅膀，一边教导我们，去关心那些秘密地埋藏在每个生命当中的忧郁，教导我们杀人并没有帮助，因为没有人能够因此而获得幸福。

海岸无边无际地恣意延伸，简直就是毫无前景、欠缺天使的千篇一律。打开车窗欣赏风景根本毫无意义；我索性接着打盹儿。霎时间，似乎有些粉白的身体出现在我眼前。他们全都蜷缩在地上；看呐，在他们的小腹下方，仿佛有着正要张开的翅膀！我得到了一些提示，原来那是保加利亚的翅膀；它们被弄皱了，此刻，大家正怯生生地尝试飞行，一同试着将翅膀打开。接着，我又见到了，从一条吐司里，跳出许多方形的面包；与此同时，在隔壁的房间里，似乎有个身着医师袍的人在那儿清理水槽。

布尔加斯到了。我肯定睡了非常久,此刻我的脸上还留有压痕。脖子嘎吱嘎吱地响。举目所及,尽是些低劣的赌场。我们将车子停在一间平房前面,房门口还挂着一个会闪闪发光的轮盘。意兴阑珊、跌跌撞撞地下了车。四周全是些走来走去的观光客,仿佛他们全体正在进行一场大规模的搜索行动;只不过他们并不晓得到底要搜索什么。当然,就连我们自己也都不晓得。最终,我们决定不如继续往前开,索性一直开到普罗夫迪夫。

这时在我们的大发汽车旁边停了一辆配备有色玻璃的黑色吉普车。那辆车的引擎盖是打开的,有个人正探头进引擎室里查看。车旁还站着一个小伙子,他在那儿把玩自己连帽卫衣上的细绳,胸前印有一群在奔跑的鹿。鲁门想与他攀谈,可是他完全不搭理。

基本上,我今天已经坐了够多的车。然而,若是能够因此越往索非亚靠近(这也意味着越往柏林靠近),我还是可以欣然接受。再过两天,我就可以回家了。要是连海边都比柏林的丑,那还来看海做什么?又一次,不过这次却是前所未有地坚决,我决定了:从此再也不要出门旅行了!为什么要出门旅行呢?为什么要没事走到哪儿便闷闷不乐地睡到哪儿,而且还一再地唤起令人郁郁寡欢的坏心情呢?处在逆境当中,究竟该怎么做,才能快快地把时间略过?没多久,我又开始打起盹儿来……

醒来。我们决定到高速公路附近的一家小吃店休息一会儿。倘若我有勇气不顾一切地开始徒步漫游,肩膀上背着一个食物袋,头顶上戴着一顶猎人小帽,手里再拿上一根棍棒,就这么上山下海、穿州过省地走回柏林,那么,我便再也不用去担心过去与未来的所有事情;因为,如此一来，在我内心里，将会沉积出一种根本的意义，一直到老死，我都能靠着它来过活。

立刻就去做那些从没人做过的事吧！

纵然双脚受伤，也能自由地飘浮过森林、飘浮过原野。也许，我甚至还会学着歌唱；只是，这件事不太应该拿出来讨论。我的两位同行者似乎对于自己的行为举止犹豫不决；他们应该毫无歌唱的意愿。在我看来，他们真的很奇怪，就好像定在座位上一动也不动的假人。也许我们正在某个三人舞台上表演无聊的心境。在化妆盒的镜子开开合合当中，体现了女性的无聊；至于男性的无聊，则是体现在将烟灰抖掉，以及躲藏在公路地图的后面。我则是被选来窃听感情的产生与消失；于是，我用餐巾纸帮自己折了一对招风耳。

一群小狗帮助我们脱离这样的窘境。有老的、有小的，可是毫无例外地，全都丑得跟猪一样。有一只毛比较多的小狗站在较远的地方，每当它想要靠近客人，便会立刻遭到驱逐。我特地丢了一点东西给它，可是它却不敢吃，就眼睁睁地看着其他小狗把东西分食，夹着尾巴胆怯地退了回去。

"托洛茨基主义倾向的异议分子！"我对鲁门说。然而，他却把我的玩笑当成耳边风，持续专心地在研究着他的地图。

上车之前，我对老姐提出一个请求：我希望在抵达普罗夫迪夫之前，她可以例外地让我坐一下前座。

"当然好啊，很乐意！"她先从置物箱里翻找出两三件家当，随即便坐到后座。

鲁门不但变得很活泼，还好心地帮我扣上安全带；仿佛我是个三岁小孩，或是个无法自理的老太太。坐在副驾驶座上，一切似乎也跟着严肃起来。托洛茨基主义倾向的异议分子是绝不被容忍的！人们不仅不能去干涉驾驶人的方向盘，更不能拿着地图在他眼前挥舞；路要怎么走，得由他自己一个人决定。

"五年计划大抵就跟驾驶的本质差不多，不停地前进、前进、前进……"鲁门滔滔不绝地在授课，"即使在保加利亚也一样。只是这里的司机心目中只有五段变速的'飙车'，根本无视交通规则。"

在这当下，我们倒是不必飙什么车。因为，这刚铺好的柏油路上，根本没有几部车。道路指示牌几乎付之阙如。为此，在道路的两侧竖立许多带有显眼徽饰的大型广告牌；不明就里的人或许会以为，原来保加利亚居然是萨克森－科堡的分部！那个徽饰其实是一家公司的标识；那家公司的创办人西美昂·萨克森－科堡－哥达斯基，又称西美昂二世[1]。他是位被寻获的流亡沙皇；保加利亚人在绝望中扶他坐上了总理之位，可是旋即又因选举失利而黯然下台。鲁门很讨厌西美昂。他认为，西美昂是个失败者，是个一无是处的家伙，是个赌徒，在保加利亚的冒险只是为了收回他的财产。我看，我最好还是别问他，那些广告牌背后究竟暗藏什么玄机？

"你注意到了吗？"老姐突然从后座传来说话声，"我们的司机是多

---

1 西美昂二世（Simeon II, 1937—），保加利亚末代沙皇、前总理。鲍里斯三世之子，1943年即位时年仅六岁。1946年因保加利亚投票废除君主制度而退位流亡西班牙。流亡期间靠经商筹集资金，2001年返回保加利亚参选总理并胜出，四年后连任失败。

么精神抖擞地用双手握稳方向盘。他是位坚毅的保加利亚驾驶员。"

"他同时也是位坚毅的斗士；为了你，他昨天差点儿就跟咖啡店老板打起来！"

鲁门在一旁偷笑；看样子，对于我们一直对他说长道短，他似乎还挺享受的。波浪般的好心情、慰藉的心灵、柔韧的柏油路。

"不让你们在保加利亚开车，其实是有理由的。换成是在德国，我宁可让你们开车载我。"就在中途休息之际，有辆小型的预拌混凝土卡车超越了我们。直到我们抵达普罗夫迪夫之前，都在或多或少地持续停车休息。

这个坐落于山谷里的现代城市真是够难看的，简直就像受到腐蚀的寻常废物一样。我很想提议，不如我们不要歇息，继续沿着高速公路开下去；至少高速公路上的风景还比较宜人。然而，接着往斜坡开上去一段之后，看呐，映入眼帘的竟是一个全然不同的城市！我们被困在一条狭窄的小路里，进也进不得，退也退不得。鲁门允许我们先下车，他自己则留在车上，继续在龟速行进的车阵中孤军奋战。排在我们车子后面的，是一辆满载着彩色水桶的三轮车。

"现在你怎么看呢？"老姐双手交叉，神情讶异地站在一个庭院的入口。

"我的天啊！"

这些庭院的门散发出一种感人的庄严，它们已然严重变色且失去了光泽。稳固的下层建筑是用原石堆砌而成，上方则用凸出的拱架支撑住木造楼层。这是一种交互串联、令人崇敬的美。

山顶上有个停车场。

举目所及,无不令人感到愉悦。比起我们在西欧许多城市里见过的那些保存良好的古屋,这里的房子呈现出另一种令人惊艳的面貌。精致的木造上层建筑附有凸出部位、圆形雕饰以及饰带。建筑结构则是相互串联成方形。此外,建筑物上的色彩游戏也值得一提:上方是饰以锈红暗沉的木头,下方则是明亮沙石,它们之间则过渡着一道强烈的蓝。全然是赏心悦目的美。傍晚的天空红中透亮,只有如喷烟般的几朵小云点缀在天边;在这天公作美的氛围中,我们因而有幸饱览普罗夫迪夫的美景。对面有个标示牌,背后应该有一家咖啡店,那家店似乎还有座带有屋顶的花园。鲁门晓得这家店。从花园看下去,整个山谷可以尽收眼底。

这里做生意的基本条件,似乎是要提供即兴表演;那些未完成的拼凑物,让我们仿佛重回熟悉的学生时代。勾肩搭背的椅子、摇摇晃晃的桌子、箱子、蜡烛、交头接耳的大胡子男人、穿着宽松裙子的女人;在这些女人的身上,除了有一大堆来自印度的、杂七杂八的东西,手上还戴着多到爆的手环。此外,这里还有水烟斗,想当年在我们德国,这玩意儿并没有如此普遍。也许,那些拯救了一部分旧的普罗夫迪夫的人,全都聚集到了这里。

在不远处的一座塔上,有只老鹰倏地升空。一群小鸟随即在天际里描绘出紧张的模样。

此时,鲁门的内心也有一股小小的不安在骚动。趁着老姐去洗手间这段空当，他转过头来对我说："我不是傻瓜。我很清楚，我们生活环境的差异以及随之而来的后果。"

天啊，这种情况急需一位安抚专家。我向他保证，没有人会认为他是个傻瓜；老姐不会，我更加不会。何必要认为他是傻瓜呢？另一方面，对于一场旨在安抚的对话而言，去仔细地比较索非亚的青年区以及法兰克福的贝多芬街，绝对是大忌。有些心结就在秘密、缄默与轻柔之中自己解决了。

寻找旅馆的过程中，我们无意间接近一个富丽堂皇的建筑；在它前面还有巨型的蜡烛在巨型玻璃罩里燃烧着。一进到里头，这个俗不可耐的建筑所燃烧着的熊熊疯狂，害我的笑肌顿时失去了控制。没错，我们最终还是来到了普罗夫迪夫第一黑帮广场——恐怕很难再找到比这里更好的电影布景。我们不妨想象一下，某个帮会老大的女儿要出嫁，然而，就在婚礼现场，不知从哪儿飞来一颗被砍下的脑袋，不偏不倚地，正好落在结婚蛋糕上，随即而来的激烈枪战中，不但四周的墙面上血肉横飞，连新娘的白色嫁纱上，也沾染上几滴鲜血。恶搞这间饭店一定有趣极了。也许人们给了一支儿童部队许多银两，要他们为这间饭店点缀点缀。黄金、黄金、黄金，华丽装饰上头的华丽装饰，缘饰上头的缘饰，地毯上头的地毯，用发出嘶嘶声的色彩所绘制的壁画，犹如怪兽般的剑兰组成大力士般的花束。不过，当人们用手指去触碰些什么时，那些东西总是摇摇晃晃（在参观某间浴室的时候，我轻轻地用手去碰了一下水龙头跟一些支架，结果它们不是摇摇晃晃，就是落下了一些粉末）。到了晚上，这里肯定会有许多镀金的蟑螂从墙壁的缘板里冒出来，至于厨房里则应该会有一堆尾巴镀金的老鼠四处横行。

到下一家旅馆我们就感觉幸运多了。这里的房间不但大，而且窗明几净。地面上铺的是气派的木板，裱纸墙面的前缘陈设着19世纪的古典家具；那些写字台、桌子、椅子，令人不禁联想起比德迈风格，甚至依稀可以见到拿破仑时代的身影。我将窗户打开，欣赏着宛如田园般的内院。就在此时，老姐走了进来，她想来参观参观我这个房间是何模样。她手里还拿了一小枝像分叉树枝的珊瑚给我看，说是鲁门送她的。

我恰如其分地称赞了一番。自从我们来到普罗夫迪夫之后，老姐的表情便变得好似悲剧里凄凄惨惨的小旦。我在想，在回到位于贝多芬街的住所之后，她大概会先将这件事隐瞒个十来天。然而，该来的总是要来，她最后还是得要坦白。这件事一直在震荡、在拍击、在呼喊着：我要出来！在这种情况下，恐怕只有果决地转移话题才能阻止得了。对于这种事，我的观念其实是过时的。人们大可随心所欲地不忠，可是必须如钢铁般保持沉默。我称赞这个房间，称赞走廊，称赞浴室。接着，我一边再次屈身探出窗外，一边提议：今天晚上，我们一定要在楼下庭院里的餐厅吃顿饭！

不过，亲爱的老姐，现在我得先去上一下厕所！

这个后院果然没有让我们失望：不播放任何音乐、舒适的座椅、优雅的灯光、无可挑剔的食物、美味的红酒。也许，这个地区唯一一间适合人居住的旅馆，就这么幸运地刚好被我们碰上了。我们先是不断地闲聊，后来因为"擦枪走火"，再度引爆先前曾经交锋过的、关于陀思妥耶夫斯基对托洛茨基的阵地战。鲁门孤身一人奋勇地坚守陀思妥耶斯基的堡垒，我则与老姐高举托洛茨基的军旗火力全开。接下来，我们还扯到希特勒与斯大林的密约，扯到露易丝姨妈，扯到跳豆，甚至还扯到"来自地狱的吸血鬼"；在所有令人不寒而栗的深海章鱼当中，吸血章鱼可以说是最恐怖的一种。

总而言之，我们吃了一顿愉快的晚餐。

在饭后散步的途中，有家小酒馆挺吸引我的，于是我辞别了他们俩，自己进去里头坐坐。事实上，他们俩能够独处的时间也只剩今晚了，我不妨自己识相一点。

没拿半本书就直接躺到床上。睡意在不知不觉中悄悄地拂过，还来不及胡思乱想、辗转反侧之前，我已然沉沉睡去了。

Sofia 索非亚

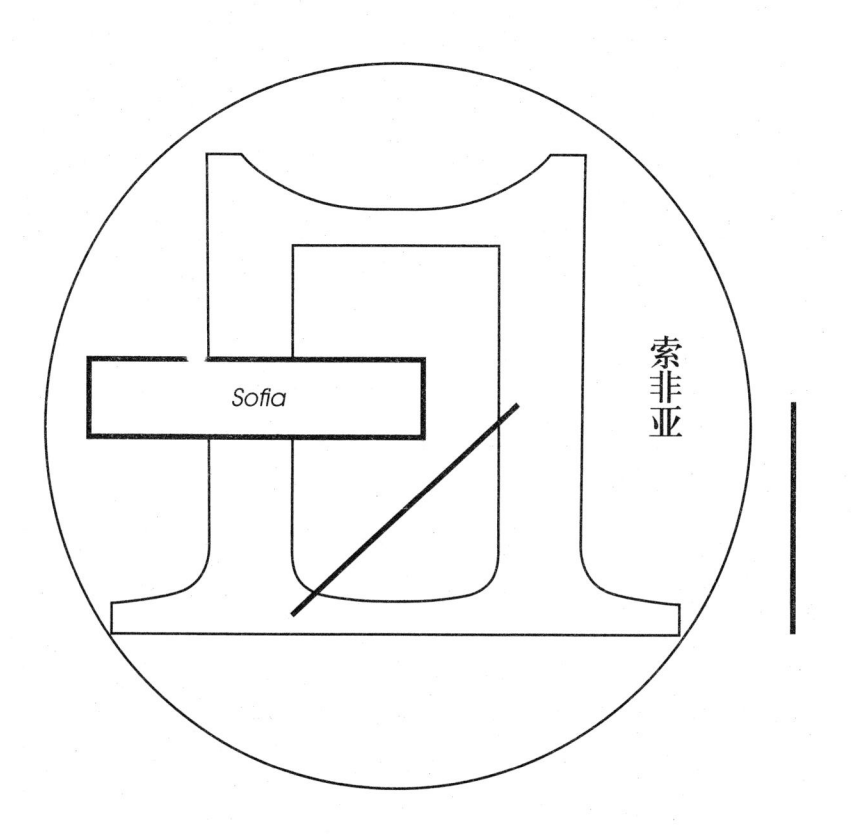

今天早上我们还有一点时间，至少可以去拜访一处普罗夫迪夫的著名宅邸。真是蠢，我们竟然未能早点发现！设计精巧的小宫殿才是我们要参观的对象。光是内院中气派的石头，便引人再三驻足。举目所及，尽是些植物盆栽；些许的失望似乎从它们的身上绽放，仿佛看尽了我们的一生。从外面到里面、从庭院的隔离区进到这间房子的私人领域，整个层次的转变，犹如一场难得的梦游体验。多么精巧的构思啊！在自然与建筑之间，构思得多协调啊！在打造巴尔干半岛之际，那些建筑工人们是否曾一边欢欣地吟唱着呢？在舞动手里的凿子与雕刻刀之时，那些雕刻师傅的眼前是否有个天堂作为蓝本呢？难以形容的美，就在整体关系里活灵活现。

兴建的时候，所有保加利亚的天使肯定都曾前来帮忙；其中有几位甚至留在这里，给参观者的心灵带来温暖。

屋内的隔间正好满足一个人口众多的家庭，每个空间皆负有显著的代表性任务。这里的人们相信，壁橱可以为一个家庭带来幸福以及和谐的秩序。令人流连忘返的沙龙，里头还绘有湿壁画；这些壁画显然在倾诉着对于凡尔赛宫以及法式礼仪的渴望。这座"封闭的花园"是法式的。这些被放逐到省区的富商，似乎希望能将巴黎、维也纳以及金角湾结合起来。看呐，某种保加利亚之美就在这种情况下诞生；它的存活肯定是凭借着自己的力量与优雅。在保加利亚的历史上，那肯定是幸福的一刻。这能够让一个耿直的国家产生什么变化呢？尽管我更想知道在普罗夫迪夫发生过的众多种族融合的历史。

没有用。我们得继续旅程。

上路！我们取道图拉真古道向索非亚前进。先前旅途中固定的座位编排，如今又调整回来。一切还是老样子。只不过我们的心，似乎变得更温柔、更敏感；连我的也一样。此外，在两位同行者的眼里，还散发着淡淡的哀伤。

不久之前，我们曾一度驱车前往索非亚，当时我们取道希腊。一路上老姐生气勃勃，我则是无精打采。我们踏上保加利亚的第一站是梅尔尼克。由于在邮轮上的夜晚我一刻不得安宁，所以前往梅尔尼克的路上，我几乎是从头到尾卷着礼车里埃舍尔图样的小窗帘呼呼大睡。

在梅尔尼克，塔巴科夫首次感受到踏上故土之后的压抑。可以这么说，梅尔尼克完全不符塔巴科夫的预期！这个地方四周环绕着巍然矗立的岩石，宛如一幅壮丽的图画。当地有些房子就盖在险峻的石头中间；这些房子的巨大阳台，以及这种贴立于岩石上的特殊工法，实在令人印象深刻。尽管如此，在梅尔尼克端上桌的酒菜，还是把塔巴科夫给气坏了。我们则是很雍容地抑制住自己的怒气;说穿了,毕竟钱也不是我们付的。迄今为止,我们其实也享受了不少豪华的招待,因此,对于保加利亚店家加在我们身上的这点小摩擦,我们都可以欣然以对。然而,塔巴科夫却受了伤。他不但仔仔细细地规划了所有的细节,还准备好撒出大把大把的钱。此时大伙儿应该要好好地安抚我们这位抱怨连连的头儿;然而,我们只能看着他起皱纹的喉咙与难以下咽的酒缠斗,并且把这些空瓶子一个接一个地放回厨房。

我们谦逊地垂下眼帘,露出我们保加利亚之子含蓄的微笑。

车队只在梅尔尼克稍事停留,随即便启程前往索非亚。我再次睡着了,不知过了多久,我周围的交谈声顿时大了起来,我醒了过来。这时候车里的乘客已变成玫瑰花农和他的太太;此外,科廖·伍特芙的儿子也加入了我们。

原来是佩尔尼克让他们如此激动。

我们驶过许多巨大的工业遗迹。一公里复一公里,全是惨不忍睹的景观。半颓圮的建筑物、破碎的玻璃窗、挖得乱七八糟的土地、宛如小山一般的垃圾堆、生锈的起重机、漫无目的高高举起的怪手铲、四处散落的机械零件。绝不吹牛,的确是绵延数公里。这是我们众人前所未见的、作废的工业区中心。我们仿佛置身于一场被上帝遗弃的噩梦里。零零星星只见到一两个人出现;其中一个是牵着一条狗的警卫,其余的则是在翻找垃圾堆。

玫瑰花农的笑声,听起来,就仿佛牙签被咬断般咯咯作响。他其实非常伤心,因为这里是他从小就熟悉的地方。

这里完全无法与鲁尔区的工业景观相提并论。鲁尔区的矿区，以及在上个世纪之交兴建的大型建筑，全都呈现出巨神般的美。然而，佩尔尼克却是只有丑恶与空虚，就仿佛迷失在一场绝不宽贷的噩梦里。这是一场由废铁以及后来附加上去的轻金属结构所构成的联合企业瘟疫。所有的一切，全都破败到令人觉得可悲，让人完全无法带着哀号去思索那消逝的时光，去思索那被大自然吞回腹里的人类功业；植物的先锋部队尚未开拔到这个区域，桦树枝也还没在这里的屋顶上插旗。

　　在沉默与哀戚中，我们驶进了索非亚。

　　不久之后，上有饰顶的那些旗舰礼车便脱离了我们的车队；因为那些遗骸必须载送到某个地方去进行处理。与此同时，剩余车队则是浩浩荡荡地开进市中心，将我们载送到下榻的饭店门口。

　　索非亚大饭店，一个带有玻璃外墙、闪闪发亮的新盒子，它不仅具有五星级认证，同时可谓是保加利亚饭店的门面。这家饭店招呼我们所表现出的严谨态度，仿佛自开业以来一直引颈期盼的贵客，如今总算大驾光临。墙壁上贴有深色的木质护壁镶板，四周还摆设了一些棕榈盆栽。饭店的服务人员亲切地用多国语言向我们问候。塔巴科夫当然也事先打点好了一切；全然不同于在梅尔尼克，这间饭店显然悉数遵照塔巴科夫的吩咐，备妥一切事宜。我们既不需要去柜台办理入住登记，更不需要自己动手拿行李；那些低调地随侍在侧的饭店服务人员，已经为我们搞定了一切。几位身着帅气制服的年轻小弟，分别引领我们去各自的房间；带着我的那位小弟身形相当高大，也许该用巨大来形容比较贴切。我一脸尴尬地伫立在绿色的地毯上，这位年轻的服务生满心期待地望着我。由于我全身上下只有一张五欧元纸钞,我只能满怀歉意地,在没有小费的情况下目送他离开。

绿色的地毯海里,悠游着金色的浮游生物。在吸净之后,绒毛也跟着高高地竖起。那位清理地毯的人,满脑子所想的肯定都是对称;因为,吸尘所形成的条纹,竟然呈现出不可思议的平行。房间的桌上有盏极为雅致的小夜灯,这是我相当喜欢的一种改变,就当是换换口味。床的后靠相当巨大,里头填充了厚实的软垫,完全就是豪华寝具应有的规格;软垫上的纽扣则让填充物形成钻石状的隆起。床面上铺有一张米色的毛毯,毛毯不仅表面泛着波动的银光,还特地颇富巧思地折出一个三角尾。这床很适合 20 世纪 50 年代的好莱坞美女在上头嬉戏:身上穿着粉红色的小洋装,趴着翻阅一些画报,小腿自在地翘起,脚趾上还有女性便鞋在那儿晃呀晃。

天呐,在这张床的旁边,竟然有件自童年之后便久违了的家具。那是一只皮质的软垫箱。只不过,在这里所出现的,是只新的、亮皮的箱子(对此,多丽丝·黛一定很有感觉)。小时候在我们家的那只儿童软垫箱,上头有红色、绿色以及棕色的图案,带点印第安风格,可是有些破烂。我经常和小腊肠狗在上头嬉戏;有时我还会给它搔痒,诱使它去撕咬软垫上的皮。

我将窗帘拉上,不对,根本就算不上是拉或扯,只要轻轻一碰,窗帘就如同上了油一般,十分顺畅地在轨道上滑动。我随即开开关关地玩了一会儿窗帘。这可真是令我感到惊讶,保加利亚居然也有这种滚轮滑顺到无可挑剔的轨道!我不禁陷入了沉思,难道,是我看错了这个国家吗?

从十楼的窗户望出去,这个城市的景致十分宜人,下方黄色石头路面的广场,看起来也相当不错。

我打开行李箱,随即把浴室布置得像在部队一样。尽管这间浴室颇为华丽,倒也不失实用性;不仅有不少可以置物的地方,更重要的是,它十分地干净。在深灰绿色的大理石平台当中,镶嵌了一只亮白的洗脸槽。而马桶与下身盆则全都腾空地依附于墙面。整间浴室呈现出相当讨喜的现代感;另一方面,就我这位经验丰富的专家看来,这样的设计十分便于打扫。

这一天的晚上与接下来两天,我们都可以自由活动;因为,我们之中的大部分人,都想趁此机会探望一下各自的亲人。我们姐妹俩也一道外出,见了一些久违的表亲们。在探亲的过程中,我们认识了鲁门;事实上,在稍早之前,阿塔纳西娅就已经跟我们推荐过他,请他来担任我们的导游。在欢乐的气氛中,我们展开了一场刺激的语言杂烩大冒险;不管是德语、英语还是法语通通都用上了。鲁门的德语说得出奇地好;不仅如此,无论是西欧还是东欧,他似乎都很熟稔。平日就爱装腔作势的老姐,还特意向鲁门致上小小的谢忱,尽管很形式主义,倒也不失诚恳。无论如何,我们很高兴他肯耗费自己宝贵的时间来陪我们。

"您的德语说得真好!完全超乎我们的想象。"老姐一边说着,一边将双手的指尖相互贴合;为了给予一个暗示性的喝彩,随即又将指尖分开。"这下子,我们更觉得丢人,我们竟然连保加利亚语都不会!"老姐以她最甜美的伪装接着补充道。早在那时候我便注意到了,老姐的一举一动是如何牵引着鲁门的目光。从那个晚上起他便开始为我们服务,他的第一个任务，就是开车载我们回饭店。没错，我们对他的确感到相当地满意，很快便从"您"改口称"你"了。

那还只是上周三的事。而今天呢？今天弥漫着忧郁。坐在前座的两位同行者，活像是两具灌满了郁闷的尸体；一路上，他们既不说话，也不抽烟，只有老姐偶尔会温柔地将她的手放在鲁门的膝盖上。鲁门以前所未有的低速驾驶着，索性就这么意兴阑珊地低速前行。

我同样也受到了沉默的诅咒。倘若在这时候，我自己一个人在后面兴高采烈地喋喋不休，诉说着我有多么等不及想要返回柏林，那就真的太不识相了！

这一刻我们三个人都开始清醒起来。第二天早上，鲁门便在旅馆的大厅现身；他要开车带我们去维托沙山山脚下的波雅纳逛一逛。他身着一件深灰色的西装，脖子上还飘着一条带有百合花图案的棕绿色丝质围巾。（时髦、时髦！）

国家历史博物馆是我们的第一个行程：我们要去那里欣赏色雷斯公主的黄金珍宝。早自这时候起，我跟鲁门之间，就已经开始有点不愉快了，说穿了，其实是因为我开始高调地批评这里的建筑。我所批评的建筑，是日夫科夫家族从前的许多行宫之一，也就是这一天我们所参观的那间博物馆。这间博物馆扁平得犹如一块愚蠢的大饼，很宽、很丑，更要命的是，在它面前，居然还有一座煞风景的长梯。这是个既夸张又严重衰败的建筑物。它似乎是仿照低矮的长沙发椅来兴建，深受墨索里尼的行军风格所影响。

光是那座楼梯！依我看，或许足以让一整个军团的黑衫军（要是现在还有的话！）在这里练一练障碍冲锋。我仿佛听到了发号施令的呐喊声：冲啊！上啊！冲啊！上啊！快，动作快！

我之所以会被丑陋的事物吸引，或许是因为我不停地想找出证据证明，这个世界有多么的沉沦、有多么的腐败。丑陋的事物引我往左走，另外那两位也尾随在我之后走了进来。这里头堆放着大量的石块，令人不舒服的白色大理石块。根据鲁门的说法，这一大堆石块是刚完成的英雄纪念碑，由于尚未找到适合的墓园，所以暂时先将它们安置在此。虽说这里每一块大理石都是纪念某位保加利亚英雄的墓碑，然而，在我看来，这些石头与其说是在褒扬，还不如说是在嘲讽这些英雄：那些石碑切割得很粗糙，上头的文字雕刻得乱七八糟，更甭提那些以流苏状涂装的金字，简直恐怖得可笑。

在低矮的入口大厅里，人们可以学会什么叫做害怕（我的颅骨仿佛遭受到了某种挤压）。从这个建筑物的类型看来，横在墙上的那句箴言"苏联的友谊之于保加利亚人民，就犹如光与太阳之于万物"，在过去，委实与这个建筑还蛮搭的；只不过，如今这种箴言艺术已经过时了。无论如何，这里还有约翰·哈特菲尔德[1]那著名的海报；海报上有尊巨大的、瞪大双眼的季米特洛夫，他就俯身站在穿着宽大马裤的戈林背后。

然而，色雷斯的宝藏却颇为吸引眼球；如此精致的金制品，我还真是从未见过。"作品"这个字眼，在这里或许会造成误导：展示柜里的

---

1 约翰·哈特菲尔德（John Heartfield, 1891—1968），德国摄影家，摄影蒙太奇代表人物之一。他的超现实主义摄影作品具有鲜明的政治立场，竭尽所能对希特勒进行讽刺，使摄影艺术第一次成为政治武器。他也因此遭到纳粹迫害，其作品被烧毁，国籍被取消，被迫流亡捷克斯洛伐克。

构成物以其接近纯金的柔细使人目眩神迷，其柔细更胜晶片，人们或许会相信，这大量的奇迹应该是未经人工斧凿浑然天成的。

踏出位于后头的出口，便可进入一座貌似露台的花园。花园里建有不同样式的一些小水池，这些水池从前应该会洒出水，或是如喷泉般嘶嘶地喷出高高的水柱；然而，在如今已发霉的池中，只剩下一些生锈、弯曲的导管外露。蜷缩在斜坡上的植物，构成了一幅灰心丧气的画面：宛如一支由残废的松树、受伤的黄杨以及毫无血色的青草所组成灰头土脸的军队，所有高过半米的兵将，全都疲惫到就快不支倒地。花园里还有两张落寞的塑料桌与三张塑料椅，恐怕要在万不得已的情况下，人才会凑合着坐一下。在这个建筑物里某个隐藏角落，鲁门找到一位女管理员，并且向她点茶。过了大概半小时以后，那位小姐才意兴阑珊地走了过来。她为我们送来微热的水，在一只没洗干净的小碟子上，另外放了三个都已经变成木乃伊的茶包。

晚上回到饭店后，我们在可吸烟的附设酒吧里意外地遇上许多同行者。深色木料装潢，深褐色皮质沙发，几张宛如可爱动物的躺椅。大伙儿轮番把保加利亚给骂得狗血淋头，兴高采烈的指数冲到爆表。探访过这里的亲人后，每个人都带回满口袋的黑帮故事；即使将那些对于保加利亚活灵活现的幻想抽出一半，剩下的另一半，依然也不像样。法律、秩序？可笑！在马路上，万一不小心挡到民意代表，路人便会被当街暴揍一顿。在电视上，人们可以公然大放厥词地说：最好把犹太人跟吉卜赛人全拿去做肥皂！眼科医师在动完手术后忘了把缝线给取出，居然完全没有人会去追究。贪婪、草率、懒惰……就连上帝，也闻之兴叹。

由于我跟老姐并不想惹毛我们的头儿，因此我们两个都颇为节制。然而，出乎我们意料的是，后来竟然就连塔巴科夫自己也都像只芦鸭，在那里骂个不停。对他而言，这么腐化的索非亚，真是他前所未见；这简直是一种耻辱。玫瑰花农则是对于不良的人行道很有意见。此外，有人抱怨车子怎么都停到建筑物的围墙边，有人痛批水沟盖不是摇摇晃晃，就是完全掉进了下水道里，有人则是抨击那些令人目瞪口呆的纪念碑，以及让人毛骨悚然的文化宫殿；总之，谁还能记得了那么多狗屁倒灶的事呢?!

科廖·伍特芙的儿子战战兢兢地提出反驳。他说，之前经过一个市场，他发现那里的水果都很漂亮。

"上头可是撒了几吨的农药啊！"斯特凡·吉青回说，"这一点就连猪也瞒不过！"

老姐顿时变得生气勃勃。她虽然没有抽烟，不过却将手里的白兰地用力地晃了晃，随即一饮而尽，她的脸瞬间红了起来。她表示，在她的行李当中，携带着一项可以免受保加利亚这些破事儿侵扰的秘密武器，那就是：一部超厚的美国小说。飞越芝加哥屠宰场的热气球飞行员、会阅读的狗、一团会说话的球状闪电。堪称最有趣的一种巴尔干式的错综复杂。

"球状闪电……绝无这种东西！"搞清洁能源的家伙斩钉截铁地说。他同样也因为喝了酒，整个脸红通通的，整个人瘫在那里，活像他胸前的一对乳房。

"确实有！"塔巴科夫高呼，"整个佛罗里达都充斥着这玩意儿。我自己还曾经在海滩上亲眼见过一回。那可真是美妙的玩意儿!"

"有用。"老姐说,"有用,因为那团球状闪电就叫'跳过'。至于跟他对话的那个男的叫什么名字,我忘了!"

老姐熟练地又喝了一口白兰地。尽管根本没有人想跟着她去探访美国小说的世界,她还是自信到整个人都容光焕发。

沃尔菲表示,在国家绘画美术馆里,他曾经见过许多与球状闪电有关的艺术作品。基本上,只要保加利亚人满足于抄袭法国的印象派,一切都还勉勉强强能凑合过去;可是,然后呢?!

"在小麦田上爆炸的草莓果酱!"伊丽丝一边高举着双手在空中挥舞,一边形容着某幅画作。

玫瑰花农那十分理性的妻子也搅和了进来。她对于在街头上见到的许多穷人寄予深深的同情;此外,她也希望大家不要光是在背后瞎扯,应该去做一些能够帮助保加利亚人的事情。

这段无害的社会救济评论,唤起了塔巴科夫对于赤色独裁的回忆,他不禁又生起气来。"我一辈子都在尝试教导我的同胞们,该如何做生意。"他愤愤不平地说,"可是这些白痴却浪费了我的大好光阴!到头来,一切都只是徒劳无功。这难道不是对社会所做的贡献吗?嗯?"

亚历山大又将话题引回比较不会引发冲突的艺术航道上。"这些保加利亚的艺术家们,对于极光有着无可救药的瘾,红色、黄色的极光。我不晓得,这到底是谁教他们的,是未来主义吗?"

斯特凡建议,人们应该从保加利亚人手中取走画笔和颜料,而且至少得先拿走一百年。

"等等！"沃尔菲一边说着，一边举起手，大伙儿顿时跟着静了下来，"那些18世纪的肖像画，虽说是遵循圣像画的传统，可是却呈现出截然不同的崭新风貌，完完全全地令人惊艳！"

沃尔菲躬身向前，小心翼翼地放下他的酒杯。尽管他找不出词汇来准确形容到底有什么地方不同；不过，他非常肯定那的的确确是十分不寻常的画作，散发着一种挑逗人的美（他确实是用"挑逗人的美"这样的字眼；这令我不禁再一次对他刮目相看）。

"他们应该将一幅令人惊叹的画作收进他们的保险箱。"老姐表示，"那幅画就是《数百名保加利亚保姆献上乳房》。"老姐一边说着，一边已把第三杯白兰地给干了。

"我们还是别太早下定论！"沃尔菲提醒大家，并以此捍卫了国家绘画美术馆的声誉。

大约半夜两点的时候，我把被子掀开，在桌上的小夜灯温柔的照耀下，我又瞧了阴暗的窗户前沿一会儿。充满耐心的平静。倘若人们并非每天享受奢华，它其实颇能抚慰人心。

一大清早我便醒了过来，因为雨滴噼里啪啦地打在窗户上。我发现我的喉咙似乎有点发炎。身为一位意志坚定的疑病者，我总喜欢找尽各种借口赖在床上，更何况，如今还有这么一张既豪华又舒适的床。二话不说，我决定了，今天就要窝在床上过一天。何苦在一个自己受不了的城市里乱绕呢？喉咙之所以会痒，也许全要怪安葬老爸遗骸的日子越来越近。

"我想成为一页空白，"老爸说，"不再将自己隐藏在窗帘或云雾之后。"

我在想:相信的人有福了!要是你真能停止那套绳索把戏,我便心满意足。

我穿上居家的拖鞋,迅速地在门把上挂好"请勿打扰"的牌子。我下定决心,对于其他所有的事情都不再闻问,尽快在温暖的被窝里入睡。

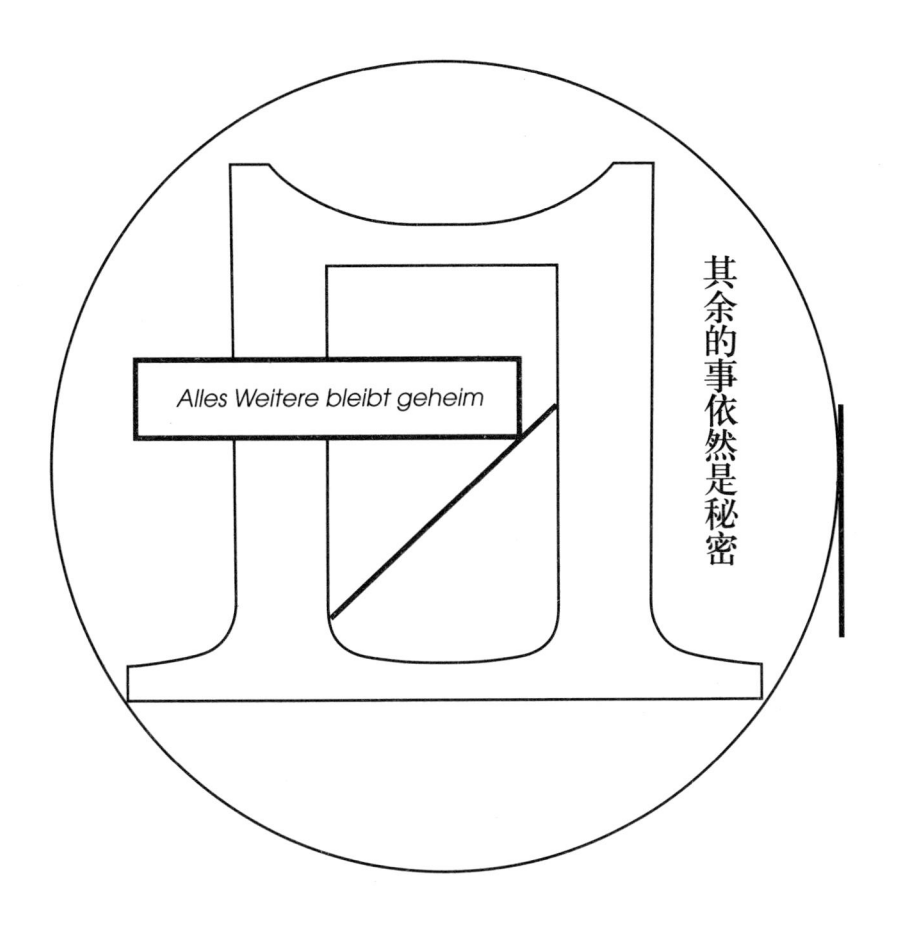

Alles Weitere bleibt geheim

其餘的事依然是秘密

星期五是个阳光灿烂的好日子，雨水洗净窗户的脏污，外头也闪亮得宛如刚清洁过一样。由于我在床上躺太久，感觉整个人仿佛变成一块木头。

我们之中大部分的人，都身着深色衣物前来吃早餐。此刻的我们既激动、又羞怯，试图以闲聊来控制住情绪上的骚乱。然而，从大伙儿向侍者索取些许炒蛋时竟会无端发笑的氛围来看，的确有什么令人惴惴不安的事在我们内心盘桓。

隔壁桌的桌巾哗的一声浮在半空中，只听见啪嗒啪嗒的声音生硬地落下。有新的客人坐了进来，但他们不是我们这一团的。

斯特凡·吉青为我们描述了一场充满传奇色彩的葬礼。那场葬礼发生在三十多年前的保加利亚，葬礼的主角是一位吉卜赛的男爵。这位男爵仿照古埃及的先例，为自己兴建了一座巨大的墓室，墓室里不但有家具与窗帘，甚至还摆设了一台彩色电视机。

斯特凡用叉子叉起一块炒蛋，都还来不及送进嘴里，炒蛋便又从叉子上滑了下来。看样子,那位男爵显然对他有点意见。那位男爵被戴上睡帽,安置在一张十分豪华的龙床上。除此之外,人们还为他准备了便鞋、家居服、香烟、威士忌等,可以说是一应俱全。

"然后呢?"搞清洁能源的家伙问,"没有女孩儿吗?"

"当然有啊!大概有二三十个,她们可能全都是被毒死或扼死的。"

大伙儿勉强地挤出了一点万能的笑容,随即便转移了话题。

除了打算日后在保加利亚展开殡葬事业的塔巴科夫以外,我们这一团人当中没有半个关心那些遗骸。塔巴科夫也并未对我们言明相关细节,只是向大家担保,一切都会获得最妥善的处理。

"讣闻呢?"玫瑰花衣不禁发问。是的,讣闻其实已经印好,并且挂到了各地去——挂在树上,挂在那些还在世的亲人所住的楼里,还挂在那些已经成为一种习俗的地方,在那里,人们把附有黑框的讣闻和照片放置在一起。

塔巴科夫安排了圣礼拜日教堂[1]作为举办弥撒的场地,从我们下榻的旅馆出发,步行大约只要十分钟便可抵达。前几天,我曾躺在床上好整以暇地研究了一下这间教堂。我越是研究,就越发惊讶于塔巴科夫的选择。之所以会让我感到惊讶,并非因为这间教堂是一件建筑方面的瑰宝——教堂的建筑主体可以回溯至中世纪,到了 19 世纪时,圣礼拜日教堂则又经历一番改头换面。

---

[1] 圣礼拜日教堂(Sveta Nedelya Cathedral),东正教大教堂,位于保加利亚首都索非亚,自中世纪成立教会以来,多次遭到破坏又重新修整。目前是索非亚地标性建筑之一。

这间教堂真正令人不寒而栗的原因,乃是1925年4月16日那天发生的一桩惨案。那是一个恐怖的日子。为了参加某场葬礼,当天教堂里可谓冠盖云集,当时的政府官员、军事将领、宫廷权贵,大多数都亲临现场。就在众人殷殷期盼沙皇的大驾光临之时,突然有颗炸弹炸了开来。正当四处弥漫着凄厉的哀号声与模糊的血肉之际,教堂中央的圆顶居然雪上加霜地塌了下来。一时间,到处尽是瓦砾、烟尘、鲜血、骨头碎片。大约150人当场死亡,数百人受伤,而在受伤的人当中,许多人都是重度残疾。

这起炸弹攻击,原本是针对鲍里斯三世。然而,他本人根本没有打算出席这场葬礼,反倒让他逃过一劫。早在那个时代,疯狂的炸弹客就表现得一点也不扭捏。在这种情况下,左翼激进分子很快就证明了这一点。1931年时,这座教堂又进行一次彻底的翻修。左派政府上台之后,原本打算拆掉圣礼拜日教堂,并且在原址兴建一座列宁的纪念碑。之所以有这样的计划,或许面对当初那件造成大规模死伤的恐怖惨案,新的执政者不免觉得难辞其咎。然而,在古迹保护人士的抗议下,最终这间教堂总算得以幸免于被拆除的命运。

圣礼拜日教堂矗立在交通洪流包围的孤岛上。正当我们踏上索非亚著名的黄色铺石路面、准备从旅馆走向教堂之际,我突然发觉我忘了戴眼镜。尽管如此,我却不敢冒险脱队,跑回房间去拿。

昨夜的一场大雨,让一切都变得十分清新。太阳已然将许多小水洼吸干,路上只剩零星的潮湿地面。先前有人警告过我们,要当心这些黄色的铺石路面:下过雨后它们会变得很滑。还好,这时路面大致已恢复干燥的状态。我们途经沙皇宫，随即又从考古博物馆的背后走过。

我感觉自己的步行宛如机械；相较之下，老姐的迅捷与优雅，令我赞叹不已。她身着黑色绳边的深灰色洋装，脚上则穿着一双饰有精致长条纹的长筒袜，再搭配一双漆皮皮鞋。老姐的两只手还戴了一双镂空的黑色手套，而她的皮质针织提袋则又重复了镂空这一特性；也许，这么多的镂空，看起来有点太过，我倒觉得还挺迷人。至于我则是一如往常地全身黑色衣物，踩着沉重的脚步在后头跟着。

一、二，一、二，腿起、腿落；真的，我步行得活像个会走路的黏土傀儡。

教堂的入口处挤满了吉卜赛妇女，她们争先恐后地想为我们看手相。一旁还有些乞丐将他们的小帽朝我们伸了过来。我们都挤在塔巴科夫身后，整个小团体完全黏成了一团，根本没有半个人能脱队，去翻翻自己的口袋里是否有零钱。不同于一般葬礼会将棺材盖给掀开，这回则是在入口的左侧与右侧，安置许多上了黑色亮漆的木板，木板上则写有众往生者的名讳。在难以动弹的状态下，我忽略了老爸的名字。

进入教堂之际，塔巴科夫与老吉青各画了三次十字。我们其他人则是微微地低头，权充为某种暗示性的致意。

教堂里头光明与黑暗并存。在前面的区域，数百支蜡烛的烛光交相辉映；然而，窗户却未曾透进半点光。这个空间像被夜笼罩。塔巴科夫先是亲自将蜡烛交到我们每个人手中，并且将其点亮，随即便引领众人向前。许多上了黑色亮漆的盒子被安放在一个平台上；包围着它们的，则是一片烛海。

那些盒子大概只比鞋盒稍微大一点，人们或许可以拿它们来包装高级皮靴。盒子的黑色亮漆上，还有醒目的、略为凸出的金色题词。在距离很远的情况下，所能观察到的细节，大抵只有以下这么多：全部总共有 19 个盒子，其中 17 个是装男性的遗骸，另外两个所装的，则是女性的遗骸。它们以三排五个加一排三个的方式，整齐地排列在黑色的绒布上；只不过，它们并非平躺，而是略微倾斜，也许下头还垫有小的防滑板，以此防止那些东西滑落。

教堂里很快便挤满了人，来的不只那些往生者的亲人，更多的其实是来看热闹的群众，这些人不晓得从哪儿听闻了这场不寻常的移灵之旅。当我拿着我的蜡烛无所事事地站着，担心教堂里会越来越挤的时候，从上头看不见的幽暗空间里，突然传来了合唱的声音。

霎时间，我感觉到力量直冲发根。

由于少了眼镜，整场弥撒的过程我只能约略跟随。拂拭与摇晃、许多开与合、一大堆来与回以及进与出。

开与合所指的是圣幛的门。只见衣着华丽的神职人员在那儿走来走去，又唱又念，还不时摇晃着香炉。这整段过程中有一些东西被抬了进来，随后又被抬了出去。在不断嗡嗡作响的吟唱声中，整组圣器获得了祝福，那些盒子同样也获得了祝福。演说与歌唱、歌唱与演说，两者完美地相互交织在一起。在歌唱之下，演说（我并不晓得内容究竟是什么）就仿佛一颗能够自己松脱的岩石；尽管歌唱将演说烘托到理性再也无法跟随的高度。声音在这座教堂里所呈现出的三维效果，可谓是绝无仅有。吟唱既不嘈杂，也不刺耳，优雅地缭绕在教堂里，并且在酝酿新一波悦耳的歌声当中归于平静，就好比在一片宁静海域里的潮起潮落。

嘘……老爸正在睡，别怕。

平时不管我再怎么努力，只要长时间站在同一个地点，我若不是很快累瘫，就是开始焦躁难安。然而，这里的歌声铁定在我的骨头与肌肉里灌注了无限的活力；因为在这场弥撒进行的过程中，从头到尾，我竟然都乖乖地好好站着。

塔巴科夫向我们使了个眼色，现在是列队到那些盒子前致意的时候。

果然没错，是有防滑的小木板，而且就钉在绒布上。

可是，真的是中邪了！我居然无法找到老爸的名字，难道是少了眼镜惹的祸？就算是使用西里尔字母来拼，我肯定也认得出来。正由于我认得西里尔字母，属于莉洛的盒子才会忽然映入我眼帘；在那个盒子上，她的名字同时用了两种文字来书写："莉泽洛特·阿玛丽·塔巴科夫，原姓韦尔勒，1921—1981"。她的盒子被安排在一个特殊的位置：三个一排那一组的中间的前沿。

我在想，一个优雅的鞋盒，肯定很适合充当存放莉洛遗骸的容器；也许红色的会更适合，在一堆黑色容器中光彩夺目的红。哀伤从我身上掠过。我简直难以相信，莉洛不再是那个始终如一的莉洛了；好想像小时候那样，将我的脸颊贴在她温暖的颈子上。

我们从人群中开一条路走出来。见到外头的阳光，大家都备感轻松，四周全是些如释重负的面孔。大伙儿就在左右车流之中，一边抽烟，一边谈笑。我们都很高兴，第一个部分已在值得赞美的情况下于舞台上完成。

塔巴科夫并没有跟我们说，从这里到中央墓园该怎么走。我们的礼车车队这时已经在教堂的左侧待命；只不过，原先那些带有饰顶的礼车，此刻却不见踪影。取而代之的是一辆送葬的马车。马车上安置了一座上有黑色华盖的架子，这个华盖由四根镶满鲜花的柱子所支撑，四周还布满了流苏。

不久之后，只见到，在几位教区神父的带领下，我们那些戴着手套的司机们从教堂的侧门鱼贯而出。他们小心翼翼地把那些装有往生者遗骸的盒子捧在手中，将它们安放到送葬的马车上。在尽忠职守地将第一批盒子安顿好之后，他们随即又循原路返回，继续搬运下一批。

紧接着，第一个灾难便上演了。第一眼见到那些马匹时，塔巴科夫顿时脸色惨白。这根本就完全乱了套！塔巴科夫预订的是黑马：黑色的、闪亮的、堪为马中楷模的骏马，那才是他想要的。然而，他实际得到的居然是一匹只有三根尾毛的瘦弱的棕马，还有一匹灰马。

由于在开阔的大街上聚满了大量好奇的群众，他们都想目睹这位伟大的美国－保加利亚人，因此塔巴科夫不便当场发飙；只不过，明眼人都看得出来，他的怒火已经烧到六神无主了。

我倒是觉得那匹灰马还挺俊俏的，尽管我得承认，它的体型确实是小了一点，不过就身形比例而言，却是无可挑剔。在兴高采烈的等待中，它还不时地摇摇头。话都还没说完，我就必须立即停止称赞这匹马，因为塔巴科夫突然瞪了我一眼，随即转身离开。马头上的羽冠给人一种很奇怪的感觉，它们看起来，就好比摆在黑漆里的蔬菜装饰。

大伙儿陆续地坐上礼车。第一部礼车当中坐的是塔巴科夫与三名神职人员;为了要安顿好他们身上那些华丽的长袍,在上车时费了一番功夫。至于我们的礼车,则是回归原班人马,我们姐妹俩与桑科夫兄弟俩再度合体,只不过,这回多了鲁门,他以新客人的身份坐在我们姐妹俩的中间。车队尾随在由马匹拖行的华盖马车后面,以步行的速度缓缓前进。

我们沿着有轨电车的路线往市郊行驶,目的地则是坐落于玛丽亚·路易莎大道的中央墓园。车队行驶在轨道上——这不仅仅是由于马匹走得慢,它一再地造成交通阻塞其实才是主因。车队所到之处,只见一大堆行人不顾一切地全挤到了马路上来,好奇地对着车窗探头探脑。这绝对不是塔巴科夫所梦想的凯旋游行,压根儿就是一场大混乱。由于前进的速度简直慢得不像话,我们当中有部分人索性就下了车,跟在礼车旁步行。有一段时间,刚好有一列有轨电车就行驶在那些马匹的前面,整体看起来,就宛如一列有趣的新车队。行至狮子桥时,道路已明显较为通畅;所有下车步行的人便再度上车,而马匹也开始加快脚步。接着,车队转向左,从那个地方一直到墓园,则是一路畅行无阻。

马尔科穿了一件特大号的黑色西装;藏在西装后面的他,活像个被一队仆人喂肥的贵族。他将车窗放了下来,往外瞄一瞄路上的人群,夏日的风混着废气就这么徐徐地飘了进来。

"真美!"他喃喃自语,"要是妈咪也能亲眼见到就好了!"

沃尔菲一如既往地不回以任何表情,只是为自己斟上一杯威士忌,并从冰桶里取了一颗冰块放入。他取冰块的举止,堪为众人之表率;因为,他是中规中矩地利用挂在冰桶把手上的夹子来取的。

"还有谁要吗?"

"我也需要来上一杯。"老姐向沃尔菲表示,让他为她服务。

"我最近看了一部与叶形海龙有关的影片。"沃尔菲说,"它们看起来仿佛浑身都是窟窿,活像被捏碎了一样。在整场弥撒的进行过程中,我的脑海里始终盘旋着一个念头,那里面是一大堆叶形海龙。"

"我喜欢叶形海龙!"我说。

老姐听了不禁哈哈大笑,甚至差点儿就把她的威士忌给洒了出来。"在弥撒的进行过程中,我实在难以去想任何事情。"老姐在恢复平静后说道,"更不用说想到什么叶形海龙了!"

鲁门尴尬地陪着一起笑。

此时我们已经抵达了目的地,这个话题便就此打住。

当时的天空就像玻璃,蓝色、流动的玻璃。一个顶级的墓园天气。由于路面不平,马车上的华盖摇晃得有些危险。尽管如此,两匹马还是安然地将马车拉进门。在那个过程中,小灰马一直兴高采烈地摇头晃脑,不过它的羽冠有一部分已然脱落,并且垂到了右边。

举目所及,除了绿,还是绿。这座墓园简直就是一片丛林,一片放荡不羁的丛林,这里的一切,全都随心所欲地生长着。植物的茎全都高高地向上延伸,树木与灌木的身上则仿佛披了两倍的叶片。整座墓园里除了主要的通道以及刚下葬的墓地以外,到处都被植物占领。

几位教区神父走在马车后面,一路上还不停地摇晃香炉。塔巴科夫再次将蜡烛分发给大家并且点燃。此间大部分的坟墓似乎都比我们那里的坟墓小。在饱经风霜的小铁顶下，还安置了金属制的基督像。天使的塑像林立，有些手里拿着芦苇杆（他们难不成是写作天使？），有些则是彼此相互携手。此外，随处都可见到立着的小油灯，有几位提着油瓶在墓园里出没的老太太，会固定为这些小灯添油。

远离主要通道的墓地，排列得似乎较为紧密。据说在索非亚的某座墓园中，有位年轻男子曾将他的保时捷安葬在那里；不过，就我们刚刚所经过的那一排看来，恐怕没有一座坟墓可以容得下一部保时捷。这座墓园里的天主教区位于很远的后方，那里可以见到许多盖着老旧四方形墓室的场地。有别于东正教的坟墓，它们都不是坐东朝西。

随处都可见到追忆往生者的搪瓷照片。我偶然瞥见一个小小的、刻有男性侧脸的石质圆形浮雕，令我不禁想起，祖父那个集邮暨世界语爱好者活页夹上的圆形封印。不久之前，一股拙劣的歪风吹进了这座墓园：人们会先在计算机上将照片给处理过，之后再以黑白线条的勾勒手法，将它们直接描绘在抛光的石头上。

就连那些天使们，如今也都升级了。

迎面而来的，是某个才刚去世的黑帮老大的坟墓。他整个人都被描绘在那真人大小的抛光墓碑上；只见他眉头深锁，手里还拿着手机贴在右耳上。在他身后，可以窥见一部奔驰车的正面，车牌上印有"SIMO"字样，这也许是他的绰号；因为，这位年仅33岁便长眠于九泉之下的年轻人，他的名字就叫西梅昂·瓦连京诺夫·安格洛夫（在读时，鲁门帮了我；不过要是有点耐性，凭我一己之力，应该也是读得出来）。

安格洛夫，在保加利亚人当中，这个天使之姓算是还蛮常见的。光是我们这个移灵的队伍中,便有三位安格洛夫:其中一位在某个盒子里,另外两位则尚在人间。只不过,他们的拼法是以"ff"结尾,不像这位安格洛夫是以"w"结尾。这种以"ff"结尾的古老改写方式,似乎为姓名灌注了更多的活力。一个以"w"结尾的天使就显得很虚,一副飞不太起来的样子;这样的天使,不但很难脱离地面,降落时也会跌跌撞撞、笨手笨脚地摔进泥巴里。

"在他身上那件毛衣底下有对女性的小乳房。"我对老姐说,"你不觉得吗?"

"是啊。"老姐说,"我最喜欢他那只戴着劳力士、有点矫揉造作却充满能量的手。那只劳力士还会走吗?"

那块墓碑的上缘有正弦曲线的波浪造型,左右两侧还安置了两个稍微往后缩的支架;看起来,就宛如两只拉长的耳朵。左边的支架上,还有一个印在白底上的黑色十字架。

这位正在讲电话的西梅昂当然是非常吸引眼球的,我们队伍当中的许多人不禁驻足围观。只不过,这下子我们都得要加快脚步,才能赶上走在前头的马车。马匹懒洋洋地走过了看似现代却完全损坏的骨灰瓮墙,壁龛里还有满是灰尘的塑料装饰。接下来出现的则是一群没有十字架的坟墓,完完全全地凸显出了素朴。鲁门在我耳边低语,原来那里面躺的是一些前政治局的成员;对他们来说,十字架可是违禁品。

鲁门与我并肩走了一段,我们来来回回地从政治局一直聊到我们的家族。在谈话当中我才晓得,原来他很小的时候就从我们那些亲人的口中知道我们姐妹俩的事;只不过,他们所讲述的内容未必可靠就是了。

不仅如此，事实上我第一次来索非亚旅行的时候，我们两个甚至就已经见过面了。对于这件事，我感到很不好意思，因为我无论如何就是想不起来。

就在这个尴尬的时刻，塔巴科夫的巨型纪念碑解救了我。

"这真的是我以为的那种东西吗？"老姐明知故问地提出质疑。

"永别了！"我说。人们正把他们安放到里面。

既巨大，又洁白，根据每个观察者心态不同，也许是幼稚可笑，也许是庄严雄伟。它有个三米高、很宽的基座，基座上刻着那些斯图加特 - 保加利亚人的姓名。基座上方则矗立着以前后错位的方式建造的墓龛。墓龛依照在教堂里已见过的那种方式排列；上方的三排各有五个墓龛，而最底下的那一排则只有三个墓龛。在每个墓龛的下缘，还可以用小形字体写上这些墓龛未来居住者的姓名。不过，这只是我个人的想法就是了。

倘若这座坟墓是"奥多比"图像处理软件的杰作，人们或许会联想到一座缩小版的普韦布洛建筑[1]，可以将它放在某个印第安博物馆的中庭来展示。只不过，那些安置在墓龛上、如镂空编织物般的黄铜小门，不适合普韦布洛建筑就是了。黄铜小门的门板已为欢迎各位新主人的到来而敞开。

---

1 普韦布洛（Pueblo Bonito），是一处约建于公元828年至1126年间的印第安人聚落。由最早到达的西班牙殖民者为其命名，西班牙语中原意为"美丽的村庄"。现作为普韦布洛保留地被划入位于美国新墨西哥州北部的查科文化国家历史公园（Chaco Culture National Historical Park）。普韦布洛人使用晒干的泥砖修建房屋，而这种泥砖被称为"奥多比"（Adobe），与上文提到的图像处理软件同名。

其余的事依然是秘密

"它们在这里维持不过三天!"鲁门说。

"谁?"老姐问。

"那些黄铜配件啊!它们很值钱。很快就会被人盗走。"

这时候,原本一直远远守在一旁的那群司机们又再度上场。他们从坟墓后方取出了几张梯子,最灵活的几位随即攀爬到梯子一半的高度,跟着便从他们同事的手里将那些盒子一一接过。这群司机八成练习过,他们动作之利落,宛如在跳芭蕾;就连当中较为矮胖的那位先生,同样也在挥汗如雨之中优雅地完成了他的工作。最令我赞叹的是,他们竟然能毫不迟疑地,将正确的盒子放置到它们正确的容身之所;从上至下,由左到右。等到所有的盒子都安放妥当后,保管钥匙的先生随即攀上梯子(他是负责驾驶旗舰礼车的司机之一,是位稳重的长者),将黄铜小门一一关闭并上锁。他做事非常仔细,除了抓住小门的门把摇一摇,确认一下是否正确上锁以外,他还会用戴着手套的那只手轻轻擦拭一下小门。在这之后则是轮到油灯先生登场,他也是其中一位司机。只见他小心翼翼地在墓龛前放上油灯,接着再把灯给点亮。

整个过程中几位教区神父除了轮番在一旁祈祷与吟唱,手上的香炉也不停地摇晃着。待一切就绪后,身体在微微颤抖着的塔巴科夫先将他的蜡烛交给玫瑰花农,随即取出讲稿发表演说;他的讲稿是双语的,一部分是德语,另一部分则是保加利亚语。在讲到例如"很久很久以前我们的领土"这一句的时候,他已经混乱到把许多德语的句子完全跳过,直接就用母语脱口而出。

我很好奇,为何此时不见老爸的踪影?他不在绿色的灌木丛后面,不在明亮的天际里,更不是在遥远的维托沙山脉的顶峰。

这也许是一个无论什么也不能诱发我的奇迹瘾倾向发作的日子。我还想到,天空是由数百万个父亲所构成,由他们的鼻涕、他们的泪水、他们的精液所构成;因此,想要从那里头找出自己的父亲,简直就是一种愚不可及的行为。尽管这个想法与我至今处处回想起老爸的熟悉感受不同,可惜此刻我的思路遭到封锁,也就无能为力再去多想些什么。

要是人变成了木头,就不会有这些麻烦事了!

我将所有的注意力全转移到司机们爬梯子的表演上,完全搞不清楚老爸究竟被放进了哪个墓龛。他的新住处肯定没有花;我们当中一些人请司机们将新鲜的玫瑰或百合安放在基座上,但我们两个"克里斯托"的女儿只是袖手旁观。

老姐引人侧目的地方,并非在于她有什么虔诚的举动,而是她无时无刻不在翻找她的提袋,甚至三不五时还会将她的蜡烛先交给鲁门,然后再拿回来。我则是始终保持着低调,一直拿好我的小蜡烛,乖乖地站着。

并没有任何蝴蝶飞来我的食指上,嗫嚅地对我说:"是我!"

"你们两个去死吧!"不在场的老爸这么说。不,当然不是,是我代替他这么说。他一如既往地保持沉默。在这个场合里,应该要有人做些什么,好让老爸仿佛存在,并且说些身为父亲应该说的话。在这当中,"去死"可能是种恶意的虚构,因为我们老爸总是很厌恶那样的字眼(它们到底叫什么呢?)。

我在想,也许是为了我,一切都像抹了油那般在奔走:塔巴科夫底下的轮子，司机们底下的轮子，我们所有人底下的轮子。因为（是啊，究竟为什么？）他所遗留下来的，比少还要更少，也就是什么都没有。也许，那个装满老爸遗骸碎屑的密封玻璃瓶只是一个幻象。也许在那个盒子里的只是一堆泥土，也许是他的某位新墓邻在低温科技下遭到裂解的胫骨，由于工作人员的粗心大意，误将它们铲进了属于他的盒子里。

眼泪呢？

没有。

些许擤在小手帕上的鼻涕呢？

也没有。

两三个令人感到醍醐灌顶的句子呢？

没有。

"就这样。"我对老姐说。老姐也回了我一句："就这样。"

我在想，她的的确确是我老姐没错，在关键时刻，她大部分的想法都跟我一模一样。

有个东西在飞，是顶帽子。不，那只是在葬礼后的宴席里的不速之客，它加入了我们的行列，希望能吃一顿丰盛的午餐。

葬礼后的宴席？当然有啊，还来了满坑满谷的宾客。宴席之豪华，完全不用怀疑，正如同塔巴科夫一向张罗的那样。

"飞机起飞前我们要不要一起吃点东西？"尽管我的确有点饿，不过我还是宁可婉拒。这么一个俗气的点子，在此时显得格外地不恰当。因为此时此刻我的两位同行者，完全可以轻而易举地将哀伤填满连同跑道在内的整个索非亚机场。最后两个多小时他们究竟想如何度过，完全是他们俩的事。

我们已经来到市区外围的住宅区。我虔诚地闭上双眼，因为我不想将索非亚的可怕景象带上飞机。向左转弯之后，我们便踏上直通机场的道路。

我再度张开双眼。看呐，在超车道上，有一部黑色的吉普车移动到我们旁边，跟我们并驾齐驱。仿佛施了魔法一样，我居然可以看透对方有色的车窗。在前面驾驶座上的是老爸，老妈则坐在他身旁，他们痴痴地凝视着前方；老爸头上有顶他总是会戴的小帽。我们这两个女儿一动也不动地蜷缩着，宛如直接被画在后座上。

亡者在等待着他们的时候到来。他们会亲自到来，而且不局限在夜间的污泥池沼。如今，我已然能够冷眼看待这一切。无论如何，我总是做到了，活得比老爸还长久，过得比老妈还快乐。爱并不能包容亡者；我想，能赢过死亡，凭借的不是爱，只能是满怀善意的恨。

湖 岸
Hu'an publications®

项目统筹_ 唐 奂
策划编辑_ 景 雁
责任编辑_ 郑晓斌　徐 樟
特约编辑_ 刘 会　薛 希
特别鸣谢_ 邱瑞晶
营销编辑_ 黄国雨　刘焕亭　孙静阳
装帧设计_ 千巨万
美术编辑_ 裴雷思　韩雨顾　王柿原
责任印制_ 陈瑾瑜

🐦 @huan404
🐷 湖岸 Huan
www.huan404.com
联系电话_ 010-87923806
投稿邮箱_ info@huan404.com

感谢您选择一本湖岸的书
欢迎关注"湖岸"微信公众号